J. M. G. Le Clézio

Alma

阿尔玛

[法] 勒克莱齐奥——著

张璐——译

著作权合同登记号　图字 01-2022-3708

J. M. G. Le Clézio
Alma
© Editions Gallimard, 2017

图书在版编目（CIP）数据

阿尔玛 /（法）勒克莱齐奥著；张璐译 . -- 北京：人民文学出版社，2022
（勒克莱齐奥作品系列）
ISBN 978-7-02-017410-2

Ⅰ.①阿… Ⅱ.①勒…②张… Ⅲ.①长篇小说－法国－现代 Ⅳ.①I565.45

中国版本图书馆 CIP 数据核字 (2022) 第 153918 号

责任编辑	卜艳冰　何炜宏	
封面设计	李苗苗	

出版发行	人民文学出版社
社　　址	北京市朝内大街 166 号
邮　　编	100705
印　　刷	凸版艺彩（东莞）印刷有限公司
经　　销	全国新华书店等
字　　数	180 千字
开　　本	889 毫米 ×1194 毫米　1/32
印　　张	9.125　插页 5
版　　次	2022 年 10 月北京第 1 版
印　　次	2022 年 10 月第 1 次印刷
书　　号	978-7-02-017410-2
定　　价	79.00 元

如有印装质量问题，请与本社图书销售中心调换。电话：010-65233595

目　录

作为序幕，这些名字　/ 1
我的名字叫渡渡　/ 5
佐贝伊德　/ 15
胏石　/ 20
梦池　/ 24
拉露易丝街区　/ 30
克莉丝朵　/ 38
阿尔玛　/ 43
玛雅　/ 50
克雷沃克尔　/ 55
马卡贝森林　/ 60
和谐塔　/ 69
艾姆琳　/ 77
托普西的故事　/ 91
克莉丝朵　/ 94
……渡渡……　/ 100
在森林里　/ 106
小绒球沙滩　/ 114
洗足礼　/ 120
克莉丝朵（续）/ 127

打赌 / 132

玛丽·玛德莱娜·马埃的故事 / 137

巴黎 / 145

陷阱 / 151

阿底提 / 156

阿肖克的故事 / 161

渡渡旅行 / 166

莱玛尔制糖厂 / 172

婚礼 / 178

显灵 / 186

萨克拉乌的故事 / 193

"水臂" / 196

蜥蜴 / 202

先知 / 206

入狱的克莉丝朵 / 219

底提诞生 / 228

最后的旅程 / 232

一路向南 / 244

大海 / 252

两座宅子 / 262

在天堂的最后几日 / 267

我的名字叫无名氏 / 272

"陌生人",作为尾声 / 279

致谢 / 285

友谊万岁　朋友
友谊万岁
举杯痛饮　同声歌颂
友谊地久天长①

罗伯特·彭斯，1786年

---

① 原文为英语。

作为序幕,这些名字

它们构成一个家族?一个民族?它们真实存在吗?从童年起它们就在我内心住下,如同狂舞的蝶蛾,在我周遭扑棱翅膀,飞来飘去,其中有些我从能听懂话起就记住了,是父亲、几个姑妈和母亲偶然说到的,其实母亲对它们也颇为陌生,另一些是我在《塞尔奈毛里求斯人杂志》内页里恰巧读到的,父亲每周都会收到这本杂志,全堆在架子上他那沓经济学的老书和一套《不列颠百科全书》旁边,再有就是飘舞在信封上边、照片背面的。所有姓名都源于一本皮革装订的栗色小簿子,与阿克塞尔·托马·费尔森同时代,放在书橱顶的架子上,童年时期,我总把它当作旧时代的电话黄页来读:

公元1814年
毛里求斯年鉴
和殖民地名录 [1]

---

[1] 原文为英语。

簿子里既有潮汐时刻表和飓风一览表，也含岛民名单，岛上的居民像是一艘巨型石船上的旅客——的确如此，曾几何时，大家都乘船经大海而来——在印度洋中间抛锚停泊，这里的海由众多洋流汇聚而成，有南极洲的洋流，非洲远海的南大西洋源源不断的潮水，印度群岛温和的水流，还有来自澳大利亚西岸的涌浪。这里，在岛上，混杂着众多时代、不同血统、多样的生活、纷繁的传说、最著名的冒险经历、最鲜为人知的瞬间，有水手、士兵、富家子弟，也有农夫、工人、用人、无地劳工。拥有这些名字的人，出生，过活，又死去，不断被替代，一代一代传递下去，像覆盖在半浸于海中的岩石上的绿沫，滑向无法预料又在所难免的结局。

我想说这些名字，哪怕只说一次，为的就是叫出口来，为了记住，而后忘却：

建筑师，德拉巴尔，嘉斯当彼德，萨尔杜，艺术家，艾丽莎·贝纳尔小姐，马尔维纳小姐，孔斯当·奥杜阿尔，福勒利，律师，德皮奈，费戴尔伯，泥瓦匠，马歇尔，埃提米耶，马商，贝克，布朗，茹罗，芒肯，萨里斯，土地测量员，霍阿特，阿洛，糖果商，博德，贝利匄，库伯，杜姆兰，商人，菲莱尔，弗洛朗，封德摩恩，吉朗，高德绍尔，库莱热，拉朔弗莱，拉法尔格，勒堡诺姆，雷歇尔，勒加尔，勒努瓦，玛彼耶，马亚尔，马尔谢，佩里纳，皮涅纪，雷维耶尔，鲁斯当，苏菲尔德，塔司德伯瓦，维古勒，雅尔丁，办事员，贝加，贝内什，布莱，布冬，夏鲁，贡布，科尔松，德米亚内，德鲁恩，杜普雷，吉盖尔，古拉米，泽西，科耐尔，考克，勒克莱齐奥，马林，马尔托瓦，帕斯奇耶，庞隆，格雷尔，撒莱斯，索泽耶，萨瓦尔，特鲁盖兹，提亚克，威利厄，扎姆蒂奥，女裁缝，寡妇布洛德，阿奈特·梅松图尔纳，莫洛，诺加拉，圣-阿芒，拍卖师，夏斯托，马里尼，蒙古斯特，马车夫，布勒托纳什，拉夫什，拉古阿尔岱特，油商，巴尔博，拉珀戴尔，帕德，白铁匠，巴罗，杜博瓦，勒古尔，钟表匠，阿兰，舍戴尔，艾斯努福，音乐家，勒利艾弗尔小姐（钢琴），佩里松（小提琴），维岱（笛子），扎纳蒂奥（吉他），接生婆，寡妇瓦莱，健康官，布朗谢特，贝尔纳，批发商，昂泰勒姆，库雷，弗罗贝尔维乐，乐萨吉，皮托，西巴尔德，维黑，沃赫尼兹，

以及所有的自由民，手工业者，雇员，路易·古比东，埃卢瓦·让维耶，泽菲尔·弗朗索瓦，儒勒·布易雷特，让-巴蒂斯特·桑苏西，穆罕默德·阿里，阿卜杜勒·阿兹姆，巴图塔夫人，卡多尔，巴杜尔·科翰，祖蒙·拉斯卡尔，泽拉布丁，卡西姆·穆尔玛玛德，扎马尔·奥特米，伊赛普·拉菲克，马达尔·萨基尔，穆图塞姆·索尔托木图，夏弗拉亚·马拉加，

以及所有有名无姓的男男女女，仆人，女厨师，洗衣女工，烫衣女工，奶妈，花匠，

被买来再被卖掉，在档案里留下的唯一痕迹是出生和死亡日期，由某位叫做T·布拉德肖的奴隶记录员，以犹豫不决的笔迹记在《奴隶登记簿》里，

玛丽·约瑟夫，共和国六年牧月二日简礼付洗，朱斯蒂娜，1786年12月12日去世，拉法，1787年5月8日，

罗宾，1825年5月2日，还有我幻想过的，英年早逝的玛丽·凯瑞希，十七岁已育有一子，1860年乘坐达芙妮号（船长苏利文），从加拉地区（莫桑比克海岸）的提莫托到路易港，她得天花一月后病逝，被埋进土坑，盖上石灰，没有其他仪式。

这些名字出现、消失，在我头上形成无声的穹顶，仿佛在对我诉说什么，呼唤我，我想去辨认它们，一个接一个，可我只从旧书页和墓碑上捕捉到零星的几个名字，微不足道的几个音节。它们是宇宙的尘埃，覆盖我的皮肤，撒落在我的发梢，风再大也无法吹去。对我来说，这些名字中，这些生命里，举足轻重的是那些被遗忘的人，被轮船从大洋彼岸偷来的男男女女，丢在沙滩上，弃置于码头湿滑的台阶，其后暴露于灼热的阳光和啃咬的皮鞭。我没有出生在那个国家，我没有在那里长大，我对那里几乎一无所知，可我感到内心承载着它的故事，它生命的力量，无论走到哪里，都如千钧重负。我的名字叫杰雷米·费尔森。开始幻想那里之前，我的旅程早已开启。

我的名字叫渡渡

渡渡。真跟个渡渡鸟一样[1]。哼哼,他们说的都被我听见了!他们总这么说。爸爸,妈妈,你们干吗不反驳?你们从不回嘴。你们当是听笑话。别放心上,就当没听见。他们是坏人,嫉妒你。如果你骂他们,就是唾弃自己。让他们去,别管他们。忘了他们。这还不容易,只要闭上眼睛,合拢嘴巴,他们就消失在黑暗里了。跟泥点一样,不要肥皂,不用搓洗,就会消失,连水都不要。只是闭上眼睛,眼皮闭得紧紧的,把拳头压在眼睛上,揉一揉,眼球凹进去,能看到星星点点。我很喜欢。阿尔泰米西娅,老嬷嬷,几乎瞎了,她也能看见星星点点。她跟我说过。嬷嬷,你能看见什么?你黑色脸庞上的蓝眼睛,能看见什么?闪闪的星,皮克尼[2]。我看到星星点点,没别的。是阿尔泰米西娅把她的奶水喂给我。现在,她的乳房松塌塌的,垂在大肚子上,像套了件大灰衬衫。可她面孔黝黑光滑,我总喜欢用手指摸她的脸颊。

---

[1] 原文为英语"Such a dodo",也有形容人呆头呆脑的意思。
[2] 原文为克里奥尔语"pikni",对小孩子的爱称。

我的小黑仔，我的皮克尼。她温柔地说，那么温柔，我不禁闭上眼，去看她看到的星星，却只看到一片漆黑，两边倒有些红色，像树叶的影子，在太阳底下摇曳。她只有我。她的女儿奥诺莉娜，侄子侄女，都不来看她。他们以她为耻，因为她给拉洛斯①家，给费森②家当奶妈，他们叫她奴隶，还因为她是个果德龙③，很黑皮肤的黑人，可我爱她，她双手的皮肤温暖又尖硬，磨出了茧子，粉色的手心没有褶子，她从来没有生命线，没有感情线，其他小姑娘手上可都有这些线的。拉洛斯妈妈死了，可阿尔泰米西娅，她始终在那儿。阿尔泰米西娅，你说，你永远不会死！人都似会死的④，渡渡。但你不会，阿尔泰米西娅，你不能死。我很喜欢她笑，她的牙齿好白，因为她总爱嚼甘草棒，就连抽味道很差的烟，也没抽黑牙齿。她很胖，走路不方便，腿上浮肿，脚上永远有好不了的小割伤，叮着飞蝇。我很喜欢用手戳她的老乳房，我快死的时候它们给了我奶水，因为妈妈没有奶，我用手戳她的乳房，然后说：这个是我的，那个也是我的。她听笑了。她拍掉我的手，低声抱怨两句，但是她很开心。阿尔泰米西娅知道所有的谜语，尤其是那些有点粗俗的，一般不说给小孩听的，比如这个：谜面是肚皮贴肚皮，小头咬在嘴，谜底，宝宝次（吃）妈妈的奶，还有总把我逗笑的这个，齐

---

① 即拉洛什。
② 即费尔森。
③ 原文为克里奥尔语"en'godron"，非标准克里奥尔语，可能源自法语"goudron"，指沥青一样的黑色。
④ 文中部分克里奥尔语译文按照发音特点经过处理。

里普利皮提克里克里扑扑①，比母虱的屁眼还小的是什么？答案是：公跳蚤的刺。她女儿奥诺莉娜不喜欢这些，所以不常来看她。奥诺莉娜是五旬节派②的。她恨所有费森家的人，希望他们都下地狱。现在，拉洛斯妈妈，爸爸和老阿尔泰米西娅，他们死了。只剩我一个。可我不姓费森，也不姓古德罗。我是渡渡，仅此而已。所以，奥诺莉娜肯让我住她家，她希望我睡地上的垫子上，就在门边，像个没家的流浪汉。

每天我都走路。走一整天。我走太多，鞋子老破洞。洞太大，我没法用硬纸壳塞住，就去找其他鞋子。我知道在哪里找鞋子。我会去远离海边的地方，鹿洞那边，植物园那边，斯威登堡教堂那边。在那里，我能找到其他鞋子。我甚至不用翻垃圾桶。我在各家门口问女佣③要，她们就会去问女主人，然后带回一双报纸包好的鞋子。报纸我也留着。我很喜欢读新闻，哪怕不是新的新闻，鞋子当然也不是全新的。我坐在街边大树的树荫底下，我读不太好，因为一行一行的，太乱，我只读人名地名，我很喜欢读名字。我按字母顺序背下来：

  翠劳克·曼妞·罗恩

  齐娥罗·扎伊娜

  乔拉·查赫克

---

① 原文为克里奥尔语，此处为音译。
② 基督教新教的一个派别。
③ 原文为克里奥尔语"nénène"。

乔朱·碧碧·莎泽娅
彻兰贝·玛达薇
宜东华·杰雷米
张永胜　玛丽-路易斯
郑芸　艾莉森

女佣们给我鞋子，说句亲切的话，她们直呼我的名字渡渡，从不叫我费森·古德罗，她们有时开玩笑，假装是我的爱人，我是她们的男朋友，她们笑着，露出雪白的牙齿，然后把鞋给我。我可以再次出发，去很远的地方，直到高山，直到森林，大步走在人行道上，汽车按着喇叭，公交、卡车的刹车声吱吱嘎嘎，有人冲我喊："嘿，渡渡！"我走我的，累了就坐在路边的斜坡上。我看高山，看雨云，有时能看到远处的大海，朗帕河那头，我看见太阳在浪尖闪光。

我总在阿尔玛停脚。我穿过所有的新街区，那里都是年轻人，大学生，银行职员，没人认识我，是个新世界。我要么从卡斯卡德桥过，要么走密尼西的甘蔗小道，我在溪谷边上沿河走，那里阳光耀眼。我走到瓦莱塔，从桥下穿过，沿湖走到老铁路。我很喜欢来这里，从来都空无一人。有时会有个老妇，捡细枝作柴火，有时是个农夫，抱着亚力酒醉醺醺地走。湖边上，一群狗在叫。我很小心，注意着它们，小黄狗会咬人。就在那儿，我待在那儿。清晨，水边很暖，我等蜻蜓来。我捡些卵石，然后等着。我找几根砍下来的甘蔗，嚼里面的糖汁，我门牙不好，大牙不错，能咬碎甘蔗，嚼出汁来，有点酸，有点苦，爸爸把甘蔗放锅里煮，一直煮成泥渣的样子，他说，这对身体好，跟喝泥土一样。

  阿尔玛。很小的时候我就会说这个名字。我说：麻麻，阿尔玛。麻麻是阿尔泰米西娅。妈妈，我已经记不清了。她死的时候我六岁。她很高很苍白。她像在慢慢死去，不知道是白血病，还是骨癌。她是个大歌唱家，大家都这么说，所以爸爸爱她，不顾坏人说她是留尼汪岛的克里奥尔人，有很多鬈发。她很瘦，很挺拔。我记得她死前的模样，她笔直地站在厨房门前，白色皮肤，穿白色睡裙。园丁哈瑞奎师那说她像个幽灵。阿尔泰米西娅在哪儿？麻麻，我想要她。我向幽灵高喊，我呼唤的不是你，是麻麻，阿尔泰米西娅，我的乳母。我不要你。

  然后我回到圣让公墓。我很喜欢来这里。我没有自己的家，所以这里有点像我家。我这么跟公墓管理员说，他们都笑我："渡渡，回家啦①？"他们取笑我，但是他们尊重我，因为我是费森家的，最后一个姓费森的人。在这片逝者的家园，处处都有费森家的人：O区，J区，M区。我不全认识。但我知道他们住哪儿。阿哈布·费尔森跟我奶奶雅妮·贝特，在高高的毛里求斯柿树②旁边。欧仁·费尔森跟玛丽·扎卡里，在天使加百利雕塑旁。罗贝尔·费尔森，"神父"，在小路尽头，菲托西一家旁边。大理石板上画着他的肖像，不过已经模糊。公墓另一头，靠近老墙那边，爸爸和

---

① 原文为克里奥尔语 "vinn lacaze"。
② 毛里求斯柿树，拉丁名为 Diospyros tessellaria，毛里求斯特有树种。

拉洛斯妈妈在一块灰色花岗岩石板下面，因为没人愿意和他们葬在一起。原先，石板外围有一圈铁链，被人偷掉了，只剩留孔的四根水泥短柱，上面还有铁链的锈迹。我带一根粉笔来，把看不清的字母描一遍：安托瓦纳·费尔森，1902—1970，还有埃莱娜·拉尼·拉洛什，1913—1940。我喜欢这两个名字，很温柔。它们在我内心深处，窃窃私语。我轻声念名字，然后用我那小截粉笔描字母，描数字。"渡渡他在拉（那）边做森（什）么？"是守门人，他很高，皮肤很黑，总顶个草帽。他穿老旧的黑西装，上面沾着污迹。他的名字叫让。赞先森[①]。"则（这）会被匆（冲）掉的哩，老伙计。你必须用油切（漆）。我给你油切。"但是我不想要他的油切。你上一回油漆就忘记了？过了一年也不再来？不不，老人们想要粉笔。他们对我耳语过，在梦里。

天下了点雨。每回都是这样，去圣让公墓就下雨。我从甘蔗田出发，顶着太阳走在小路上，土地是红色的，干得裂开，我觉得脸上手上火辣辣的，我穿过爱贝纳那边的公路，云朵在山顶堆成一团，白色和黑色的大云朵撞了起来，我感觉到雨带来的冷风。路人匆匆，低头躲在伞下，女初中生抓紧公交车，她们"啊！""噢！"地大叫，她们笑着，洁白的牙齿在脸上闪耀。她们看见我，笑得更响。我不认识她们。她们去年还是孩子哩。我从不在乎她们，除了艾依莎，吉娜夫人的女儿，是个初中生，但大家都说，她总约男孩出去，艾依莎，她有黑色鬈发，碧绿的眼睛。她看见我，叫我

[①] 原文为克里奥尔语，即让先生。

的名字:"喂——嘿!渡渡,渡渡鸟!你到拉里去?"我挥挥手回应她,因为我很喜欢艾依莎,她很漂亮,然后我继续走我的路,向雨里走,雨水掉落,在我脸颊上翻滚,沾湿我的衬衣,沿着我的大腿向下淌。我爱圣让公墓的雨。爸爸,妈妈,你们也爱雨,人死了以后都爱雨,因为雨很像眼泪。小时候我不会说"下雨",我总说:"下眼泪"①。

爸爸,他又高又瘦。可能因为妻子去世,他总穿一身黑。大家都敬重他。过去他是法官,很多人应该很怕他。但他很温柔,从不发火,从不吼人。每天早上,他去城里上班,走前不亲吻我,也不握住我的手。他弯下腰看我,因为他个子高,我太矮。他只说:"要懂规矩。"②他很喜欢跟我说英语。他从不说无谓的话,太多人喜欢说闲话,斗嘴,扯淡。他跟我说话,就几个英语词:"再会。"或是:"怎么了?"③然后,他傍晚回来,晚饭后坐在皮扶手椅上,摊开报纸,睡死过去,每次都这样。他也抽烟,拇指和食指夹着英国烟,跟拿粉笔一样。他的指尖和牙齿都很黄。妈妈还活着的时候,他不敢在屋里抽烟,因为妈妈不喜欢烟味。是阿尔泰米西娅说的。妈妈死后,他又开始抽。结果他一阵一阵地咳。夜里,我听见他咳嗽,咳得停不下来。他有哮喘,哮喘病人是不能抽烟的。哈鲁辛格医生跟他说过,每支香烟都折掉他几年寿命。可爸爸不听。他只是说:"要是我愿意短命呢?"后来确实如此。他整天整夜地咳,一天早上,心脏还

---

① 法语中,流泪(Il pleure)和下雨(il pleut)发音相似。
② 原文为英语"Behave."。
③ 原文为英语"So long."和"What's up?"。

是脑袋里有根血管破了，然后爸爸死了。我听见他死的。他倒在地上，发出好大的响动，我没能动弹，因为我害怕。然后，他喉咙里发出咕噜咕噜的水声，他呼噜几声，没喘上气来。中午阿尔泰米西娅才发现他，躺在地砖上，没人帮忙，她一个人把爸爸拖回床上。也许我大声呼叫，或者快点跑去找医生，爸爸现在可能还活着。

刚开始，我来圣让公墓，跟他抱怨。我在灰石板上坐下，那上面有他和拉洛斯妈妈的名字。"你应该听哈鲁辛格医生的话，如果你听他的，你可能还跟我在一起。"可我觉得，他其实很高兴没听医生的话，抽了那么多让他折寿的烟，因为现在他跟妻子在一起了。我不再跟他抱怨。我想，我也应该去抽烟，就能更早和爸爸妈妈团聚了。同时，这想法让我打颤，想象自己被放进这灰石板下面。如果我在下面，谁来用粉笔描名字和日期？赞先森可不做这个。他连费点力，用毛笔上油切（漆）都不乐意，他继续喝朗姆酒，在公墓高处的棚子里睡觉，等有人来，让他骗点小钱，去浇浇墓前的花草，或是用他的老牙刷和一杯脏兮兮的水去清理石板接缝。圣让公墓特别好的地方，是有很多华人的墓。他们叫张福，张虎。墓不大，但是很美。总有鲜花，有绿油油的植物。还有插着香的小钵子，香已经燃尽了。老人们能有这些华人做邻居真好。他们总抱怨，说被父母、朋友、被所有人欺负，他们总说："冷血动物"，或是："地狱"，意思是，这座岛对他们来说就像地狱。现在，他们睡在干干净净、井井有条的华人身边。

以前，在过去，我跟爸爸一起来，每年一两次。他穿黑衣，戴小帽，系小蝴蝶领结，穿上光的皮鞋。从不带花，他说讨厌花。所以我也从不带花。赞先森，他老批评我："哟，费森先森，你不带一栗（束）小花？"他以为我抠门。他看不起我，因为我光脚穿鞋。他猜这不是我的鞋。是垃圾桶里翻来的。死人的鞋。穿则（穿着）死人皮走路。所有的鞋都是死人皮做的。话说爸爸在的时候，他会保持距离，因为爸爸是法官先森（生）。过去我跟爸爸来，没人打扰我们，惹我们不爽。赞先森肯定已经来工作了，跟其他人一起躲着，像大蟑螂藏在洞里一样。人走了他们才出来，到墓前探头探脑，看能捡点什么小便宜。那时候，墓周围的铁链还在。我还小，坐在铁链上荡秋千。妈妈的名字还很新，黑字写在灰石板上，我能看清每个字母，每个数字，都刻印在我眼底。我好希望它们重新变黑，可我找不到碳棒。我用粉笔试过，很快就掉色了。而现在是白色的，粉笔描的。反正，我就是不要他该死的油切（漆）。为了刷给我看，赞先森在隔壁墓碑上乱刷一气，那不是华人的墓，是个我不认识的拉尔马缇家的，名叫阿曼普老妇人的墓，也许他是故意威胁我，下次就轮到你们了，费森家，我会好好乱刷的。我就看着他，什么也不说，可眼神里的意思是，如果你敢碰，我就杀了你。我没有爸爸那么高，而且又瘦又容易紧张，可我的脸能吓唬人，因为我没有鼻子，没有眼皮，我的脸颊上全是窟窿。不是因为我老了，不是的，我长大以后一直这样，是一场病造成的。没人提这怪病是什么，但是，是这病让我没有鼻子的，还让我脸上嘴边都是洞。都是怪病啃掉的。我不知道怪病的名字。一天，爸爸还在阿尔玛，我在他书房里翻东西，找到一件细绳扎好的衬衣，在上面我看到了我的名字，多米尼克。在衬衣里面，有很多文件，我的出生证明，摩卡市政厅登记的，勒布尔里小学的成绩单，还有一封医生的信，都是英语，上面的字我不认识，最上面有个奇怪的红色符号，为了不忘记，为了有一天明白它的意思，我把符号记在了本子里，因为我明白，这个字母是吃掉我面孔的怪病的名字：Σ[①]。

[①] 希腊字母，汉语名称：西格玛。

佐贝伊德

有一天我问，这是什么意思，这个字母？米露姑妈给了我答案。佐贝伊德，开头是Z，不是那个字母。那个字母，我可不认识。没人认识。只有米露姑妈把字母的名字告诉我。大西格玛。我不会忘记这个字母。大家都会遗忘，连爸爸也忘了。除了我的米露姑妈。我的米露姑妈，她永远说真话。因为她独自生活，从没想过结婚，不想离开家人。她的一生都住在阿尔玛，住在大宅里。后来，她被迫搬离阿尔玛，因为阿尔曼多家，儒勒的几个儿子，亨利、莱昂，还有长得像他爸爸、外号叫"运河水"①的巴尔纳，这些坏人与我们费森家其他的人为敌。拉洛斯妈妈进了圣让公墓，显然是因为这一切，爸爸也死了，他脑袋里面发病，倒在卧室地上，呼呼噜噜，发出水流的声音。几天后他才走掉，他全身白衣躺在床上，胡子还在长。米露姑妈寸步不离，一直待在他身边，她跟我们住在我们的房子里，她管这里叫小竹屋，

---

① 原文为克里奥尔语"Dilo Kanal"，源自克里奥尔谚语"Dilo suiv Kanal"，即水都跟运河里的水一样，意为有其父必有其子。

因为屋子又小又脏，在阿尔玛溪谷深处，竹林另一头。她睡的小房间原先是爸爸的书房，里边有一张给她的折叠床，可爸爸再不需要书房，他连写字都难。就在那时，她把大符号的名字念给我听，她问起把病传给我的女人，我没说什么，因为只不过两三次，也许更多次。佐贝伊德，如果我只见过她两三次，她怎么能把大 Σ 传给我？这病怎么能吃掉我鼻子和脸颊，让眼睛失去眼皮变成两个大窟窿？可我很听姑妈的话，因为她只说真话。于是，我在脑子里把在路易港沃德福尔街区发生的事情重新过一遍。那是很久以前，我们还住在阿尔玛的大宅里，爸爸还在巴拉克斯附近的法官办公室上班，我上初中，没人叫我渡渡，没人叫我古德罗，我比他们强，能用甘蔗打他们。我经常去马尔斯跑马场看赛马，我很喜欢看马儿奔跑。我喜欢看它们在马场上跑，现在依然喜欢，可我没钱进去，而且我穿着旧衣服和死人皮鞋，没人会让我进，更因为我没有鼻子，脸颊上都是窟窿。

佐贝伊德住在莫雷诺路，离总医院不远，华人小店和侯赛因清真寺旁边，我周日下午去她家，我记得周日，是因为爸爸和米露姑妈那天会去大教堂做弥撒。一月在沃尔福德很热，因为酷暑赛马推迟了，四点左右开始，我不知道做什么好，我朋友莫罕达斯就跟我说，要不一起去看佐贝伊德，他陪我走到沃尔福德，但他不想进去，把我送到屋子门口。

佐贝伊德家里很漂亮。到处都是红色，墙壁、窗帘、床铺，就连中式家具都是红黑色的，佐贝伊德也穿红色，长裙垂到脚边，红色小拖鞋，像童话里一样，我很害羞，因为我第一次跟女人在一起，我不知道说什么好。她说："进来，我的男孩，我又不会咬你！"我记得她说的每个字，然后，我们躺在她的大床上，她给我脱掉衣服，嘲笑我："看你，光溜溜的，一点毛都没有，不过那里会长的！"她用手背摸过我的脸，微微一笑，她说："还是个小孩子！①"她说："你啊，你真是个怪鸟②！"佐贝伊德家很热，我没穿衣服，皮肤上也满是汗珠，佐贝伊德的皮肤很干，在日光下闪光，被窗帘染上了红土的颜色，她的乳头很硬，她把我引进她的身体，柔和又炙热，我感觉很好，液体喷出的时候我叫了出来，佐贝伊德发出一声："啊！"她说："你哦，小鸟，你个可恶的小坏蛋，你从没做过？我不信！你个该死的小骗子，我没什么好教你的了，小傻瓜③！"她这么说我很开心，因为我以前从没做过，只有几次起床前在床上用的手，一天爸爸特别生气，他跟我说，"这不好，男孩不该一大早懒洋洋地躺在床上"，他让我去冲淋，在阿尔玛，淋浴就是站在斗形的锌制盆里，用一桶冷水冲在背上，用葫芦筋搓洗。我从没跟爸爸提起佐贝伊德，还有这一切，可米露姑妈知道，我不知道谁跟她说的，可能是莫罕达斯，也可能是卡杜尔，他常来阿尔玛，是个名副其实的大嘴巴，人送外号狮子鱼。而

---

① 原文为克里奥尔语"Enn zenfant"。
② 法语原文"drôle d'oiseau"这一表达方式指与众不同的人，往往带有贬义。
③ 原文为克里奥尔语"Zozo Mayo!"，标准克里奥尔语为"zozo manioc"，也是一种叫马斯绣眼鸟的灰色小鸟。

且卡杜尔常去沃尔福德，去侯赛因清真寺，他叔叔在莫雷诺有家布料店，很快这事就人尽皆知了，何况我常去沃尔福德看佐贝伊德，她喜欢我，她叫我小雀子，有时候叫小猴子，她说我的肤色和鬈发，很像圣水湖的猕猴。可她不再叫我"小孩"，因为我现在不再单纯，我什么都会，爬到她身上，让她快乐，我动的时候，她抓住我头发，嗓子里发出轻轻的哈、哈、嚯、嚯，一种肥猫打呼的声音。

很快我就病重了。佐贝伊德不愿让我再去她家。在看医生很久前，她就仔细给我检查过。她让我来到窗前，阳光下，她把放大镜搭在鼻子上。她看了所有的地方，小弟弟，蛋蛋，哪里都看了，然后她说："小雀子，你得去医院。"她语气非常严肃，让我明白，这没得商量。她还说："小猴子，你不能来这里了，如果有人问起，你不能提我，绝对不能，明白没？"她给我钱买药，这太滑稽了，平常都是我给她带点钱，算是心意，有学校食堂省下来的卢比，也有在阿尔玛花园割草挣来的票子。可这回，是她给我钱，那时我还没明白，她是要把我赶出她家，跟我道别。我没去医院，得这病让我羞耻，我希望病能自己好，我涂上药膏，但是病没有好。

好几次，我去莫雷诺路，去沃尔福德，我在她楼房门前晃荡，可有一天出来个男的，我不知道他是谁，一个又高又壮的男的，皮肤特别黑，他扇了我一耳光，把我推到小溪里。"哩（你）在造（做）什么？哩（你）还没懂吗？哩（你）个基佬。快滚！①"他赶着我跑到路的尽头，这之后我

---

① 原文为克里奥尔语加英语。

再没回过佐贝伊德家。然后病情恶化了。我痛，太痛了，我满身是汗。爸爸叫来哈鲁辛格医生，他给我检查，但是没说什么。我一直躺在卧室里，拉上窗帘，因为我眼睛疼。然后我出现了妄想，看见好多恶鬼来到窗前，脸是扭曲的，凶神恶煞，它们伸出手抓我头发，我拼命呼叫。从此以后，我就能在镜子里看见很多恶鬼。无论到哪儿，我都用纸贴住镜子，或者用衣服盖住镜子。然后，因为生病，我不能住在屋里，我住进院子尽头的竹棚，身上都是痂盖，嘴里淌血，舌头发黑。我没法吃东西，没法睡觉，我的头太疼，阿尔泰米西娅给我拿来湿毛巾，包住头。就这样，我失去了鼻子、眉毛、眼皮和头发，变成了怪物。再没人认识我，蠕虫吃掉了我的头骨。而我习惯了看到恶鬼。

胝　石

我回来了。这种感觉很是奇特,因为我从未来过毛里求斯。对从不了解的国度,回归之感从何谈起?我父亲十七岁离岛,至今未归。奶奶老家不在这里,她生在阿尔萨斯。母亲叫艾莉森·奥康诺,在英国做过护士,战后与父亲相识结婚。父亲是现在大家口中的"离散"移民——这个词我从未听父亲说过,"流亡"也没有。哪怕他沉浸在对故乡的深切思念中,也对此闭口不提。他从不用语言表达悔意。只从他的动作、嗜好、恋物癖中不断透露。童年时期,我到处都能看见将他与故乡之岛相连的物件:贝壳(他在海滩上捡的,他从来不愿在跳市上买贝壳)、熔岩石块、珊瑚、一条风干的鱼,喉部有蓝斑,眯缝着眼睛,鱼鳍小而脆,还有把我逗笑的肛门,又黑又皱,像老人的嘴。还有各类种子,咖啡豆、酸角、裂榄红棕色的果壳、小块的黑椰木,还有这颗去了壳、上了光的大个头种子,我很小就记住了它的名字,因为它长得与众不同,任何词典都查不到,叫大栌榄树①。父

---

① 俗称渡渡树,或渡渡鸟树。

亲或许给我讲过无翅巨鸟的传说，巨鸟排出粪便时将剥离了壳的种子排出，于是诞生出世界上独一无二的大树，学名Sideroxylon grandiflorum，也叫大叶铁木①，我相信，这棵树在大洪水时期就存在了。但是转念一想，又觉得他并没有说过。这些物件一直都在，在他书房桌上，书橱边缘，或是床头柜上，无言无求。静静地躺在那里。

还有地图。到处都是，不是贴在墙上，盖上一层浮灰，就是卷好放在大橱顶上，堆在英文词典旁边，好像哪天会拿出来用似的。所有地图都是毛里求斯的，有不同的比例尺，还有路易港的图，有更改的路名，铅笔手写的标记，商人的名字，阿里，索里曼，李雄钟，朴秀，祖里达，有事务所的名字，清真寺路，伊迪斯·卡维尔路（原朗帕路），伦罗办事处，糖岛，联合东方，还有旅店的名字，不是如今浮华的大酒店，而是给英国小公务员住的膳宿小公寓，国立，珍珠，麦克阿瑟，蒙泰居，还有餐馆，花神，巴拉舒瓦，船长，希望，干咖喱。我觉得父亲并不会看这些地图。它们就在那儿，跟贝壳和种子一起，成为装饰品，如同生日照或旅行照，他从来不看，可倘若被人偶然挪动地方，他立刻就会发现："谁碰过路易港的地图了？"紧接着："1923年那张。"好像地图有多重要似的。好像我跟母亲之外有谁会对这感兴趣、甚至偷走似的。

这些物件里面，最吸引我、最让我醉心，甚至感觉决定我未来生活的，是这块圆石，近乎白色，有些磨损，放在书

---

① 大叶铁木为法语直译名。

橱里贝壳和种子边上，像在洪水过后裸露出来，被忘在那里似的，圆石在上层的架子上，自从我能够到开始，就一直把玩。我记得自己从没问过这是什么。一块卵石，就是一块卵石，网球大小，或更小一点，但是那圆形非常完美，只有上方有一排细小的点，尖物轻微点击留下的痕迹，放在阳光下才能看见。我从未想过这也能当作玩物。我常常取下来，握在手里，直到它变热。我感受它的重量，观察它的内核，我将它放在唇边猜测它的味道，估量它的硬度。然后每次，我都会精准地放回原位，放回上层架子，大栌榄树种子和黄宝螺中间。

很久以后的一天，我壮起胆来问父亲："这块圆石头是什么？"令我意想不到的是，对自己、对过去闭口不谈的父亲，突然开始吐露心声："你猜不到吧？我来告诉你这是什么。那时候我大概十岁，在甘蔗田里找到了这块石头，就在马埃堡那边，岛南边。田里刚收了甘蔗，我父亲到吾漠糖厂见什么人去了，我漫无目的地在田里走，于是看到了这块白石头，在甘蔗残渣间的红土地上发光。我把石头带去给父亲看，厂里一个工程师看了说：'你可找到件稀罕物了，这是渡渡鸟鸟胝里的石头。你看这个头，这重量，就能想象喉管里带着这块石头的渡渡鸟有多高了。'"

从那一刻起，我开始明白，这块圆石将在我生命中占据怎样的位置，父亲去世，这是我保留的唯一物件。母亲决定进圣夏尔修院，在尼斯城地势较高的地方，一切都被变卖、散尽。奥康诺外婆的老家具——她用利波林油漆重新刷过的路易十六风格的扶手椅——小古玩，厨房器皿，有缺口的碗碟，蕾丝纹样的行李箱，不值钱的小首饰，都被送去了跳蚤市场。一位旧书商买走了一大摞书，旧报纸、地图、年鉴。不过我留下了1/25000比例的毛里求斯老地图，德斯库尔出版社印的，1875年版，背景是发黄的布，边缘包裹着竹框。图上能看到所有地块和所有者的名字，还有过去的制糖厂。当然，我也看见了阿尔玛跟费尔森的名字，但我留下地图不是因为这个。不为怀旧，而是因为精准的分割和地形剖面能引领我追寻消失的巨鸟，因为其中有些名字、有些地点，是这个故事唯一的见证。在图中，我找到小树丛的痕迹、溪谷、池塘，我可以靠在图上，想象没有翅膀的巨鸟，正在矮灌木里奔走，我甚至听见它的惊叫，它的寂静被无情的掠食者侵入，只能发出危急的哀嚎。我把地图贴在大学城宿舍里，每次去自然历史博物馆上课，我就把胫石放进口袋。这是我的护身符。一天，我把石头拿给朋友克拉拉看，她用棕皮肤的小手捧着，石头闪着年轻的光芒！我心想，克拉拉是父亲死后第一个触碰这块石头的人。我跟克拉拉说我要去毛里求斯，写一篇关于这块胫石的论文，她哈哈大笑，仿佛我给她讲了个笑话！她甚至评价说："幸运儿，你要轻轻地把它放在群岛的沙滩上！"那个时代，不少人以为很多岛都叫毛里求斯岛。我没提议让她一起来。我无法为自己辩护。我不想给她描绘那里的森林、黑河的溪谷、内陆泥泞的水洼、雾气弥漫的高山。我备齐证件、钱，收拾好行李，也没忘了蚊帐和净化溪水的片剂。我卷起地图，将白石头放进书包，便出发了。

梦　池

　　我从开端开始。除了书上所读，我一无所知。我没有任何想象。首先，我手握朒石，像捏着钻石，走在甘蔗田间，走向萨维尼亚、巴拉克、沙朗。我要踩着父亲的脚印走。我要重新过一遍他的童年，独自在割完甘蔗的田里冒险，顶着太阳，发现这白色的东西，像只蛋，在甘蔗叶中间。当然，我并非寻找什么。这么重要的东西是不可能找到两回的。红土地很干，我用网球鞋底踩不动地上的小土堆。季节并不相同：现在，甘蔗还挺立在田里，比我还高，笔直的，会割手，海风吹动叶片，发出哗哗的金属声音。我弯腰前行，把包放在胸前保护自己，帽子的帽舌挡在眼前。我不知道要去哪里。甘蔗田区一望无际，一片绿色的大海，天空是强烈的蓝色，几乎泛紫。我时不时停下，喝口塑料瓶里温热的水。太阳还高高地挂在天上，光线非常刺眼。甘蔗的气味几乎令人窒息，根茎底部的叶片有发酵的味道，还有尿味、糖味和我的味道，汗淌进眼睛，流进脖子，我感觉衬衫贴在身上。我在哪里？父亲在哪里找到的石头？是这里还是更远处？他从没说过那地方的名字，在吾漠糖厂旁边，去沙朗的路上。

那是很久以前，可这里没有改变。出租车把我放在去糖厂的路口，我直接走进蜿蜒狭窄的甘蔗小道，小道很快就在田里断了头。我漫无目的，走在灰绿色的大洋里。

这里，甘蔗丛中，时间并不存在。我可以看到此地过去的模样，三百一十年前，渡渡鸟灭绝前的岁月。现在甘蔗田所在之地，当时或许有低矮的森林、毛里求斯柿树、带刺的灌木，可能还有芦苇、野草丛深的水塘，巨鸟们在里边伸长脖子奔跑。但是，与那时同样炎热、一样潮湿的阵风带来海水的味道，时不时大雾中冷水滴有些刺脸，那是从看不见的天空落下的。细小的水珠应该也沾上了它们硕大的羽毛，浸湿了喙，在三指爪踏出的泥印上闪耀。它们不时停下，绷直身子一动不动，像爬行动物，接着又奔跑起来，毫无缘由。现在，我以相同的步伐前进，身体前倾，脖子微微前屈，迎着风，两眼半睁，双手插进口袋，怕被甘蔗叶片划伤。我走向阳光升起的方向，不知去向哪里，我知道尽头是大海，我时不时停下听浪，却只听见叶片间的风声。我不寻找什么。我不再望向自己的脚。几个世纪，时间冲刷、蚀平了土地，又犁出道道农田，任何痕迹也无法留存。飓风将一切摧毁，大雨从山顶冲下，凶猛如破堤之水。一时间，阳光和风让我困顿无比，我在甘蔗中间坐下，躲在稀疏的叶影下面。我的右手还攥着圆石。我想：渡渡鸟，你在哪儿？我甚至喊出它的名字，因为它的名字似乎跟它的叫声一样，是低沉又刺耳的咕咕声，石头在溪谷里翻滚的声音，也可能是它喉咙里那白色卵石的隆隆声：渡渡渡——渡渡渡！……我等待着，抱着双腿，额头放在膝盖上。我不知道我在等什么，我等这一刻太久了，从童年开始，我就将白石贴在脸颊上，闭上眼睛。有种非常古老的东西进入我体内，透过脸上的皮肤，穿过闭上的眼皮，那是滋养我、在我血液中流淌的东西，赋予我姓名，我的出生地，我的过去，真相……风吹动甘蔗刀刃般的叶片，叶片碰撞出金属声，在干涸、刺鼻、尖酸的土地上，海风变得滚热，我为何对这种气味如此熟悉？它一直在我体内，一直以来，来自父亲，来自爷爷阿莱克西，来自岛上一代代费尔森家族的人，从最初来岛的阿克塞尔和妻子阿尔玛开始，他们血肉和皮肤的气味就存在我的血里、皮肤里。此刻，天雷滚滚，撼动了大地，我缩起头来，如同那听见海上炮声轰鸣、听见陌生捕猎者咆哮而无比惊恐的巨鸟。甘蔗田上空，慢悠悠飘来一片黑影，一架波音客机展开机翼，机身反着光，满载着旅客刚刚起飞，我似乎看到了客舱里噼噼啪啪的闪光灯，飞机笨重地飞过，艰难地升上普莱桑斯机场上空后，转向洋面。

天黑前，我终于来到梦池。尽管手持地图，还是很难找到梦池。我得重新爬上满是灌木的溪谷，穿过毛里求斯柿树和罗望子树林。我走上一条窄土路，上面都是拖拉机的轮印。我一直找寻水的颜色。说是池塘，不过是森林包围下的一团野草和芦苇。1865年，正是在此，有个叫罗伊的人，加斯东·德·比西先生领地上的工长，偶然间发现了最初的骨骸，当时他正带人在池塘挖河泥块做种植肥料。发黑的黏土块混杂着腐烂的植物。印度劳工在鼻子上绑一块纱巾，防止吸入这熏天的臭气。那个时代，塘里还有水，劳工们光着脚劳作，只裹着缠腰布，黑皮肤汗津津的。最初的骨骸碎片很快就出现了，其中一个劳工立刻报告："先森（生），则（这）里有骨头，罗伊先森（生）。"他将黑土里有发白骨头的土块拿来。罗伊检查了碎骨，辨认出是鸟类的骨骸，但是非常庞大，异常庞大，有胸骨、肋骨、背部的椎骨。鸟爪的骨骸紧随其后，那么大，那么长，不可能是海鸟，也不可能是暴风雨中迷途的信天翁。用劳工的军用水桶装来的温水冲洗过后，骨骸显出奇特的颜色，是一种闪着蓝光的黑色，与雪白的肋骨对比鲜明，那是消失了几个世纪的古老动物的颜色。骨骸被摊放在池塘边的草地上，闪着神秘的光，甚至有种凶险的味道。劳工们聚集起来，迷惑地看着骨骸。在罗伊的通知下，探索马埃堡海岸的小学老师克拉克坐马车来到现场，距发现骨骸还不到一小时。池塘周围，黄土和泥炭色的土块已经干了，像是墓地的石板。在风中哗哗直响的篷布遮挡下，罗伊、加斯东·德·比西和几个劳工坐着。其他人在等待重新开工挖泥的命令，可是很明显，池底挖出来的奇异巨鸟，中断了一切可能对它造成损伤的活动。"亲爱的先生，"克拉克说，"你挖出来的，正是 Raphus cucullatus，岛上的祖先，著名的愚鸠，又名渡渡鸟，几种叫法都行。"他像在人的骸骨堆前一样跪下，小心翼翼地搬弄长长的骨头，以不同的方向摆放，巨鸟的骨架最终出现，躺在地上，仿佛刚刚开始长眠。"很遗憾，头部缺了一块，还有下颌，你的样本可不比阿姆斯特丹和牛津的差。"

在询问劳工挖出骨骸的确切地点之后，克拉克直接下到池里，用铲子探挖池底，全然不顾自己穿着白色的棉布长裤。没过多久，一块扁球形状的泥块被铲出水面，经过冲水、清洗、擦拭，变成一块圆形颅顶，连着硕大沉重的喙，也闪着深渊般蓝黑色的光。克拉克满面动容，将头骨放在一排椎骨的顶端，就这样，在正午刺目的阳光下，巨鸟的完美身形首次出现，巨大、怪异，又令人感觉熟悉，下蹲的姿势，脚爪上三根长趾带有尖钩，仿佛既是已死又得重生，或许它一直期待着这一时刻。

"哎，我在山上找了它一辈子，原来它在这里，离海就两步距离。"

随后的几天，梦池成了真正的疯狂舞台。印度劳工、老板们、邻近的好奇者，纷纷下到水里，有些地方水甚至没过腰，他们光着脚，想更好地感觉塘泥里埋藏的凸出的骨骸。

夜幕降临在森林里。我无法下决心离开。我在满是卵石的公路上寻找庇护，公路通往糖厂废墟和石灰窑。我再次穿过甘蔗田，走向金合欢树林。现在，海岸近在咫尺，陡峭的海岸，大海没有屏障，我清楚地听见海浪击碎在黑岩上的声音。巨鸟不该来此冒险，每个岩缝，每条急流，都是陷阱。尽管海风阵阵，空气依旧令人窒息，满是潮气。间歇泉间隔喷出彩虹色的蒸汽柱，那声音与其说是风情海岸的音响，倒更像地狱之声。这里唯一的鸟是被风带来的信天翁，还有朝马埃堡海岸方向平飞在海面上的一队队鸬鹚。在小河湾里，我凝视深色的大海，泛着点点白沫。天黑前，一艘货轮沿海平面驶过远海，然后静止不动，只有船头有信号灯闪烁，我想起传闻，说这些中国或印度的集装箱船，在毛里求斯远海排船舱里的污水，不怕被抓。我还在想渡渡鸟，也许它也曾在海岸奔跑，尾巴上可笑的羽毛在狂风中高高翘起。我似乎觉得，荷兰旗舰正是在此靠岸，寻找进入东南大湾的通路，巨鸟第一次明白，自己面临末日，在这样的世界它无能为力，装备着火枪和木棍的恶魔将成百地杀戮它们，让它们只剩骸骨。在这样的世界，白沙滩上很快就会满布黑色黏稠的小球，世界另一头的海浪将带来塑料袋和空酒瓶。也可能它什么也没明白，什么也没想到，只是无情的自然完成了剩下的事情。

拉露易丝街区

我走到脚疼,就坐公交去玫瑰山,去美池城,公交站在市政厅广场上,废弃的大歌剧院就在那里。过去,我可以上公交,司机跟我说:"渡渡先森(生),你好吗?[1]"而我可以免费坐车,因为大家都认识渡渡·费森·古德罗。我坐前排,发动机旁边,把头架在打开的窗框上,吹风,看风景。现在,开公交的都是年轻人,我不付钱就不能上。他们不知道我是谁。他们才不管你是费森家的,还是住阿尔玛的,都是老掉牙的故事。对他们来说,我是流浪汉,穿破烂的老家伙,鞋子比脚大,没鞋带就系细绳。我有钱就付。要么,我就顺着排队等车的队伍,挨个儿要点卢比付车钱。我不问年轻人要,白费力气,他们只会辱骂我,嘲笑我。一天,有个年轻人打了我,朝我太阳穴来了一拳,害我疼了好几天,可我没说什么。打架有什么用?以前,很久以前,我年轻,我也能打,我两只臂膀可壮了,我能用手掰碎石头,生病前我会弹钢琴,所以我的手很有力。我从队尾开始,问老年人

---

[1] 原文为克里奥尔语"Missié Dodo ki manière?"。

要，问男士，也问女士，我有礼貌地说："打扰先森（生），女斯（士），我忘带钱包了，您能帮我付册（车）钱吗？"这不似乞讨。我从不乞讨，我羞于行乞，相反，我温柔地说，礼貌地说，是爸爸在家教我的。我说："感激涕零。"我很喜欢说这句话，人们听不懂，但他们知道是礼貌的话，就很喜欢。有时会给我几个卢比。或者零钱。每个人给一点，有时有一半的人给，然后等公交开走，我从刚来排队的人重新开始。一天，一个穿灰西装、亮皮鞋的男人给了我一百卢比。他说："您拿好，去华人餐馆买中饭吃吧。"我谢了他，但是我没去华人的面馆，因为我每天都在奥诺莉娜夫人家吃饭，就在圣保罗公路。我感觉这位先生认识我。他看着我，然后说："愿上帝保佑我们！"又用英语说："愿上帝宽恕！"我不懂他想说什么。也许他说这些，是不想染上吃掉我鼻子和眉毛的怪病。

  我很喜欢坐公交出行。我爱看山丘，看村庄，看人。在阿尔玛，一个人也没有，太忧伤了。最后那段日子，没人来看爸爸，因为他病重，我们破了产，是米露姑妈说的。只有老阿尔泰米西娅来，她一直在院子入口，坐在她那间小茅屋前的板凳上，边抽烟边看公路，可她只能看见烟雾朦胧，和星星点点。我跟让·帕杜罗叔叔上过几次街，他不是我的亲叔叔，是爸爸儿时的玩伴，他带我坐大客车去路易港。我还没得大 Σ。我还有脸。现在，路人跟我擦肩而过，都挪开目光。不然就盯着我看，我感觉到他们的眼神，一直盯着我后背。孩子见到会哭，我会吓到他们，女孩子都后退说：

"啊！啊唷妈妈①！"很长时间，我心里都很难过。我想告诉他们：这不怪我，要怪这病！我不是怪物！可时间久了，不知道为什么，我释然了。我甚至以吓唬他们为乐，用没有眼皮的眼洞看他们，脸上装出邪恶的微笑。再然后，我学会了一个绝活，他们在别处可看不到，我把舌头伸出来，用力伸到脸颊上，碰到眼睛，跟蜥蜴一样，这样我能挣点小费。我走到陌生人面前，用尖嗓子温柔地说话，人们纷纷后退，把手伸进口袋，不让我靠近。他们会掏出卢比给我。我很想要一座漂亮屋子，窗明几净，有孩子在院子里玩耍嬉笑，树上有鸟儿，一只猫，一条狗，但不要冲我叫的黄狗，一条长毛大黑狗，睡觉时把鼻子夹在爪子中间，还有母鸡和火鸡。我很想要个老婆，漂亮、温柔，有拉洛斯妈妈漂亮的眼睛，我记得她死前的面孔，棕色的鬈发，金色的眼睛。我想住老卡特博尔纳的房子，或者特里奥莱的房子，不要阿尔玛被拆掉之前的破旧老宅，要一栋白色水泥小屋，周围有树，很多花，因为我非常喜欢花。一个属于我的地方，我可以休息，不要有别人住，一个只给我住的地方，不要圣保罗路奥诺莉娜家的小茅屋，臭烘烘的，到处是大蟑螂，要一个全新的、有干净院子的地方，这样我就能躺在树下，晚上听着鸟叫望着天。我等孩子们放学回家，准备好烤面包作点心，还有水果，西瓜、木瓜，对孩子来说，水果是最好的。但我很清楚，这不能实现。我是费森家的最后一员，他们都死了，死

---

① 毛里求斯日常口语中常用啊唷妈妈（ayomama）表达感叹，也有啊唷爸爸（ayopapa）的说法，相当于"天啊！""妈呀！"。

光了，费森家的人，都葬在圣让公墓。还有的葬在路易港的西部墓园，像是法国大革命后来到这里的阿克塞尔，还有阿尔玛。我在墓碑上读名字，爸爸和拉洛斯妈妈的名字，米露姑妈的名字，我读她的名字和日期，玛丽-露易丝·费尔森1901—1975，可这里没我的位置，所有的墓都满了，没有位置留给个怪物，我必须一把火烧掉自己。

这一切我都没有。但是，我有拉露易丝。

在拉露易丝，我跟在家一样自由。我可以待上几个小时，坐在墙头，看眼前的一切。卡车爬上帕尔玛公路，腾起蓝色烟雾，摩托、自行车、一长串汽车，都想通过四岔路口，发动机滚烫，我听见有人按喇叭，有人骂街。直走的人去卡特博尔纳、摩卡，或是玫瑰山，美池城，右拐的人去冈多斯、瓦科阿，去内陆，弗洛雷阿勒，居尔皮普。走尼赫鲁大街的人要去甘茨冈东城，向左拐的人要走贝尔多大街，去警卫山街区。太阳很辣，影子变短了。下午两点以后，风更小，在山间打转，穿越所有街道。我坐的地方看不到彼得博斯山，也看不到朗帕河。我看不见树。只有水泥马路、车流、行人。从早到晚，不断涌动。女人带着孩子，靠着安全护栏等公交，等出租，商人坐在全副武装的车里，下坡向海的方向驶去，商贩推着小车，小无赖和乞丐像我一样瞎逛，想坐哪儿坐哪儿，矮墙头、大商店门前台阶上，甚至在人行道上靠着电线杆，人群推着他们，把他们推翻在地，行人惊叫起来，呼喊同伴。我每天都来这里，拉露易丝街区，来这里等待。等什么？哩（你）等啥米（呢）？奥诺莉娜问。不等啥米（呢）。等一切过去。街道如同河流，我看形形色色的事物穿过，碎片，彩斑，影子。我听见各种声响。说话声，呼喊的名字，拉姆齐，拉姆萨米，拉贾，露露，阿里奥德，玛拉涅，拉巴迪！可是，从没有人叫我名字，费森·古德罗，从没人叫这个名字，怪病吃掉我的脸，也吃掉了我的名字。

我喜欢拉露易丝，因为这里是活人的路口。那边，在海边，弗利康弗拉克，美岸村，蓝湾，大湾，人都是死的。他们停在那里，一动不动。他们不说话，不吭声。他们被关在珊瑚墙后面，居住地里、别墅里、公寓中，他们一直在门廊荫蔽下边，藤条桌旁，喝着奶茶，配拿破仑蛋糕。他们从不中午出门，不愿被太阳灼伤，被卡车尾气呛到。他们从不路过这里。拉露易丝让他们害怕。他们没有被太阳和柏油晒黑的皮肤，没有被吃掉的脸。这里，没人注意我。我跟破败的房屋、跟锈迹斑斑的卡车一样。我背靠英迪拉加油站的柱子，蜷腿坐着，没人看我。时不时我换个位置。我向高处走，去阿芳商店，去孟买路。有个木屋铺子，半开门，大家叫它迪特旅店，我在里面买瓶果汁，一杯香草茶。然后，我去另一头，沙面布艺附近，或是继续走，走到阿蔡超级面馆，再远点，到中国餐馆①。要么我就往现代楼房区，波丹百货，龙王餐馆那边去。我有点小钱，就去看电影，到BDC电影院去看李小龙、阿帕纳·珊和卡瑞诗玛·卡普尔，还有艾西瓦娅·雷，没人拦我，放映厅里漆黑一片，谁也看不见

---

① 原文为克里奥尔语"Traverne Sinois"。

谁，不过这个时段电影院不开，我靠墙坐，回忆电影，然后等着。初中女生放学回家，穿着海蓝色短裙、白衬衫，五六个一群走在人行道上，她们棕色的腿很漂亮，黑发在阳光下闪光。她们一直说话，说得很快，她们笑着，发出小鸟的声音，叽叽喳喳，我看见她们衬衣下透出的乳房，双臂下满是汗渍，她们穿平底鞋、塑料凉鞋，鞋带散着。她们要去冈多斯，她们跳上行驶中的公交，车并不停，只是放慢速度，她们笑着跳进门里，然后，我看见她们在被太阳灼烧的公交车里，把头伸出窗外。我不认识她们。我再也见不到她们。艾依莎·吉娜不从拉露易丝走，她直接从圣让到居尔皮普。如果我想见她，就走到教堂，等她来。这是种持续不断的运动。人来人往。

蚂蚁。在阿尔玛，它们沿墙爬，在花园里爬，在车辙里爬。它们搬运截断的树叶，小根草茎，面包屑。我花很多时间看它们跑，在行进的路上放障碍，让它们转向，但它们总能找到方向，绕过障碍，爬上卵石。我不太常去阿尔玛，要进去必须钻墙洞。我去观察蚂蚁，但不能久留，守门人拉米不希望在这里看到我，他挥手赶我走，朝我丢石头，冲我大吼："傻子[1]！"他说："要是让我抓到你，小老鼠[2]，我就拿皮带抽你。"自从阿尔曼多家住进大宅，他们就找来拉米，一无所有的人，流浪汉，来看守这片土地。以前，阿尔

---

[1] 原文为克里奥尔语"Fouca"。
[2] 原文为克里奥尔语"ti rat"。

泰米西娅住在最深处的小茅屋里，我想进就进，甚至可以靠近大宅，坐在桉树树荫下。现在我只能钻洞。我刚过中午去那里，他们还在午睡，或者周日早上，他们都去阿尔玛的小教堂做弥撒。我很喜欢圣女贞德小教堂。教堂是全白的，有很多大窗户和一座门廊，旁边有棵罗望子树，以前跟爸爸去做弥撒，我会捡好多酸角，唧里面酸酸的豆子。我连看那些树的权利都没有吗？从爸爸上学那会儿，它们就在那里，在爸爸之前，我爷爷那会儿，它们一直在那里，甚至我死掉以后，它们也依旧会在那里。可我不想跟拉米吵架。他有一条很漂亮的狗，白粟色相间，尾巴断掉了，它不跟我说什么，我偷偷来，它跑出来找我，它摇着那一点点短尾巴，我为它扔小木棍，它跟在小木棍后面跑，可我不知道它叫什么，我叫它"朋友"，就这么简单，跟它爸爸的名字可不一样①。阿尔玛的人都不认识我。以为我是流浪汉。只有狗狗认识我。阿尔玛的人，阿尔曼多家的人，他们不信我生在这里。他们都是恶人，一天，阿尔泰米西娅跟奥诺莉娜去圣皮埃尔市场，他们趁机叫来几部推土机。推土机推倒了小屋，压扁了里面的东西。阿尔泰米西娅跟奥诺莉娜，她们尖叫，她们号啕大哭，可什么也没剩下，她们在木板底下翻找，只找到一个压瘪了的老茶缸和只剩一条腿的布娃娃。她们只找到这些。奥诺莉娜把它们放在圣保罗大街那儿卡维尔纳路的屋里，放在床头柜上。阿尔曼多家总对奥诺莉娜说："阿尔泰米西娅必须搬走。"她不听，这就是下场。现在我去奥诺

---

① 法语中"朋友"的发音与拉米一样。

莉娜家，我看着阿尔泰米西娅的白铁杯子和老布娃娃，我知道，这是阿尔玛剩下的唯一的东西，费森·古德罗家剩下的唯一的东西。

到阿尔玛的大道横穿拉露易丝街区，所以我天天去那儿。所有从内陆来的、从山那边来的人，都要路过拉露易丝。这里像座吊桥，由蜘蛛织在植物之间，我感觉到震动，跟波浪一样，传遍城市，从山上下来，横扫蔗田和茶田，越过座座村庄，栋栋房屋，直到这里。他们都来到这里，拉米一家，马洛里，莱昂内尔，萨鲁斯特，拉姆萨米，萨姆什蒂，市长助理埃卢瓦，市长司机维崴克，等公交的年轻人，巡回输液回来的修女们，还有胖扎克，开着小车，违法兜售安非他明和甘加[1]，还有阿尔曼多一家，坐着他们的四驱车，时不时经过，而我坐在阴凉处，背靠英迪拉加油站的柱子，望着他们。

---

[1] 印度泰米尔语"gandja"，即大麻。

克莉丝朵

第一次见到克莉丝朵是在东秀营。鸥岩膳食公寓的浴室窗户朝向华人旅店东秀营的花园,也就是背面,那一面都是卧房。公寓一租就是一年,这是房东寡妇帕提松提的要求。似乎去东秀营住的都是民航飞行员,号称那里更安静。其实他们去华人旅店,是因为就算他们带"鸡"回去也没人言语。一般的旅馆里,看门人眼神可灵了,只要给个机会让他说,就绝对不会放过。看门人缓缓地接过照片,飞行员的家人就无所不知了。华人旅店则守口如瓶,哪怕女孩子是未成年人。

我从浴室的窗户看到了他们。先进来的是个四十岁的家伙,满脸倦意,有点秃顶,穿着飞行员的海蓝色制服。他站在半枯的草坪上抽烟,空洞地望着海。不一会儿,来了两个女人,两个克里奥尔女人,穿仔裤T恤,脚蹬平底人字拖。一个年纪大些,矮胖,但是看清楚后我才发现,她是成年人,另一个则非常年轻,几乎像个孩子。老女人跟飞行员说话那会儿,女孩后退几步。女人跟飞行员说话时,我发现年轻女孩踢起没气的皮球玩,她机械地踢,皮球敲击房子的墙面，发出恼人的"砰嗒！"声，可她谁也不看继续踢。没过一会儿，老女人转向她，用克里奥尔语冲她吼了两句，让她停下。然后继续跟飞行员交谈，飞行员满脸无趣地听着。女孩很年轻，但已经不是孩子。她圆脸蛋，大眼睛，身材已经修长，不太灵活，两腿很瘦，双臂非常长，尤其是她用脚尖踢憋气的皮球时，摆出一条腿弯曲，微微扭腰的姿势，眼角瞟着老女人和飞行员，神情阴险。这状况太诡异了，让我心绪不宁，我无法离开窗口，眼神无法从女孩身上挪开。一时间，我觉得她透过浴室的玻璃百叶窗看见了我，也可能是感觉到了我的存在，因为她转身背对我，走到左边去了，可当我弯腰贴近窗户去看，才发现她躲在边上，反过来在监视我！我感觉背后冷汗直流，心跳得飞快，也许我产生了负罪感，甚至因为掉进陷阱而恼火。年长的女人离开了，我看见她在包里塞了些什么，却没时间看清楚，我的注意力集中在年轻女孩身上，但是随后我想，她应该是收了票子，她在包里藏的就是钱。飞行员掐灭了烟，向在房子尽头等他的女孩走去。他走到女孩面前，亲吻她，他又高又壮，她就像他怀里的一根深色小树枝。他抱了女孩一会儿，我看见他把脸埋进女孩的头发里，呼吸她的味道，也许是在对她说什么甜言蜜语。女孩满头卷曲的黑发，盖住她的肩膀和面庞，飞行员把手插进她长发，用手指搅乱，还抚摸女孩的后颈和肩膀，手指来回游走。然后他们分开，一起走了，他走前面，女孩跟着，两人一起进了屋子。进屋前，男人脱下了飞行员的外套，露出一身天蓝色短袖衬衫，还有黑领带。这时，年轻女孩转向我的窗户，意思是告诉我，她看见我了，她知道我一直在那儿。阳光从右边射来,我无法看清她的表情,再加上她黑色的发绺被风吹起,遮住了半边脸盘。不过我很肯定她在微笑,尽管我没法说我的确看见了她微笑。这是我的一种感觉,就那么一瞬间,如光线闪耀然后消失。或许是讥讽的笑,可能是挑衅的笑,我不知道,总之有种尖酸刻薄的味道,还有忧伤和死气。

现在,我每次去甘蔗田转一圈回来,都在傍晚时分蹲点在浴室里。我冲个冷水澡,因为我不放心赞-扎克①改装的电热水器,他是寡妇帕提松夫人在鸥岩公寓的雇工。他号称没问题,但是我很怀疑。连接莲蓬头的电线不知是被蟑螂啃了,还是因潮湿腐蚀了,绝缘套是用橡皮膏药裹的,还松开了。冲淋完毕,我光着身子站在瓷砖上,让穿进百叶玻璃窗的暖风给我自然风干。大约四点,女孩放学走进院子。她总穿同一条紧身仔裤,同一件白衬衫,她把书包靠东秀营墙边放下,然后等着。她知道我在那儿,在看她。她摇晃几下身体,以孩子的姿势扭腰站着,然后又变成成人的模样,涂上口红,照照镀铬的小镜子,这是航空公司飞行员的新玩意儿,也可能是空姐的。我并不动。我感觉汗滴从背上淌下,从额头滑落,海风吹着,我的腹部、臂膀上汗毛竖起,能听见自己心跳的声音。年轻女孩感觉到我的目光。而且,昨天或是另一天,她朝男人小声耳语了些什么,男人转头看向窗户。他眯起眼睛看我,可玻璃百叶上的雾气将我藏得严实。

① 克里奥尔语发音的让-雅克。

于是他做了个手势，意思说他要来。他又改了主意，只用我不懂的语言吼了两句，我觉得应该是荷兰语，骂人的话，威胁的话。我恼怒起来，是的，甚至狂怒，来啊，这个老变态，他敢来我窗前，我就告诉他我的想法，这个在离家一万公里的地方藏着掖着、把手伸向十六岁女孩身体的家伙，可耻的恋童癖，让他的钱，让他的天蓝色衬衣，让他的人际关系，他那飞行员的工作见鬼去吧！

我再次见到克莉丝朵纯属偶然，就在街上，在弗拉克购物中心。我在公交站旁，看见她从美发沙龙那边穿越马路。一开始我没认出她来，因为她穿着黑色的紧身连衣裙，脚踏高跟凉鞋，有种女人的风情。她大步走在车流中，毫不在乎男人的戏谑，并不转头。走到广场另一头，她上了一辆深色大车，一辆贴玻璃膜的四驱车，车很快消失不见。我待在路边等着后续，以为这像电影，还有续集，然后一个上了年纪的男人跟我攀谈，这样我才知道了女孩的名字。"荡妇！他们都是被她勾引的！"我本该离开，可我想我能对她有所了解。如果我直接问，他什么也不会说，这里的人对所有人都抱有戒心。我假装了解，我说："她从蓝湾来的，住东秀。"他冷笑一声："克莉丝朵？大湾那里谁不认识她，她每天晚上都在那儿的妓女酒吧。"克莉丝朵，这名字叫我想笑。马埃堡的姑娘什么时候叫过克莉丝朵这种名字？这是她为了在酒吧勾搭男人取的假名，在什么杂志里翻来的名字，或是从《肥皂人生》里借来的。为了做奢华之梦取的名字，为了忘记邦布村和神父谷的破屋、灰土街道、坑坑洼洼的地面，喝着小瓶啤酒、抽着甘加的年轻人，叫喊，咒骂，打群架，留下一地空瓶。于是这天傍晚，我叫了出租车横穿岛屿。我不知道自己要寻找什么，想要什么。大批游客拥入碧蓝的潟湖沙滩，棕榈树愚蠢至极，免税店贵得离奇，还有寿司店和炸鱼店。我也在街上闲逛，在酒吧喝酒，我沿海湾走到天黑，彩画一样的太阳落山，我看见动物从窝里、从巢穴出来，行色匆匆，却不去向哪里，还有嘟嘟叫的汽车和三座摩托。我想到克莉丝朵，我的小克莉丝朵，迷失在淫荡迷宫中、商店后间里，迷失在沙滩上跳着霹雳舞、满身大汗的人群里，或是酒吧深处，她的娃娃脸被闪光的红色圆灯照亮。我对一个在酒吧入口搔首弄姿的女孩说了她的名字："克莉丝朵，你认识她吗？[①]"她们用克里奥尔语嘲笑道："克莉丝朵，不认识，随（谁）要枣（找）她？"夜晚，车排成长队路过一排酒吧门口，行驶缓慢，开着车灯，关着车窗。它们不去哪里，在一座岛上能去哪里？它们绕众多街区画出一个大圆，去消遣，去寻找艳遇。它们将在黎明停下，那时一切都将淌干耗尽，钱、威士忌酒瓶和性器。

[①] 原文为英语。

阿尔玛

我活在同一天里。我不懂这怎么可能，但就是这样。我跟良田街区的拉巴神父说，但他不懂。他嘲笑说："渡渡，大家都经历过。太阳升起，太阳落下，每天都是老一套。"他说到每天早上刮胡子，然后突然停住，说："显然，你是没这机会的！"因为我，因为吃掉我脸的怪病，也吃掉了我的毛发。我想跟他解释："神父，不是这样。我是说，我的一天总不结束，是一条没有头的路，我看不见黑夜来临，我不睡觉，然后立刻又到了早上。"他看着我，没有回答。我从良田街区出来，走到圣让公墓。这会儿很适合去公墓，因为太阳直射，小路上没人，就连赞先森（生）也不在，这个大无赖抢我钱，从不打理爸妈的墓。我去看家里的老人。他们的房子在O路尽头，大柏树旁边。这个角落很安静，大多数是荒废的墓。石板裂了，缝里长着草，还有风吹来的黑色塑料袋，挂在锈掉的矮桩上。我读出墓上的名字，那些还没消失的名字。拉法，劳姆，拉维勒，佩尔奈提，阿斯特里克，拉梵图尔，莫迪，夏朗东，埃莱娜·德·雷纳维勒，拉珀图，菲尔杜，萨罗纳，巴尔博，提翁，奥杰。现在他们在哪儿？谁记得他们？谁来看他们？在帕尔玛城，甘茨冈东城，卡特博尔纳，卡尤，玫瑰百丽城，一切转个不停，一切都连轴转。还有雅雅，我出生时把我抱在怀里的老雅雅呢？她的石碑在哪里？有谁在哪里写下她的名字吗？她不在圣让，不在任何地方。她不存在。她死的时候，我还是孩子，我记得她，大家在克雷沃克尔附近，一棵芒果树边，在地里挖个坑，竖了个没写名字的木头十字架，她是奴隶的女儿，没权利用石碑，十字架在飓风中倒地，土堆上爬满荆棘。她不在别处，只在我脑中，雅雅穿着白布长裙，用花朵纱巾遮挡稀疏的头发，戴着珠链，上面串着种子、小贝壳和护身符，雅雅太壮实，太重了，她栽倒在洋葱地里死的时候，来了四个大汉才把她抬起。雅雅在大瓶子里给我存小块的红糖，罗尔特家卖的木薯饼干，小段甘草。雅雅爱抽柔和甜美的甘加烟，睡芒果树荫下面。在芒果树根之间，她用两块石头一块布，为她非洲祖先、为她蜘蛛祖母和蝙蝠[1]祖父建一座屋子。她青紫色的厚嘴唇摆出圆圆的口型，为我，为她自己，唱起催眠的歌谣，那么温柔，我靠着她的大腿睡在地上，午后，天又热又闷，蚊子在耳边嗡嗡吵闹，她的手很厚实，扇着草帽给我清凉。雅雅，给我讲讲托普西的故斯（事），给我讲萨克拉乌的故斯（事）。她声音低沉，沙哑，因为她抽烟，还跟男人一样喝亚力酒。我特别爱听她的声音，她只为我唱歌，哪怕在这里，远离她的木屋、芒果树，还有洋葱地，我依然记得。她讲托普西的故事，她的祖

---

[1] 原文为克里奥尔语"soursouris"。

先,冬日的一天从非洲大陆来,乘大帆船,从很远的地方,海的彼岸来。她粗糙的大手抚摸我头发,我头上还有玉米芯一样的小鬈发,那是怪病吃掉我的脸、烧掉我头发之前,她给我讲托普西的故斯(事),拉(那)个斯(事)后,他刚到莫里斯,心里害怕,就在阿尔玛花园里狂奔,害怕人把他吃掉,怕恶毒的白人吃小黑人,他跑过花园,爬到印度榕树顶上,从白天到晚上,一直待在树上,说什么都没用,来来,托普西,没人吃你,他还是不下来,于是,有人找了个大梯子,才把他带下树。托普西的故斯(事),也是雅雅的故事,她小的时候,托普西还活着,很老,头发都白了,有时候,他给雅雅讲非洲大陆的故事,讲树,讲河,讲那边的村庄和田野,那里的土是红色,因为掺着鲜血。托普西爬过的树还在那里,一棵高大的黑黢黢的印度榕树,就在废弃老宅前面的花园正中,枝叶厚重,味道很浓,晚上,在小鸟和狐蝠的重压下,树枝摇摆,可我从不躺在它湿热的树叶下,蚊子太多。雅雅死后,因为她太胖,所以他们挖了个大坑,在她的芒果树旁边,克雷沃尔克那边,她每次收完洋葱都去那里,可能那就是埋葬托普西的地方,在她倚着山岩搭的小木屋附近,可现在什么也没剩。我零钱够,就坐公交去里帕耶,然后步行爬山,上到克雷沃克尔。我走到老芒果树,总带个礼物给雅雅,追忆她给我讲故事的岁月。我带些香烟,她可喜欢抽烟,她把烟纸拆开,放些烟丝,再放甘加。要么我就买瓶苏打水,辣椒蛋糕,放在芒果树老根之间,她每天坐的地方。这也是为托普西准备的,尽管我没见过他,他死的时候,我爸爸十岁。他很高很黑,说话口齿不清,因为门牙都没了,他有点吓人,貌似他熟悉非洲的鬼灵,能用巫咒招来鬼灵。这是雅雅说的,我靠着她,躺在阿尔玛花园的地上,听她说故事。现在,我给他俩都带礼物,我把礼物放在芒果树老根之间。一个女孩过来看我,她不算很高,但有点胖,已经有胸了,她远远地监视我,也不说话,她不太正常,她怕我,因为我被啃掉的脸,可她待在那儿,躲在矮树后边。我放下礼物,我知道,我一走她就会来拿礼物,但是没关系,我觉得雅雅应该会很高兴,女孩来她的芒果树这里看她。我不知道女孩的名字,她住克雷沃克尔,山坡下边一座屋里,她是生姜地里干活的女人的女儿,有点像女巫,她在雅雅的石块中间点上蜡烛,树枝摆成十字,放在雅雅的芒果树根下。有时候我来,会看见点着的蜡烛,或是香杨梅小棍,还有几块碎布、几段甘蔗。有时候,在根间的泥土上,撒着几滴鸡血,放几只鸡爪,烤熟的鸡蛋。雅雅,给我讲讲龙嘉尼①的故斯(事),讲讲巫术的故斯(事),女人们将泥土和月亮之血混合,就是女人每月流掉的血,然后把土放一点在男人的食物里面,让他们看不到别的女人,每夜都留在家中,然后她们把血喂给大树,雅雅说,大树是瓦塔妈妈②的家,托普西死前跟她说的。在那儿,在大陆上,河流跟大海一样宽,瓦塔妈妈生活在河里,她窥伺着年轻人,将他们抓住,拖进河底,找到尸体的时候,脸和鸡鸡都被小鱼

---

① 在毛里求斯,巫师被称为龙嘉尼,具有恶的力量,但是可以治愈疾病、占卜等。
② 瓦塔妈妈(Mama Wata),非洲巫毒教信仰中手持蟒蛇的海神,"Wata"即英文 Water(水)。

啃掉了。我不知道这是不是真的。雅雅她这么讲的，我还很小，还不知道有一天怪病能把我吃掉，吃掉我的鼻子、我的眼皮，但没吃掉我的鸡鸡，它很长很红，早上硬得像个根竹芋①，不像拉罗②那么软塌，所以佐贝伊德很是中意。

阿尔玛，阿尔玛马特③，爸爸总这么说笑，他常说，毛里求斯的蔗田，就像给小粉猪喂奶的肥母猪，因为股东都是粉皮的白人，每只小猪都贪婪地吸母猪妈妈的奶头，一直吸一直吸，吸到一滴也不剩为止，个个白白胖胖，躺在母亲旁边睡觉，母亲耗尽体力哺育它们，瘦得不行。那时候，劳工只能吃点碎面包，喝几滴母猪奶，他们看着猪圈，嘴唇干裂，愤怒地攥紧拳头，他们全都又黑又饿，看着眼前漂亮的小猪仔，粉嘟嘟的，睡在母猪身边，半合的嘴边还淌下一滴奶水。阿尔玛，不是我的母亲，我从没喝过它的奶，我喝过阿尔泰米西娅的奶，我曾睡在雅雅的肚皮上，可我不气阿尔玛。相反，我爱它的土地，我爱它的细流和绿树，我喜欢不属于任何人的东西，就连现在，废墟一片，小路长满野草，塘边围着铁丝网，我依旧喜欢。我认识去阿尔玛的每条路。我走在高过头的甘蔗中间，追赶斑鸠。泥土是红色，天空是蓝色，风带来一团团云，有时候，一朵黑云裂开，浇我一头雨水，跟小石头砸在头上一样生疼。我记起过去，把手放在口袋里走路，生怕被甘蔗叶子割到。我听劳工的号子，啊呼

---

① 这里指竹芋的根状茎。
② 在毛里求斯和留尼汪，将秋葵叫做拉罗。
③ 拉丁语"Alma mater"意为"哺育的母亲"。

哈！哈！他们手握长刀，我听见刀刃唰唰，砍下甘蔗。我不住蔗田附近，我们的屋子在工人村边上，我无权走通往工厂的大道，所以我认识所有小道，从大池塘到铁路，无所不知。我靠近领地边缘，穿过小溪和竹篱笆，翻过小石墙，那里正是人间天堂的入口，费森的大宅，成排的棕榈树，郁郁葱葱的高树，水池，一簇簇鲜花。雅雅的木屋在小路尽头，老马厩旁，又黑又湿，闻着有烟味和屎味，雅雅没有卫生间，她把便便倒进林子深处一个洞里，在上面盖点树叶和泥土，我害怕去那儿，一天，我在洞底发现一只大蟾蜍，它用黄眼睛盯着我，我吓得跑开了。可是，该死的那天，我就在那儿，阿尔曼多家推倒了阿尔泰米西娅的屋子。那天，阿尔泰米西娅病了，去圣皮埃尔买药，她不在的时候，推土机来了，压扁了小屋和里面的所有东西，阿尔泰米西娅的床，阿尔泰米西娅的家具，阿尔泰米西娅的餐具和旧衣裳。而我，躲在矮灌木后面，藏在小树林里，看推土机向前开，推倒屋子，我听见玻璃杯压碎的声音，跟骨头断掉一样，可怜的阿尔泰米西娅，她的骨头，她的牙，她的杯子和盘子，她放小侄子侄女照片和自己照片的画框，那张照片是爸爸拍的，小小的我坐在她腿上，推土机停下，我跑过去，我尖叫，我怒吼："坏人！坏人！"可工人满不在乎，这个小白人边跑边叽叽喳喳，说话跟麻雀一样，他朝我扔南瓜子，好像我是只猴子[①]，马卡贝森林里的猴子，他对我说："你个白皮

[①] 原文为克里奥尔语"zako"。

老粟!①"从此以后,阿尔泰米西娅再没回来,她留在圣保罗,住女儿奥诺莉娜家,现在我就住那里,因为我不知道去哪里过夜。

---

① 原文为克里奥尔语"Ti rat blanc",即小白鼠。

玛　雅

玛雅兰德在冬末开门迎客。楼房、黑岩工厂，还有附属建筑，什么也没留下。新修的公路在田地上向远处伸展，很长一段时间里，大家都以为要修一条机场跑道，推土机剖开一条宽大的红土空地。谁能想到，在这荒无人烟的地方，能耸立起混凝土和玻璃构成的幻景？糖、茶，甚至洋葱，都变得一文不值。甘蔗，只能制乙醇，或者给电力中心用来烧锅炉。所有的苦力，这些弓着的腰背，被阳光晒黑的面孔，被汗水浸透的衣衫，都徒劳无益。所有这些人，从乞力马扎罗山脚下，从尼亚萨湖畔，或加拉地区，厄立特里亚，埃塞俄比亚，从非洲内陆，从故乡被抢夺而来的人，拴上铁链的男人女人，走在撒满尸骨的无尽道路上，基尔瓦的阿拉伯囚徒，被卖到桑给巴尔，堆叠在单桅帆船里，因饥饿、痢疾和天花而死。为的是什么？不为什么。为了有一天，推土机发动起来，将甘蔗连根拔出，碾平岩石，挖出管沟，铺设管线，在未来的一天，在这片红色空地上，立起商业中心的水泥建筑，如钢铁枝杈丛生，铁塔林立的城堡，冠以莲花形屋顶，印度建筑师阿玛尔·拉杰·森独一无二的大作，谨献给金钱的力量和荣耀!

如今,玛雅飘浮于田地上空,如同身着舞裙的女巨人,又像展开双翅的白鹇,或是塑料制成的幻景。傍晚,玛雅染上白色和粉色,这不是暮光之色,而是上千灯光招牌点亮、闪烁、晃动和爆亮的颜色,招牌上写着愚蠢、不可捉摸、毫无用处的名字

赛皮亚

沙米耶

华美达,阿鲁尔,萨拉玛　　弗雷泽

汝尔内

苏拉

梅思金

快克

银云　　　　玛姬仙

索科特拉

凯瑞塞

约阿斯

沿着走道一条边全是大玻璃,电灯的光线跳跃,声音轰鸣。人群从一道门涌向另一道门,规规矩矩,做梦一般,队伍时而分开时而汇合,天花板里藏着扩音器,全都传出单调的音乐,渐渐盖掉了说话声,单调的旋律,没有歌词、打击乐声、清亮的笛声、木琴和吉他、管风琴的滑音。可这乐曲

并非由人演奏,而是电脑按陌生的、无法理解的频率,按即定的数目、分句法、算法制作而成的一曲颂歌。无数目光从一扇玻璃橱窗挪到另一扇,眼睛圆瞪,瞳孔被灯的闪光刺得缩小。仿佛目光再也无法看到任何真实事物,而是被映像所吸引,又或者是因为恐惧?

克莉丝朵走在玛雅里。我正是在那里再次见到了她。她不再去邦布村上学,上学又有何用?女老师不停地训斥她,不能这样做,不能那样做,你要穿着得体,去把你的睫毛膏和口红洗了,你不觉得害臊?你母亲会怎么说?对,可她母亲,每天早晚都在灌酒,没醉的时候也在大吼,她咒骂克莉丝朵:"你,一辈子就靠屁股挣钱吧!"她的男人离开太久,那时他还年轻,比克莉丝朵的母亲还年轻,更喜欢在街上闲逛,跟朋友喝酒,演奏拉瓦纳[①],躺在沙滩上靠着搁浅的独木舟睡觉。克莉丝朵跟她的飞行员说过——也许他只是个乘务长——她用小女孩的声音学得有模有样:"求你了先生,带我去玛雅吧,我保证在那儿不会碰到熟人!"飞行员先生在"渡渡旅游"租了辆老丰田凯美瑞,用这破车载着克莉丝朵去她想去的地方,去内陆,圣皮埃尔那边。他自己更喜欢沙滩,平躺在银毛树下有些扎人的沙子里,看无声的海平线,或是冲个凉,好好睡一觉,光着身子躺在凉爽的床上,开着窗子吹风。克莉丝朵冲他一顿拳头,她跳上他的肚子,像个

[①] 拉瓦纳(Ravane),毛里求斯、留尼汪、马达加斯加等地的一种乐器,用山羊皮和圆形大木圈制成的单面打击乐器,演奏塞卡(séga)音乐的乐器之一。

想叫醒爸爸的可爱小女孩。"起来！睡够啦！起来，懒虫！"他懒洋洋地开车，女孩靠在他肩膀上，他闻到她身上有胡椒味儿，是她护理头发用的阿甘油的味道，她灵巧的手从他被拉开的裤子拉链滑进去，他的性器硬了起来，快失去了理智。"别动，要出车祸的！"克莉丝朵并没有停下，她狡猾地笑了："你在荷兰的老婆孩子会怎么看，你跟一个比你孩子还小的女孩出去！"高速上路过玫瑰百丽城的时候，天下起雨来，一辆辆卡车吭哧吭哧地在水雾里前行。玛雅兰德的入口很难进，填土工程还未完工，必须在曲折的路障、推土机和阻塞的车流中绕行。飞行员很不爽，咕哝两句发着牢骚，他跟克莉丝朵走在迷宫里，走在镜厅里。里面有消毒水的味道、糖果的味道，有些地方飘来咖喱和油炸食品的气味。玛雅的中心，著名的莲花穹顶底下，放着白色的塑料桌椅，他们在这里歇脚喝可乐。克莉丝朵眼神迷离。

　　她没有看见我。她看不见我，也看不见人群的面孔。也许她只用余光瞟见跟她同龄的男孩，他们坐公交从圣皮埃尔来，和穿校服的女孩们一起，有些女孩换了牛仔裤和夹克，她们有些穿漂亮的荧光篮球鞋，有些穿人字拖。也许他们发现了跟老男人一起来的克莉丝朵，对她的穿着评头论足，挖苦坐在她身边头发花白的男人，所以她把自己藏在那副徒步旅行者①后边，那是她的飞行员在史基浦机场免税店给她买的，那里最便宜。而这里没什么重要的。这里远离世界，远

---

① 徒步旅行者（Wayfarer），墨镜的一种款型。

离落雨的天空，雨水拍打着玻璃屋顶，流入屋内的雨水收集桶。这里远离高声轰鸣、尾气弥漫的公路。远离岩山和邦布村坑坑洼洼的小道。此时，她觉得什么都不存在，眼中只有橱窗上反射的灯光，敞开的商店大门内穿连衣裙和缠腰长裙的模特，一盘盘珠宝首饰和正在融化的酷圣石冰淇淋，粉色的，红色的，白色香草的和黑色可可味的。克莉丝朵把飞行员留在塑料椅上，自己突然离开，大步走上小道，我跟着她，我跟她之间连着一根看不见的线，也许帅气的老男人也起身走来，其他男人也跟着她的踪迹，被不存在的克莉丝朵的皮肤和头发的香气吸引，音乐和灯光构成的克莉丝朵，青春永驻的幻象般的克莉丝朵，如梦游一般，徐徐向前。

克雷沃克尔

芒果树下乐曲悠扬。在阿尔玛的小河旁，溪涧那边，我能听见小曲。以前，那个时候，我有架钢琴。它的名字叫希斯辰。德国制，是我贝特奶奶从英国船运过来的，那时她陪着爷爷阿哈布坐船，她不是德国人，是苏格兰人，是个音乐家，可我从没听过她演奏，因为她的双手被叫做关节炎的病弄僵了。我弹琴，她在客厅门口听，也不进来，不想打扰我，也可能是走路太疲。我七八岁，个子太矮，要在小凳上加几本字典，才够得着琴键。爸爸很喜欢巴赫，因为曲风严肃，可贝特奶奶更喜欢肖邦，我喜欢德彪西，尤其是《沉没的教堂》，可我弹不好，只会弹《步态舞》。现在，轮到我手指扭曲变形了，不是因为关节炎，而是 Σ 怪病。高烧和一切过后，我醒过来，手指就僵了，简直成了猪手，我再也没法弹琴。然后，阿尔曼多家把什么都卖了，钢琴希斯辰跟其他的一起，没人要它，结果它去了美池大剧院，在那儿也没派什么用场，只有小学生庆祝会，有街区的贫困户小孩来，一位夫人给他们弹曲子和轻歌剧。我可不想掉泪，哭有什么用？他们抢走钢琴和宅子，我就在脑中保存好乐曲，我想听，就让乐曲奏起来。芒果树下，先天畸形的那个小姑娘会来听，乐曲飘散在风里，吸引着她，乐曲有各种颜色，有糖果和蜂蜜的味道，有时还有飓风的风雨味道，我为她哼唱，哪怕她不懂，但我知道她能感觉，不用语言，而用声音，咬紧牙齿，用嗓子哼唱，哼哼，啦啦，哼哼，门德尔松的《无言歌》，这曲挺好，因为她刚好听不懂歌词。她有点胖，金色皮肤，像面包的颜色，她的眼睛像狗一样清亮。我不知道她的名字，我叫她塞米诺，刚开始她还怕我，我一靠近她就跑。塞米诺，就是我喜欢的舒伯特的曲名①，我咬紧牙齿也唱不出来，只会哼几句，在溪涧旁，芒果树下，为她哼唱。一次我靠近她，碰了碰她的裙子，我也碰到了她腿上的皮肤，她的皮肤很软，可她害怕，跑走躲在灌木后面，我不想伤害她，我只想碰碰她的皮肤。我给她唱我特别喜欢的歌，我第一次弹琴，弹的就是这首，叫《友谊地久天长》，舒伯特的，歌词的语言我不懂，但我能记住每个词，我为贝特奶奶而弹，我觉得她很喜欢这首歌，她待在门口，跟我一起唱歌词。我的手指废了，可我还能唱歌，如果能找到钢琴，我也能弹奏。我不能每天为我的希斯辰去剧院，我希望能在别处找到钢琴。于是，就在除夕那夜，我去圣让公墓看望可怜的老人们。我要去看看，不能因为我没给零钱，就叫赞先森拿他脏兮兮的灰油切（漆）刷在墓碑上报复我。我带上牙刷和一小杯水去公墓，还带了一截粉笔，去描名字，我可不希望

---

① 女孩的名字塞米诺（Céminor）与舒伯特的钢琴奏鸣曲 C 小调（C Minor）发音相同。

名字像其他多数墓碑上一样消失。我路过教堂前面，往常这时候门已经关了，可今天还开着，我走进去，里面很黑，有股奇怪的腐败鲜花和地蜡的气味，到处是枯萎的花束。我听见祭台后边传来乐声，在圣器室，我伸直了胳膊摸索着往前走，因为什么也看不见，我拖着脚步慢慢走，乐曲牵引着我。就在那儿，一个男人坐在钢琴前，一架有腿柱的立式钢琴，跟我的希斯辰一样。男人停下手，看着我，我一动不动，以为他要赶我走，通常人们看见我，都害怕我没有眼皮的眼睛，他们说，猫头鹰的眼睛。男人不高，很优雅，长得像我爸爸，他穿着白色衬衫，蓝色领带，剪着短发，戴眼镜，眼镜后边一双蓝眼睛。他说："我叫米歇尔。你呢？"我张着嘴，不知该怎么回答。男人很有耐心。"那么，你叫什么名字？"我回答："我叫多米尼克·费森。"通常我不说姓，因为这个姓氏很有名气，他们以为我妄想，想要显摆。可他没说什么，也许他不是这里人。不知道谁是费森。他站起身，把椅子推过来。"好呀，多米尼克，如果你想听我弹琴，那就请坐。"我没动，于是他说："来吧，好孩子，坐！"我坐下，他继续为我弹奏，乐声充满了我的脑袋，我想哭，我记起在阿尔玛弹琴的女老师，《沉没的教堂》，我听见海面之下敲响的钟声，然后他又弹肖邦，《降B小调夜曲》，轻柔的音符，温润的音符，接着是音符低沉的和弦，我记起这一切，生病之前，我想成为钢琴大师，想在音乐会上穿一身黑西装、白衬衫演奏，我想献给奶奶，观众站起身为我鼓掌。米歇尔演奏完毕，他站起身来。他的脸有些红，眼睛闪着光，他擦擦眼镜，眼里泛着泪光。"多米尼克，你也想弹吗?"他这么说,我先以为他取笑我,向后退了一步。我说:"抱歉,米歇尔先森(生),我弹不了,我的手指废了。"米歇尔还是让我在钢琴椅上坐下,我把手放在琴键上,我感觉到冰冷的琴键,然后只是一瞬,我记起了一切。我的手指开始移动,刚开始很慢,尤其是小指头,手指不受控制,独自在琴键上舞动,我弹《友谊地久天长》,曲子是舒伯特为罗伯特·彭斯所谱,歌词是我不懂的语言,我也唱起来,音符重现。"好!"米歇尔说。"对于一个手指废了的人来说,你弹得真好!"他示意让我站起来,自己重新坐下。他大声说:"你想来弹琴就来,但是,好孩子,你要先洗个澡!你太臭了!"很久没人这么对我说话。我说:"下次我会去摩卡河里洗澡,洗干净。"我退身离开房间,不想打扰米歇尔。他继续弹琴,弹肖邦的《夜曲》。音符在漆黑的教堂里飞舞,蝙蝠一般。现在我回想起来,女钢琴老师坐我身边,黑钢琴前,她弹德彪西,《水中倒影》,很难。我弹《友谊地久天长》。奶奶第一次把乐谱放在钢琴上,她说:"弹吧,渡渡。歌词是罗伯特·彭斯写的,我故乡的语言写的。"我看着音符,我居然能弹舒伯特的乐曲,于是我毫不犹豫,一个音符也没错地弹了下来,乐曲直接从乐谱上飘到我手指上。贝特奶奶对我说:"渡渡,你是个艺术家!"我那么幸福,我弹了又弹,先是慢慢地,然后越弹越快,奶奶跟着唱,可歌词我听不懂,我就唱啦啦,啦啦啦,啦啦……就这样,奶奶唱着,屋里飘满乐曲与欢笑,奶奶鼓掌,她双手扭曲,手指关节疼痛,也依旧鼓掌,我也鼓掌,我还不知道,幸福不能地久天长。

其他的，德彪西，门德尔松，舒伯特，肖邦，我都只能在脑中演奏，只有《友谊地久天长》，我不曾忘掉。只要美池城大剧院开门，我就进去，找到我的希斯辰，它孤零零地待在角落，下雨的时候，水滴渗进屋顶，弄湿了琴键，我不在乎，我弹我的琴。来了些人，小学生，或是看门人，他们听一会儿，总是相同的曲子，听腻了便纷纷离开。一天，在市政府工作的儒勒·帕泰勒先生听我弹琴，他说："你弹得很好，可你总弹一个东西！"我说我会其他的，这不是真的，过去我能弹肖邦和德彪西，可我不想提起贝特奶奶和依旧属于我们的钢琴，这跟他有什么关系？为了不让他多问，我关上琴盖，走出剧院。我希望找到另一架钢琴，得到个机会，比如一场婚礼，或是新年，这天，我能进卡特博尔纳的金色郁金香酒店，用大厅里黑色的中国大钢琴弹奏，但如果不是新年，他们不希望弹《友谊地久天长》，他们说这首歌会让人生病。

马卡贝森林

想找到蛛丝马迹几乎是痴心妄想。简直做梦。回到最初的时代,几百万年的风吹日晒之前,岛上崭新一片——新到人类还未诞生。随后,岛屿经历了大地震、熔岩流、海啸、大洪水、冰河时期。想在洞穴酸土中寻找骸骨根本不可能。森林,也没剩下多少。我第一次见阿底提[①]是在毛里求斯野生动植物基金会办公室,她给我看了毛里求斯地图。1796年,阿克塞尔·费尔森跟家人在法兰西岛下船的时候,森林覆盖了全岛的十分之九。1860年,当费尔森家族进入工业时代,开始种植烟草时(不是所有人都参与制糖业),岛上还剩下几处地方保护性森林,在山上,黑河河口,沙马雷勒,或许还有德布拉。如今什么也没剩下。丁点残余的森林,像撕烂的碎布,被栅栏围着,被公路劈开。我跟阿底提坐在红土路边的岩石上,想象祖先从轮船甲板上眺望到什么——说说你的祖先吧,阿底提说,我的祖先来的时候一直在底舱深处,直到大门敞开,眼前是光线耀眼的港口和将他们带到工作地

[①] 人物姓名阿底提源于印度神话,是众神之母,无限无缚之意。

的双轮马车。你的祖先有很多呢：范·韦斯特-扎南[1]，乘恩克赫伊森号来，科内里斯·马特利夫[2]，彼得·博斯[3]，乘阿姆斯特丹武器号而来，托马斯·赫伯特[4]乘雄鹿号而来。还有海尔德兰号的水手，全都光脚踩在塔玛琳湾柔软的沙地里。那时候渡渡鸟随处可见！岩石海岸上都是渡渡鸟的身影——探险家以为见到了企鹅——像小老头一样弓着背，在带刺的灌木丛里寻找种子，它们圆滚滚的屁股保准能让饥肠辘辘的人吃到鲜美的肥肉，将脂肪放在小桶中溶开，然后用盐腌，用太阳晒。威廉·范·韦斯特-扎南在他的打油诗里就是这么写的：

> 此地人们以带羽鸟肉为食。
> 以棕榈汁液和渡渡鸟圆臀为食，
> 他们抓住鹦鹉，鹦鹉吱喳尖叫，
> 众鸟闻声而来，便可一棍打死！

---

[1] 范·韦斯特-扎南（Willem van West-Zanen），荷兰航海家，曾在1648年出版的书中描绘了对渡渡鸟和毛里求斯岛上其他动物的追捕。

[2] 科内里斯·马特利夫（Cornelis Matelief，1569—1632），荷兰海军上将，是最早对渡渡鸟和毛里求斯岛上其他动植物进行描写的人之一。

[3] 彼得·博斯（Pieter Both，1568—1615），又译皮特·波托、博茨，荷兰东印度公司第一任总督，毛里求斯的一座山以其名命名。

[4] 托马斯·赫伯特（Thomas Herbert，1606—1682），英国探险家、历史学家，曾在著作中绘制了渡渡鸟的插图。

阿底提有时会去毛里求斯野生动植物基金会办公室，在居尔皮普，我在那里复刻地图。我们在那儿相识。之后我才明白，她有个秘密，她怀了孩子，没有父亲，她拒绝随便找人嫁掉，被家人抛弃。从那时起，她就住在森林里。再没有比她更好的向导了。

　　阿底提给我指明了去长池水库的路。越向前走小路越窄，泥泞不堪，森林变得瘦长，与其说是森林，倒不如说是片矮树林。最多的树种是草莓番石榴，叶子有些发红，还有一丛丛庞大的马缨丹。这里、那处，偶尔有棵弯曲瘦削的毛里求斯柿树。阿底提在我前面走得飞快，她只穿橡胶拖鞋，却在满是石块和水洼的滑溜地上顺畅地奔走。我试着想象渡渡鸟也在这里，在杂乱的绿树里边，可脑中出现的却是存活下来的马龙人。马龙，这个名字颇为贴切①，用来指那些一直在逃的人类，悄悄藏进森林，被追捕者的猎犬围追堵截。他们才是岛上名副其实的最初居民，跟渡渡鸟一样，1695年一对反抗奴隶一把火烧了要塞，这对反抗奴隶，男人被五马分尸剁成肉块，女人则被吊死。之后，荷兰主子将所有奴隶弃之不管，存活下来的马龙人在远离水源、不宜居住的高山的中心位置，用树木枝叶建起庇护所。在下方的黑河那里（黑河本来就是他们的河），他们用刺人的灌木封锁了河口。他们监视海岸，那宽大的蓝白和绿松石颜色的月牙形海岸。有时一艘轮船在贝尼奇耶岛，或是黑河入口抛锚停船，从悬崖

---

① 原文为法语"marron"一词，一说源自西班牙语"cimarrón"，意为野生的，生活在山顶上的；另一说法源自西班牙语"marro"，意为逃亡的。后来指殖民地的逃亡奴隶。此处为音译。

高处，马龙人可以看到放奴隶上岸的小艇。黑蚂蚁似的条条队列走在莫纳山的沙滩上，走向北方，走向种植园地狱。有时逃亡者酝酿暴动，在山上点起火把，将信号传给新来的奴隶，告诉他们自己并不孤独，自由在森林中等待他们。夜幕降临之际，我似乎听见了马龙人在矮树林里呼喊。那不是人声。他们模仿野猪的咕噜声，飞鹰的尖声急叫，或是犬吠，哇呜啊！哇呜啊！这是为了震慑，让追捕他们的民兵停在半路，折回宿营地，就算种植园主的民兵队长嘲笑他们胆小，催促他们前进，他们依旧闻风丧胆！民兵驻扎在黑河，在塔玛琳湾。夜里他们讲述在森林里见到的可怕的事情，光着身子抹着炭黑的野人，手持铁木制成的标枪和弓箭，从溪谷高处向下砸石块，他们挖陷阱，放有毒的藤条和带刺的仙人掌。

现在的长池水库岸边一派寂静。只有蚊子嗡嗡作响，在溪涧尽头，有蟾蜍开始歌唱。太阳消失在小黑河山顶之后，金光瞬间满布天空，随后夜幕降临。我就是为此而来，阿底提回基金会小屋前我这么给她解释："我来这里是为了听毛岛中心的夜。包围树木的寂静。"我庄严的声音有些浮夸，她笑起来："你哦，真是个孩子"，她对我说。我裹着防雨的冲锋衣，把头搁在包上，我看着星辰消失在雾气之后，直到一切被蓝色微光照亮。

马龙人看到的是同一片天，一夜一夜，在焦躁的等待中，或许一直窥探着将引领他们回到大陆，回到大洋彼岸的那颗星。寻找他们孩提时，在江边看到的那颗星，那时骑马的恶魔还没将他们掳走，带他们穿越沙漠和沼泽，到达基尔瓦，到达桑给巴尔。在这里，在马卡贝森林，他们如同在大洋中心，天空万里无云，毫无变化，无所纷扰，没有威胁，没有污染。甚至没有一丝火光、一盏灯明。只有星辰的光辉，闪动的星辰，引他们定睛，有种遥远的、熟悉的力量。

它们也生在这同一片星辰之下，瞳孔变圆的巨鸟，有时它们抬头向天，火流星飞过，它们眼皮一眨，然后重归梦乡，卧在土地里的洞中，孵化它们唯一的蛋。

逃奴记起他们儿时的夜，他们念起一句咒语，用自己的语言所做的祈祷。天无名，无形，无识。寂静的天饮下他们的生命，呼吸他们的气息。

我还是睡着了片刻，黎明时分，我听见吵闹。从森林而来，是种鸽子柔和的咕咕声，间或有尖锐的鸣叫，椋鸟的那种，也许是在树顶上飞来飞去的毛里求斯鹦鹉在叫。或许我已经习惯了这里的声响，而且这里听不到城市的嘈杂，所以我还听到另一种声音，过去从未听过。一种沉闷深邃的震动，从四面八方传来，在溪谷中回响，在池塘上方颤动。慢而柔，持续不断，我明白过来，那是大海在说话。这里看不见大海，海岸很远，必须在森林里辟出一条小道，去黑河河口的瞭望所，像马龙人一样开路，而我既没有所需的衣服，也没有必要的鞋子，还会被国家公园的巡逻小队拦下。马龙人还有巨鸟，每日清晨听着这样的吵闹，那是焦虑和希望交织的啼鸣，海浪在珊瑚屏障上翻滚，风带来的嘈杂声包围着岛屿，紧紧裹住岛屿，我一动不动地听，此时太阳出现在天际，照亮了树顶。这声音告诉无翅巨鸟，没有什么能将它们与世界其他地方相连。它们听着，缓缓踱步向前，摆动着臀部，好像市长走在小镇的广场上，它们知道自己的生命中什么也不会改变。这声音让马龙人想起将他们带到监狱之岛的大船里的地狱，灼伤伤口的盐，长浪那残暴的起伏，日夜不休，还有海浪将他们冲上黑河沙滩时头晕目眩的感觉。时不时在拂晓之前，天蒙蒙亮，有大独木舟靠上岸，将他们带回故土，远离刽子手。

池塘附近，荆棘丛中，巨鸟出现了。一只接着一只，小心翼翼，仿佛早已感知敌人就在附近。它们还没从夜晚的昏沉中完全苏醒，抖抖羽毛，跑动一会儿，打着转。其中一只叫了一声，如同驴叫，其他巨鸟在矮树林里回应。它们走起路来摇摇摆摆，甚是可笑，脖子像它们的近亲鸽子一样游移不定，时不时扑扇两下残缺的翅膀，发出刺耳的啪啦声。有些则摆出打斗的姿态，一只纹丝不动，张开大嘴，另一只绕着它转圈，一瘸一拐，颇为滑稽，攻击者慢慢后退，再原路向前，再后退。它们还不知道，这是生命中最后的时光。它们看见沙滩上的黑影，发现绑着红布的甘蔗，水手在它们面前挥动红布甘蔗，引诱它们，其中一只毫不怀疑地靠近陷阱，一个手持粗木棍的水手上前将它击昏。它们听见被活捉、关进笼子的同伴在呻吟，笼中之鸟绝食哀嚎，最终饿死。在这里，在长池水库，存活的巨鸟聚集起来。晨曦之中，它们跳起最后的舞蹈，成年巨鸟顶着年轻巨鸟，将它们引向配偶。稍远的地方，山坡之上，高树附近，一对夫妻筑好了巢穴；那只是红土地里挖出的一个洞，用干树枝和棕榈叶围成小矮墙。鸟巢中心放着唯一一颗蛋，非常白，非常硬，泛着亮光。一旦有鸟或老鼠靠近，雌鸟就拍响小翅膀，冲向入侵者，指爪如榔头般坚硬，连续发出噼噼啪啪的声音，它的喙咯咯作响，以示警告。可它们不能离开太远。它们曾是这座岛的国王和王后，大地在它们脚下压实，一切都很充足，水源、种子、铁木甜美的果实。它们住在各处，山坡上，河谷深处，大海沿岸。它们在海湾的沙滩上玩耍，聚集在林中空地咕咕求偶，用舞蹈和欢腾的啼鸣庆贺夫妻结合，在急流清亮的水里洗澡。现在，它们只剩小小一群，森林中心的难民，藏在灌木里面。有时它们记起过去的时日，梦想自由。它们下山走向海岸，想在黑岩之间奔跑，感受飞溅的浪花沾湿羽毛，呼吸甜美的风，在温热的沙地上打滚，在咸沙滩上啄食扇叶露兜树的果实，舔舐鹿角菜，仿佛一切如故。它们伸长细脖子，从矮树上方张望黑影，这些高大怪异的黑色动物用两腿走路，和它们一样摇摆身体。它们眨着圆圆的眼睛，看见闪电从地面窜出，就在那儿，在一排树木的树干之间，随后雷声轰鸣。再然后一切重归寂静，其中一只巨鸟宿于沙滩，它躺在地上，两脚朝天，半张着嘴，风吹起灰绿色的羽毛，扰动它臀部奶油状的翎羽，可它的眼睛始终紧闭。它死了。

阳光燃烧着森林，池塘波光粼粼。巨鸟躲在树下，想逃离危险。它们安静无声，而后其中一只忘记了危险，低声啼鸣。它的声音先是温柔地呼噜两下，然后另一个声音相应而起，叫声逐渐变大，再次笼罩森林。一声沉闷的引擎声，尖锐、刺耳的哀叹声，摩擦，晃动，溪涧中石头滚落的声音，海水冲进小湾的声音，冲击海湾，如同在岛上各处响起歌声，充满所有凹洞、所有池塘，在熔岩堆中的细流里流淌,直到涌入大海。再来几声击打,再过几个白天,尽管死亡迫近,巨鸟依旧以为自己是岛的主人,它们温柔而尖锐地嘟嘟——嘟,嘟嘟——嘟地叫,想让大家相信,什么也没有改变,什么都不会改变,没有什么即将消失,它们将永远在此,继续笨重地大步走在这片土地之上,如"市长"[1]一样,匿名的编年史上如是记载,它们如同企鹅在没有浮冰的地上走,皮埃尔-安德烈·德盖尔提[2]在1751年这样写道,"一队一队,来来去去,它们表面看来很是忧伤",可它们已经猜到自己的命运,猜到天堂不能永恒,恶总会到来,邪恶随着贪婪饥饿的探险者进入岛内,将它们赶尽杀绝,直到最后一只。

暮色降临在马卡贝森林,孤独的巨鸟远离池塘。也许它们明白,危险在水边徘徊,不明的危险,不过是几个闪过的影子,一只螺旋形尖牙闪现的野猪,一只虎斑猫,一只逃开的獴,或是草丛里成群结队找蛋吃的老鼠。巨鸟们在森林边缘止步,圆圆的瞳孔蒙上一块白斑,夜晚的雾气压在头顶,它们将大嘴埋在残缺的翅膀里沉沉睡去。森林中回荡着陌生的尖叫声、犬吠声、呼喊声。民兵纷纷下山回海岸,猴子尖声乱叫。再来几声击打,再过几个夜晚,巨鸟的时代就将终结。

现在能听到人的叫喊,野甘加田里游荡的小偷,他们在国家公园的铁丝网上钻个洞,飞奔在非法偷盗的小径上,包

---

[1] 原文为荷兰语。
[2] 皮埃尔-安德烈·德盖尔提(Pierre André d'Héguerty,1700—1763),法国经济学家,留尼汪总督。

里塞满了新鲜的叶片。在树木荫蔽下，奔向瀑布方向，玛纳纳瓦那边，美景村，或是小黑河山深处，去肯斯诺亚尔和桑古莱特的公路上。电筒的光一会儿点亮，一会儿熄灭，旋即又亮起。睡吧，巨鸟，大渡渡鸟，进入梦乡，闭上双眼，不再看世界，进入史前时代，你们，是人类还未涉足的这片土地上最后的居民！

和谐塔

之前我就听说过絮库夫太太。母亲跟我提起过她，在毛里求斯的法裔小圈子里，荒诞不经、疯疯癫癫[①]的人不在少数，她是里面最孤傲不群的。她原名让娜·托比，絮库夫是她的绰号，因为据说她是罗贝尔·絮库夫[②]的后人，而她的嘴又很碎，什么都能插上几句。我没有特别想要见她，但是岛就这么大，相遇是注定的。我想到1810年最后几批上岸的奴隶，那时英国人已经废除了人口买卖，关闭了基尔瓦、桑给巴尔、富尔潘特可怕的奴隶贩卖点。奴隶贩子没有选择，只能远离海岸巡逻艇和军事要塞，在无人区继续偷偷运送。也是因此，为战略利益考虑，英国人修建了很多警卫塔，著名的马尔泰洛塔，全世界只要是大不列颠人所到之处，海岸边都能见到，科西嘉、魁北克、西非或根西岛，当然还有毛里求斯。在路易港的入口，在拉普纳斯，在沙岬前

[①] 原文为克里奥尔语"fouca"。
[②] 罗贝尔·絮库夫（Robert Surcouf，1773—1827），法国私掠船船长，出生于法国布列塔尼大区的圣马洛。他活跃于印度洋地区，作为船东从私掠、商业、非法贩奴中积累了大量财富。毛里求斯曾出过邮票纪念他。

方,高塔被住宅区环绕。我想看最后一座依旧孤傲屹立的马尔泰洛塔,在拉萨里讷,黑河附近,名叫和谐塔。顶着太阳走了半个小时,我来到了通往弃塔的狭长之地。我站在混有淤泥的软沙上,里面满是贝壳碎,我望向大海。时间正值傍晚,这片闭合的海湾里有种无可救药的伤感气氛,大海阴沉,灰色的天空里几只归巢的滨鹬缓慢地飞过。湿热的空气笼罩着塔玛琳湾的小塔山,给朗帕河这位睡美人披上一层朦胧的面纱。沿着海滩在塔周围,木制的小破屋仿佛被废弃。没多久我就走到了土路的入口,一块木牌上写着,此半岛将修建超级豪华住宅,有泳池和私人港口,沿小河河口,莫纳布拉班特山景观一览无余。

我在沙地上坐了一会儿,正准备离开。我已经看到我想看的,贩卖奴隶的万恶之地,岁岁年年,非洲奴隶在此登陆,然后出发,艰难地走到种植园。或许正是在此,在这片海滩,夜幕降临之时,黑人被分配给各家主子,主人并不在场,由工头代表。这里不用掏钱,交易在商号的回廊中进行,在路易港,或是马埃堡。这里,是旅程的最终章。你,到勒古先森家,你和你,到若赛家。你,去加尔尼耶家。你,到杜福莱斯纳家。你,到克嘉里乌家。名字在海湾中回响,勒鲁,玛巩,加尔丁,摩罗,普罗泰,莫柏图伊,郭尼阿姆,玛尔鲁,法布勒,基隆,罗比纳,罗里奥,艾蓬,努维勒,特乌阿尔,布尔达,勒麦姆。队列出发了,有火把照明,马龙人从黑黢黢的山顶向下可以观察他们,如同发光的蚂蚁,在矮灌木中蜿蜒前行。

让娜·托比是个看不出年纪的女人，矮个子，干瘦，黑眼睛，烟灰色的头发修得很短。她的皮肤被太阳晒成棕色，满是皱纹和黑斑。她直接走出屋子来跟我说话。她站在我面前，两手插在裤子口袋里，裤子对她来说有点太大了。

"您是哪位？"

我犹豫着怎么回答，她不耐烦地又问了一遍：

"您是谁啊？叫什么？"

她没听说过我的名字，我提起母亲的名字，叫艾莉森·奥康诺，父亲的名字叫亚历山大·费尔森。

"以前我认识一个费尔森，穿得跟稻草人一样，是个到处溜达的疯子。一个败迪帮[①]，毛岛人都这么叫。后来他不见了，没人知道去了哪里。"

一个败迪帮，一个失去了自己的群帮、家庭、没有朋友的流浪汉。

"他叫什么名字？"

让娜迟疑了一下。

"一个费尔森，我只能说，大家都叫他的小名，渡渡。他还有个外号，古德罗，丢石头的意思，我不知道缘由。"

我本想了解更多，可她不再说下去，我并不坚持。她重归平日的谵妄，看到和谐塔旁的地皮上要建的豪华住宅。卡车在土路上来来去去运来渣土，堆填半岛尽头的海峡，准备在那里建海滨乐园。

"看看！看看！"让娜·托比走上公路咒骂卡车司机：

[①] 原文为克里奥尔语 "Perdi bande"，指被排挤的、边缘化的人。

"这些人真不要脸!他们毁掉了一切,每天晚上我都要在家擦掉厚厚一层灰,我的植物都快死了!"

她自我介绍说:"我叫让娜·托比,来吧,来我家看看。"

她家里很小很暗,有股霉味,至少闻着有老女人的气味。她在炉子上煮茶的时候,我打量了一下屋子。只有一间客厅,细长形,完全被家具和小物件占领了。

"为什么大家叫您絮库夫太太?"

让娜一声冷笑,然后说:"哈,您已经听说了?在这里每个人都有外号。貌似我是这个航海员的后代,他是圣马洛的布列塔尼人,可我不引以为傲。他是个不错的航海员,可也是个无赖,曾经是大名鼎鼎的奴隶贩子,在家乡死的时候,盖的是漂亮锦被,住的是斥巨资修建的奢华大宅,他在圣塞尔旺有座华丽的坟墓,可我没去法国看墓。法国是个梦,像我这样的穷人没资格去。"

她的茶很苦,尽管里面倒了牛奶,她倒的浓缩牛奶反倒污染了我这杯茶。

"您一个人住这儿?"

让娜在厨房忙活,她端着一个缺了口的盘子回来,盘里三块不新鲜的拿破仑蛋糕滑来滑去。

"对啊,当然,之前我几个侄子还来看我,他们在岬角有个营地,专门冲浪用,可都怪我们这里要建的该死的东西,他们不愿来了,海脏了,到处是水泥,大家都滚蛋咯[①],我也是,我也要滚蛋咯。"

---

① 原文为克里奥尔语"foutu le camp"。

她手舞足蹈地说着，勺子掉在了地上。她双腿满是静脉曲张爆出的血管，她光脚踩在方砖地上，脚指甲又长又脏，有点弯，像爪子一样，小孩看到估计会说，这是老巫婆的脚。她恼火地重复着："滚蛋！"

一时间我以为她要赶我走，可她继续说：

"其实我小时候，在这里，在和谐塔，几乎见不到人。只有几间渔民的小屋，我父亲让人建了这座屋子，好去海湾打鱼，离他的银行远远的。那时没有电，没有自来水，什么也没有。我们脱了鞋，蹚水过河，去看河对岸的几个姑妈，住科尼格的、马奥的、圣利吉耶的，河对岸可美了，跟这里不一样，这里是黑沙滩，只有石鱼和螃蟹，还有渔民的船。"

我不敢打断她絮絮叨叨，问出我唯一关心的问题。

"我们跟亲戚家的兄弟姐妹在河里游泳，不去海里，海里太危险，女孩穿衣服下水，水刚好没过脖子，我们在河里尿尿，太逗了，小鱼咬得我们咯咯笑，可没人承认。"

让娜让我参观了她家客厅。架子上，老书的皮面长满绿色的霉斑。餐柜里放着东印度公司的彩色花卉纹盘，一只缺了口的汤勺。让娜说她从来不用。难道这是航海家仅剩的战争财宝？我看见她常用的餐具放在桌上，几只搪瓷汤碗，一个蓝色平底锅，几只玻璃杯和一个灰暗的塑料盛水桶。木制扶手椅是英国殖民风格的，几只花瓶放在地上。一幅油画的画框上，一动不动站着一只北京矮脚鸡[①]，保持着平衡，一开

[①] 北京矮脚鸡（Bantam de Pékin）为英国矮脚鸡品种，源自19世纪英国人从中国北京带到欧洲的鸡的品种，具有观赏价值。

始我还以为是个标本。屋子的门窗打开，一条脏兮兮的白色老母狗躺在门口。我走近了它也不动，只是竖起耳朵听从坡子上冲下来的卡车声。

"它叫兹莉，母鸡叫兹斯蒂娜"，让娜说。这些名字是她偶然的选择吗？

我刚喝完茶，两个男孩闻讯赶来。我听见让娜用克里奥尔语跟他们说话，我明白她在说我，她让他们放心，我不是和谐塔项目开发商派来说服她卖房的。

"他们可是勇敢的小伙子，"让娜·托比评价道，"他们住得远点，在塔旁边，工程一开工，他们的房子就首当其冲要被拆掉。"

我没有提问。

"麦岩最年轻，还有他的伙伴皮埃尔。他们住这儿是为了冲浪，打鱼，他们是新一代的鲁滨孙，可对他们来说都结束了，他们还没明白，他们必须离开，大家都一样，没钱只能如此！"

我的屁股挨着椅子边缘又坐了一会儿，我不知该如何离开。我没有勇气问她问题，尽管这是我此行的目的，两百年前，她的祖先，英勇的私掠船船长，正是在这片黑色沙滩，从他的非洲号舰船上，卸下一船奴隶，卖给帕耶、美池城、威廉平原区的种植园主。或许他甚至不在船上，而在他朗帕街的办事处，或者已经回到圣马洛，在他圣塞尔旺的农庄里养老，丝毫不在乎在世界的这个角落，有男男女女，年轻男孩，被丢在沙滩上，在沙地里蹒跚而行，他们满身伤口，牙龈被败血症侵蚀，因高烧和恐惧而颤抖，惊慌失措地四处张望，看着面前这世界上最美的风景，而这里将很快成为他们的坟墓。

我从让娜·托比家出来。我试图看到在大海和群山黑岩间游荡的亡灵，白费力气。骤雨过后，天空被划过天际的彩虹劈开，太阳照亮了蔗田、森林的树木，仿佛岛上无人存在。此时，正是小艇送被俘的奴隶上岸的时刻。那时黄昏寂静，只有滨鹬依旧沙哑的叫声，海浪冲刷沙滩的哗哗声。可如今，只见冲浪归来、身穿黑色连裤衣的男孩女孩的身影，一时间，他们的身影与大船从非洲和马达斯加运来、被铁链两两相连的奴隶那些发亮的身躯重叠在一起。

让娜·托比在沙滩上找到了我。她也看着夜幕下的海湾。我想说点俗套的话，几句安慰话，让她忘掉那纠缠的顽念——无论如何，她不可能活到工程完工——可她说起了亡灵。

"您看这美丽的地方，天堂一角，宣传折页上就是这么说的，从海上来的人最先看到的就是这片风景，仙女绘下的群山起伏，或者是恶魔画的？"

她声音低沉，我听出一丝焦虑。

"我没有一天不在想。在这片沙滩上，所有被海浪冲上岸来的躯体。他们身上被撒上松香，不是宗教仪式，而是为了焚烧，为了防止染病，或是毁尸灭迹。太可怕了，奥康诺先生，"她已经忘了我的姓，"无论如何，这都太可怕了。人们来自世界各地，在海边奢华的酒店度假，他们会说：'哇哦，和谐塔！多美的名字，不是吗？这里舒适，安静，大海一望无际，离毛里求斯人远远的。就只有我们。'可如果每天晚上,他们都到这里来,就会跟我一样听见逝者的声音、孩子的哭泣声、鞭打声,看守在咒骂,还有狗吠!"

看吧,人家没有骗我。絮库夫太太果真是私掠船船长的后代,随时挥刀砍向一切让她不快的东西,包括她祖先的遗产。她没有睡在金银财宝上,没有一身华服包裹丰腴腻脂,任自己被谄媚者和高官显贵包围。她在黑沙滩上,孤身一人面对亡灵。

"您会再来看我的,对吧?"

我没有承诺。生命苦短,这座岛却是无尽的。

艾姆琳

她的名字叫艾姆琳·卡尔瑟纳克，今年九十四岁，是阿克塞尔的女儿西比尔的最后一个后代。我想见她是因为我知道，她了解我父亲的童年，尽管她跟我们家族的故事毫不相关，我还是叫她姑妈。很久以前，她就离开阿尔玛领地，住在小木屋里生活，就在甘地学院旁边。虽然年事已高，她依旧孤独度日，只有时不时来个老妇人跟她同住，那个老妇人叫奥尔加，住良田街区的膳食公寓，据说是个老歌剧演员，从法国波城来的，一生冒险无数，最后定居在此。多亏我在蓝湾的房东帕提松夫人，我拿到了她家地址。没有电话。要想找到她，必须给摩卡路口的中国杂货店打电话，李先生派个男孩骑车来回，半小时后带来了回复。艾姆琳既没钱，又没关系，她跟住在内陆、住阿尔玛的那些人，阿尔曼多家、罗比纳·德·博斯家、艾斯卡列家，都断了关联。总之，她同辈的人都死了。可人们记性好，他们还记得过去，艾姆琳·卡尔瑟纳克也曾是个人物。传奇留存了下来。

艾姆琳在门口迎接我。她是个矮个儿老太太，穿着宽大的长裙，盘发髻，光脚蹬拖鞋。以她的年纪来看颇为健壮，根本不需要拐杖。她满脸皱纹,脸被晒成棕褐色,缺了门牙,像个美洲的印第安女人,不过她的双眼是浑浊的绿色。

"来看看我,过来!"她一上来就对我以"你"相称,因为她觉得我们毕竟出自同一血脉,不过这也可能是克里奥尔人的方式,对谁都用"你"称呼。"你应该长得像你父亲,我以前很熟悉他,他应该跟你说起过我吧?"

我没有印象。父亲从不提阿尔玛时期的事情。不过我微笑,亲吻了她,我对她撒谎:"当然了,姑妈,他经常跟我提起您。"我给她带了个礼物,一瓶"花之女王"的古龙水,香豆味,艾姆琳闭上眼睛闻。有些刺鼻,有点甜的气味,一去不复返的时代所遗留的味道。

我们坐在门廊下面,其实说是挡雨板更为贴切,不过是塑料板拼成的棚子,有刷了绿漆的铁柱子支撑。屋子离摩卡公路有些距离,在几丛香柏中间,从门廊可以清楚地看到轿车和卡车来去。上午十一点,艾姆琳要做些奶茶。我听见厨房里传出男人般粗重的嗓音:"是谁?"

艾姆琳回来后说:"奥尔加,我的同屋,她有点像门房。"她朝后面吼:"奥尔加!来见见我侄子杰雷米!"我很是惊讶,她居然记得我的名字。也许她找人了解过我到岛上的经历,这些老年人就跟蜘蛛一样,织起的网能罩住整片地域。

奥尔加没来。貌似这几天她脾气不好。帕提松夫人提醒过我:"这位歌唱家,可不随和。"有时候,老艾姆琳和奥尔加几天都互相不说话,两人各待房子一边,有事就在门下塞纸条。

小灰狗比它主人讨喜，跑来跟我打招呼，我问艾姆琳它的名字，她说："我怎么知道，我觉得每条狗都叫狗狗。"对啊，我本该想到的！

　　这里也一样，带裂缝的盘子里盛着五块粉色的拿破仑蛋糕。

　　"如果你父亲跟你说起过我，那他一定跟你讲过我们在蔗田里撒欢的事，一跑就是几个钟头，跟野孩子一样。我比他大三四岁，他可是我训练的，我们去山丘顶上逮蜥蜴，不然就去池塘。"

　　我不敢告诉她，父亲过世多年，不过以她的年纪，就是听到这个消息也没什么大惊小怪的。我记起曾经一小块一小块研究过阿尔玛的地图，我记得附近领地的所有名字，西孔斯当斯、拉维尼尔、凡尔登、拉马尔、巴勒丢克、拉达戈蒂埃尔。我无须列举这些名字，艾姆琳自己就滔滔不绝了。与让娜·托比相反，她满怀幻想，尽是美好的回忆。

　　"收割时节，我们高兴坏了，到处乱跑，空气里有种熟甘蔗的味道，让孩子头晕目眩的香气，于是，孩子们都醉了，他们无处不在，工厂加班加点，孩子们捡卡车上掉下来的甘蔗，有时候还能碰到收割队，他们从不看我们一眼，一排向前，举着刀，咔嚓！咔嚓！而我们，我们像马达加斯加猥一样躺在甘蔗中间，搞不好会被他们劈成两半，由我发信号，我拽着其他人的袖子，一、二、三，一起跑！一直跑到山下，跑到水边，天太热了，我们跑进黑水里，顾不上脱衣服，明知回家一定会被骂。"

　　艾姆琳在椅子上摇摆着身体，她没有喝茶，我也没有，她的嗓音清澈、平稳，我将她的话语句句饮下，这是父亲从未讲述的，消逝世界的记忆。

"好景不长，收割季节过去可是很快的，那时候上百来号工人拥进阿尔玛，卡车满载着甘蔗开走，后面撒了一路的甘蔗，孩子们跟在后面捡，还有村里的老妇人，一捆一捆顶在头上，我们边走边咬甘蔗，我从没吃过那么美味的东西，又甜又涩，有种泥土的味道……"

她在椅子上摇晃身体，椅子吱吱呀呀地响，她的声音仿佛在念祷文，做祷告。我听见奥尔加在厨房里翻箱倒柜，低声抱怨。或许她也心不在焉地听着，她一定听了上百回，可这是一个她无法想象的世界，任何奇遇都无法比肩。

"我们把甘蔗扛回家，丢在厨房门口，像能有什么用似的，我猜后来女用人都拿去喂牛了……我们的房子属于我们，远离田地，在西孔斯当斯那边，表兄弟住在铁路附近，在山上，那里已经不算阿尔玛了，是勒利什，在运河边上，可以在铁路上走，火车不开已经有些时日，铁路上有几段铁轨被拆掉了……你们家的房子比我们家漂亮，你父亲就是在那儿出生的，处处是鲜花、蔷薇，还有一条棕榈小道，一座小水池，我真羡慕你们，我本想住在那里，可我们，我们住工厂旁边，没有花园，没有树木，甘蔗收割开始以后，卡车带来的灰土到处都是，妈妈诉苦说，又开始了，我们就跟住在庞贝古城一样，要被火山灰给埋掉咯。"

她顿了顿，揉揉眼睛，我想，她为了诉说过去，等待了那么久，我明白，这里面不乏杜撰的成分，她创造出老宅里的故事，卡尔瑟纳克一家，尤其是费尔森一家，她用克里奥尔语称呼为"费森",还有阿尔玛,并非源于克里米亚战争,而是阿克塞尔妻子的名字,阿尔玛·索里曼,来阿尔玛居住的第一位女性,那时候取个意大利名字很是时髦,而且她说的是阿尔玛的灵魂,她的阿尔玛马特,她的乳母。还有谁能听她说话?奥尔加可不听,她只想着吃,而其他人,其他人才不在乎,他们来自新时代,只关心堵车的公路、商业中心、家乐福、大地电器、科罗曼德,还有如今的玛雅,吸引着所有汽车前去,半路上都要路过艾姆琳·卡尔瑟纳克的木屋门前。

"要知道,杰雷米,你父亲离开的时候,我仿佛觉得是自己的弟弟走了,他答应给我写信,可一到法国,他就忘得一干二净,只有我结婚的时候,他给我寄了张贺卡,就'恭喜'①两个字,连法语都不是,还有他的签名,再没别的。我有他的地址,可我也没给他写过信。我觉得都结束了。确实结束了,对吧?那个时期的人事,什么也没留下。我丈夫死了,我们破了产,孩子去国外生活,一个在法国,一个在澳大利亚,孙子孙女也都在国外,瑞士,南非。他们都在读书,一年就回来一次,而且更喜欢去海边,他们对摩卡可没兴趣,你看见我住的地方了?他们打电话到中国杂货店,只是为了知道我是不是还活着。你来看我,可我没法跟你说什么,我记起来的都是我的故事,阿尔玛,甘蔗田,小溪,池塘,都不复存在了,你看看还剩什么吧!"

她没给我看照片、看小物件,她的屋子空空荡荡。我也

---

① 原文为英语单数的"congratulation"。

有问题要问她，可我不知如何开口。艾姆琳如此高龄，那么遥不可及。她就像颗依旧闪耀的星星，却已经不复存在。她谈起我不认识的人，名字从她口中鱼贯而出："你听说过艾米丽·勒热纳吗？还有维斯一家？瑟戴娜？还有皮耶莱特·佩尔努和我的姨妈勒加尔、塞西尔和西蒙娜？你父亲跟你提过这些人没有？他跟你说起过我吗？他走的时候那么年轻，是个英俊的小伙儿，跟你一样棕色头发，精心打理的胡子，一头潇洒的长发。之后，他娶了你妈妈，伦敦的英国女子，消息传到这里，年轻女孩都嫉妒坏了，只好随便找个人嫁掉，其实她们想要的，只是有个人能把她们带离这里，离开这座蛇蝎之岛，这是我父亲的说法，我也很嫉妒，我跟她们不一样，我嫉妒是因为他对我也守口如瓶，我还是从母亲口中得知的：你知道吗？亚历山大，你的小情人，他要跟一个英国女人结婚了，谁能想到啃？"

我听她一直唠叨，幸亏在让娜·托比那儿我就习惯了，可我想问她问题，唯一重要的问题。我不知道自己是否有权提问，我不是这里人，对岛上的生活一无所知，我生活在如此遥远的地方，生活一直有保障。我看着她苍老的面孔，皮肤紧贴头颅，因年事和暴晒长满了褐斑。

"他跟你说过我们第一次一同去看电影吗？那是他出发之前，你的爷爷奶奶从阿尔玛搬出来，住到了玫瑰山。他去参军，想躲开这事，他穿着卡其色制服，戴着小软帽，他在入伍名单上签了字，可没告诉任何人，他只有十五岁，为了符合入伍年龄，他伪造了证件。他出发与殖民军汇合，到森林里训练。我们乘火车到了居尔皮普，当时大雨倾盆，他用军大衣给我挡雨。我们去电影院看了一部无声电影《俄狄浦斯王》，现在没人知道这部电影了，然后我们在嘉尔讷吉旁边的甜品店吃了蛋糕，再然后，他把我带回到圣皮埃尔。那是最后一次，我再没见过他。"

我似乎找到个办法。我向前微微欠身，让她注意到我要对她说话：

"姑妈，您知道托普西吗？"

她惊讶于我的问题，没有立即回答。

"你是说……托普西，一直在阿尔玛的老托普西？"

我觉得她明白了我为何提问。

"我没什么印象，他应该在我出生前就死了，但是人人都说他，说他被人用双轮马车送来，刚到阿尔玛一下车，就躲进树丛里，以为人家要吃了他。"

这段回忆如此古老，让她的面孔紧绷起来，仿佛要费点力气才能从遗忘的深渊将回忆拖拽出来。

"对，大人给我讲过这个故事，给你父亲讲过，也给你讲过吧，托普西躲在树上，大家在下面冲他喊：快下来，没人要吃你，别怕，托普西，来看看我们！他真是只会爬树的猫。可他后来自由了，他是在亚丁一艘贩奴船上被发现的，大家不知道该拿他怎么办，就给了阿尔玛的费森家，他在阿尔玛度过余生，死的时候，不知道被葬在哪里了，我觉得是在梦池附近的小树林里，他一生都在森林里捕鸽子，人人都谈起他，算是家庭成员。"

她想了想，记忆的阀门敞得更开了：

"阿尔玛有很多黑人，那个时代，他们跟美丽谷的黑人数量差不多，一百到一百五十人，不过那时候，阿尔玛还不叫阿尔玛，叫做赫尔维蒂亚，或是圣皮埃尔，我记不得了。我们家附近有片营房，我跟爸爸一起参观过。一天，他把老黑人营房的遗址指给我看，就在工厂边上。那里还有几座木屋，住的都是老人，又穷又惨的老人。那确实太古老了。什么也没剩下，除了名字，维莱塔营，卡菲尔营，还有田地里留下的痕迹，黑岩石堆砌的高墙，大家管那叫克里奥尔金字塔，要我说，那是种植园殉难纪念碑。"

艾姆琳挥挥手，赶走这些亡灵。

"我们女孩子，总幻想去欧洲，特别是去巴黎，可这终究是个梦，除非嫁给海军军官，或者巴黎的资本家，可他们并不常来这一带。我们住在阿尔玛，却跟制糖业、跟做生意毫无关系，爸爸没留下任何遗产，一切都被别人拿走了，那些住西孔斯当斯的人，总之你已经知道这些，你知道他们的名字，我们能住在阿尔玛是因为仁慈，要感谢老阿尔曼多这个老强盗，仁慈地赐给我们住所，让我们不至于流落街头。你们家，你爸爸和爷爷奶奶，你们住在一个美丽的地方，在河边，周围都是美丽的果树，芒果树、柚子树，还有大片的棕榈树林，当然，阿尔曼多家可一直盯着，他们当然想要，所以工厂倒闭的时候，他们正式宣称，你们家没有继承权，宅子和树木都是种植园的一部分，他们要收回一切，在那儿建管理者的宅子，给伦罗，给糖岛，他们后来就是这样做的，你们家只能离开，所以你爸爸才去参军，不是因为爱国，而是不想见到自家破败……你要知道，我们也一样，我们离开了，在那里根本没法生活，他们在院子里晒甘蔗渣，还有卡车,卡车天天轰鸣不断,不是收割,就是耕地,不然就在大风天焚烧甘蔗根,让我们在雾里过活。"

我在艾姆琳姑妈家待了许久。她的屋子空无一物,没有纪念品,没有家族物件。我很喜欢,将更多的力量留给回忆,因为回忆具有了想象的成分。她把什么都给了自己的侄女,给了孙子孙女,只留下生活必需的家具,没人想要的几吨重的桌子,还有穿了孔的椅子,四十年代的厨房用具,没柄的小锅,缺口的高脚杯,不成套的盘子。她自嘲说:"你看,杰雷米,遗产是留下来了,阿尔玛却不复存在,这样更好,大迪穆①的那些古堡,还是有点滑稽的!"

五斗橱上放着一本黑皮精装书,被时间和书虫咬噬了:《效法基督》,拉梅奈神甫译。我记得在父亲的床头柜上见过一本相同的。

艾姆琳解释说:"这是我曾曾祖母西比尔的,是阿克塞尔送给她的,我猜是因为她笃信宗教。"

书的扉页上我确实看到了题字:献给西比尔,阿克塞尔·费尔森,藏书标签上还有金字写成的 A 和 F,相互缠绕。

"我时不时会重读,"艾姆琳说,"书有点旧,不过有那么几句我真是喜欢,上面说要弃绝世界,很适合我,当然我也别无选择,不是吗?"

她开始念叨最爱说的话,只记得最遥远回忆的老人爱说

---

① 原文为克里奥尔语"dimoune",意为人,这里指大人物。

的话。我觉得她已然忘了我是谁，或者她根本不在乎。"他们都消失了，没人记得他们，英语有句老话怎么说的？跟渡渡鸟一样死透咯①，正是如此……柯西尼，曼加尔，波莱，加尔尼耶……杜福莱斯纳，普罗泰……摩洛·德·佩尔，乐菲尔，特乌阿尔，波特巴雷……克嘉里乌，凯尔维纳……勒鲁，勒庞，科歇……郭尼阿姆，拉洛克，马勒费耶，拉孔布，玛尔鲁……法布勒……基隆，洛里奥……艾蓬……勒努维勒……"

如同连祷文一般。她半闭双眼一直低吟。"所有这些名字，所有这些家族……他们办的庆典，婚宴，嫩枝头冠，鲜花篮子，铺满水果的桌子……筵席，还有滑步舞……拉威尔叔叔，总穿黑色西装；佩斯特尔叔叔，长得很壮，一人就能扛起一头雄鹿，放在火上烤……佩斯特尔叔叔的孙子坐在他腿上，被逼吃几乎全生的肉：快点，吃掉，要像个男人！他把肉块塞进嘴里，小孙子差点噎死，可怜的孩子！"

她也在对亡灵说话。"午后，我们跳舞，我记不清了，跳四对舞，跳华尔兹，奏乐的是克里奥尔乐队，他们小提琴和竖琴都不错，还弹三角钢琴，年轻女孩都换上最美的欧根纱长裙，我在头发上绑了根蓝色发带，有这根发带我可骄傲了，我们等着白马王子来接我们，一位法国军官，会做生意的英国人也行，只要能带我们远走高飞，去巴黎，去伦敦，可是白马王子从没到来，即使来了也很快就走了，他们想娶千金小姐，可不想要她的家人，我猜想毛岛这些趾

---

① 原文为英语 "Dead as a dodo"，表示死透了，或彻底过时了。

高气昂又负债累累的家族定是把他们吓得屁滚尿流咯……你知道那个英国人的故事吗？一个作家，海军军官，叫什么？康拉德·科尔泽尼奥夫斯基，据说是个波兰人，在英国海军当军官，曾经去费尔森家做过客，跟费尔森家小姐跳舞，然后他立刻！马上！就回办事处了，再也没回来！那位小姐还在惋惜，说还在惋惜有点夸张，这毕竟是过去发生的事情，告诉你，那个年轻女孩就是我奶奶，西贝尔的孙女！"

自己的回忆令她动容，她一瘸一拐走到大写字台前，我听见她在文件里翻找的声音，她拿着一个簿子回来，其实是本相册，皮子装订，书脊是金色的。

"你认识她吗？你父亲从没说过？"她并没有等我回答就说："当然没有，你父亲，他从不去宴会。而且后来也不办宴会了。这是我奶奶的纪念册，她的舞会集。"她翻阅簿子，翻到正中间："来，读读她写了什么。"

泛黄的纸页上，墨水滴出了很多黑斑。不过我还是读出了一串提问，花体写成，有种旧时的高雅：

　　　　您最爱的男主人公？
　　　　您最爱的女主人公？
　　　　您最爱的书？
　　　　您最爱的音乐？
　　　　此时您的精神状态？

在"您最爱的舞蹈？"这个问题后面，对话者（毫无疑问就是约瑟夫·康拉德[1]本人）以毋庸置疑的笔迹写道："不要跳舞。[2]"

奥尔加终于出现了。真是声如其人，她虎背熊腰，穿一身黑色，头发染得黑亮，脸色苍白，很明显来自另一个世界，与艾姆琳·卡尔瑟纳克完全不同。她的站姿有些僵硬，没有地主世代的轻盈，倒跟那些习惯一无所有的人一个风格。也许她真是俄国人，出身于定居波城的移民家庭，也可能奥尔加只是艺名，那时候她到处演出，在阿尔及利亚，墨西哥，乌拉圭，唯独没去巴黎。

艾姆琳介绍说："杰雷米，我侄子，还是我重侄孙子？总之是个法国来的费森家的人，我跟你说过，对吧，奥尔加？"

奥尔加一言不发。她坐在历史悠久的桌子那头，坐在老旧的伪哥特式椅子上，喝一杯杏仁糖水，她看着我，好像必须看清艾姆琳身边每个物件一样。整段历史，这些往事，这喧闹，这锣鼓的轰鸣，对她这样没有家族、没有过去甚至没有祖国的人来说，毫无意义。潮水敲打焦岩发出的轰鸣，逐渐在潟湖深处消寂，浪冲到沙滩之上，冲击着虚幻的残渣。

"毛里求斯还有费尔森家的人吗？"我这么问，是因为我回国之后母亲会这么问我，可我已经知道了答案。

---

[1] 约瑟夫·康拉德（Joseph Conrad，1857—1924），波兰裔英国小说家，原名康拉德·科尔泽尼奥夫斯基（Konrad Korzeniowski）。
[2] 原文为英语。

艾姆琳在椅子上支起身子，她的表情鲜活起来，这应该也是她最爱说的："没有人咯，杰雷米！你听见了吗？没有人了！费森，一个不剩！"她继续念叨，奥尔加无动于衷："在毛里求斯，权贵可不需要人砍他们脑袋，不需要把他们吊死在灯塔！他们都自行解决了！这些个懒惰的国王成天无所事事，把贵族身份卖给汽车制造商、钟表商、房地产商！他们什么都变卖了，任人铲平自家老宅，修建商店、餐馆。那些脑袋灵光的，只保留财产，都存到了瑞士。现在，什么也没剩下！这样更好，这片土地终于得到喘息，年轻人终于能各得其所。"

她静了静。我看她跛脚走进厨房，听见她翻动餐具，拎着茶壶回来，给茶杯加满茶，连奥尔加的茶杯也倒满了，可她从不喝奶茶，这是在毛里求斯她永远习惯不了的东西。

我刚准备离开，艾姆琳又改了主意，她转身去放着纪念品的壁橱，拿回一张《毛里求斯人》的剪报，纸张褪了颜色，被撕开一半，我看到剪报上方的字，日期并不很老：

1982年9月，最后一个费尔森！

渡渡去哪儿了？

被我们的英语同僚《电讯报》笑称为"the admirable hodo"（也就是不可思议的流浪汉）的渡渡离奇失踪。记者联络的所有慈善机构均证实了这一令人不安的消息：渡渡在法国失踪了！考虑到他缺乏准备，而且冬季临近，只能给出最糟的猜想：被冻身亡，因受寒①而死，甚至被无耻地杀害。渡渡没有钱，但是他很可能成为同类人的牺牲品，其他流浪汉会毫不犹豫地抢走他仅剩的东西。与此同时，不可思议的流浪汉的传说在本岛和法国均传播开来。渡渡在光天化日之下人间蒸发，消失在游荡的人群里，渡渡失踪了！只有发生奇迹才能再找到他。

---

① 原文为英语"exposure"。

托普西的故事

他出生在大陆,临近大江。童年时期,托普西就在江边,跟妹妹玩耍,他们光着身子,捞鱼捕虾,跟其他小孩一样自娱自乐。骑马的恶魔来到江边,他们皮肤铁青,着黑色长袍,佩马刀长矛,他们杀光村民,掳走小孩,远走高飞,穿过森林,穿过沙漠,在草原上疾驰,孩子被绑在马鞍上,像待宰的羔羊,他们尖叫,他们呼喊,可无人听见,恶魔将他们带走,直到大海。

托普西,你的真名叫什么?母亲取的真名?你的妹妹叫什么,你还记得吗?托普西什么也不记得,不记得自己的名字,不记得妹妹的名字,更不记得江边小村的名字,骑马的恶魔抹去了一切,他们穿越平原,几天几夜,策马狂奔,直到海边,托普西脑中,一切均已消失,如同生命中有片黑色巨洞。

托普西被囚禁在一座岛上,很多孩子、很多女人跟他一同,可他再没见过妹妹,恶魔把妹妹带到远方贩卖,托普西总梦见她，光着身子站在江边，笑着朝他泼水，这意味着妹妹已经死了，因为只有死人才不长大，她一直站在江边，等待托普西，托普西死的那天，就能跟她团圆，她将容貌依旧，笑着向他拍水。

海边洞窟里面，被囚的孩子又冷又饿，哭闹不停，饿了只有丁点无味的食物，渴了只能舔洞壁上的水滴，大家挤作一团取暖，可托普西不会说那些孩子的语言，不知道他们的名字，更不知他们来自哪里，夜里，恶魔用荆棘绑成门堵在洞口，天亮，他们带走夜里死去的人，孩子，生病的女人，抓住脚将他们拖走，丢进大海，任凭海中猛兽将他们吞下。

托普西，你还记得后来吗？后来，托普西说，我记得，开来几艘大船，桅杆比大树还高，船帆比云朵还白，船肚子里，孩子被两两绑着，女人也是，所有人都害怕得发抖，然后其他黑恶魔来了，他们用绳索和棍棒打人，女人孩子哭个不停。大船开了几天，海水进到船肚里，暴风雨停歇的时候，黑恶魔来把船底淹死的女人孩子拖走，丢进大海，任凭海中猛兽将他们吞下。

然后呢，托普西，你继续说！然后，托普西说，船肚子里很热，屎尿臭气熏天，还有女人的经血味，黑恶魔一桶一桶倒海水进来清洗，他们每天只给一次饭，山药泥和一瓢水，孩子们互相争斗，抢夺食物和水。发生了什么，后来发生了什么？快点说，托普西你快说！后来，托普西说，船到了一座大岛，岛上的居民不是黑人，也不是阿拉伯人，他们又矮又黄，恶魔把女人和孩子带上岛，我以为他们把女人孩子带去是要吃掉他们，我记得这座岛的名字叫做马菲亚①。

后来，船又开动了，可没有开远，因为另一艘船来了，一艘有烟囱冒烟的大船，白人进到船肚子里，他们给所有孩子、所有女人松绑，把我们带上大船，带到莫里斯②，然后用牛车带我到费森家，我吓得发抖，因为白人要吃了我，我一直跑，爬上一棵后来一直在那儿的大树，可大迪穆对我说，他们说托普西不要怕，我光着身子，他们给我衣服穿，他们又给我东西吃，然后他们给我取了这个名字，托普西，尽管神父给我洗过礼，给过我艾曼纽勒这个名字，但现在托普西是我的名字，到死为止，死后我会重归我出生的大江，与母亲、父亲和妹妹团圆。

---

① 马菲亚岛位于印度洋桑给巴尔南部，属于坦桑尼亚。
② 克里奥尔语"毛里求斯"。

克莉丝朵

大名鼎鼎的飞行员不在了。也许他换了岗，或是家人需要他，在荷兰，在世界的另一端。他对克莉丝朵撒了弥天大谎，解释他必须急迫动身。宝贝儿，别不高兴。我会处理好一切，很快就回来。他有没有提到离婚？可谁会为她一个小野鸡离婚，就算她貌美如花，娇嫩如兰？我从帕提松膳食公寓穿过篱笆，来到东秀营。草地上，克莉丝朵躺在长椅里晒太阳，旁边放着一杯可可洛可鸡尾酒，一沓外国杂志。她穿着苹果绿比基尼，肚子上戴苹果绿的脐环。俨然《洛丽塔》的海报。深棕肤色版的。

"我叫杰雷米。"我说。

她抬起头看我，似乎并不惊讶。她说："我叫克莉丝朵。"

我差点脱口而出"我知道"，可我及时憋了回去，我不想让她认为我在监视她，可我肯定她什么都知道。人在岛上，谁不嚼舌根。

"之前我见过你，在弗拉克，你上了辆出租车。"

克莉丝朵不予置评。从我站在身边起，她就几乎没动过，只用吸管吸两口鸡尾酒。她几乎还是孩子，不到十七，却已经有漂亮女孩的确信，大胆地展现自己。她有一双迷人的黑眼睛，很亮，有冰冷、坚定的意味。

"您一个人住在这里？"

她明知道我曾在树篱的另一边，透过浴室窗子观察她，我的问题不太实诚，她的回答也不。她大胆撒谎。

"对，我一个人住，我父亲时不时来看我。爹地是飞行员，经常飞。我母亲去世了，所以我独自一人。"

爹地，就是飞行员，我明白。克莉丝朵用平静冷酷的嗓音陈述谎言。她在太阳下面伸懒腰，像个小动物，既狡猾又无脑，跟她睡觉的那个秃头男人，估计有几个跟她同龄的女儿，都是在法国或英国上富人学校的好女孩，参加汽车障碍赛、注册了汽车俱乐部的金发姑娘，她们去巴黎莫利托泳池①游泳，在蒙特卡洛跟美国姑娘们参加体育之夏音乐节②。

"那爹地什么时候回来？"

克莉丝朵可没上当，她很清楚我的问题。"要知道，爹地人很好的。"她把"人"字的"r"发成"z"的音，她接着说："可他要是在这里看到您，估计会不高兴，他可会吃醋了，他见过您在窗户后面偷看。"

我听见"偷看"二字不免有些紧张，克莉丝朵紧接着

---

① 莫利托游泳池是位于巴黎十六区的公共泳池，建于1929年，曾是潮流人士的聚集地，现改造成莫利托巴黎酒店，经常承办时装秀和品牌发布会。
② 1974年以来，摩纳哥的蒙特卡洛滨海度假集团每年都在运动俱乐部的星光大厅举办体育之夏音乐节，由世界知名艺术家献艺，是世界上最大的现场音乐节之一。

说:"哦,不过他讨厌的不是您!是老母羊,我也不喜欢她。我恨死她了!"

老母羊,说的是帕提松夫人,我的房东。老母羊这叫法我觉得不错。我肯定她给蓝湾警察局写过信,举报克莉丝朵。

"她要是看见您跟我聊天,肯定不会高兴,那您就得回家咯?"

她说着,一股嘲讽的调调,可我耸了耸肩。

"去游泳怎么样?"

她同意了。她懒洋洋地从长椅上起身,走到海边。我跟着她,我脱下T恤,把眼镜放在沙子上。这里到处散落着木麻黄扎人的球果,可克莉丝朵光脚走着,毫不在意。她有一双扁平的大脚,我猜想她还在长个子,明年能长成真正的大姑娘。她瘦削高挑,深色的身体消失在水中,我只看见水面下一团黑影,浮于黑色岩石之间。水很清凉,我在克莉丝朵后面游,努力跟上,可她轻轻松松就把我远远地甩在后面,我看见她在远海浮上来换气。她嘲笑我,大喊:"你这算会游泳?能抓到我就来啊!"她嗓音低沉,有些沙哑。她朝我游回来逗我,潜进水底,拉我的腿,就在我刚要抓住她的时候,她又游向了远海。我在水下睁开眼睛,看她在透明的小鱼中穿梭,鱼群在她游经之处四散逃开。水底,岩石的形状令人毛骨悚然,各处都有珊瑚,形成鹿角森林,淡紫色尖端有毒。克莉丝朵踩在一块珊瑚礁上。她指着潟湖的一处让我看,那是一片浅色沙滩,她潜进水里指向一丛珊瑚,从珊瑚里边钻出一个红色的小头,一只小丑鱼。我只在水族馆见过小丑鱼。一抖身体，小头消失在珊瑚的触手之间。

海中的克莉丝朵与地面上判若两人。光滑的头发垂在脖子上，身体是金属黑色。她是大海的造物，自由，大胆，眼神中，微笑中，有种冷酷的味道。她的确是马埃堡渔民之女，在独木舟上长大，能抓一把小鱼挂在钓钩上，将尖钩穿进小鱼脑袋。她是水做的，是风做的，是光做的。我觉得，我沦陷了。

现在，她回到东秀营，坐在草地上，用大浴巾擦身体。我在边上看着，她突然暴躁地说："我饿了，我要去找吃的。"她穿上衣服，没等我就走了。我跟着她走在路上，还在滴水，T恤贴在身上。

公共海滩前面，有小木屋卖辣椒蛋糕。克莉丝朵吃了几块油乎乎的蛋糕，然后笑了。她又变回了孩子。这天下午毫无波澜，在旅游景点，一个只有当下的场所：游泳，吃喝，奔跑。海滩上的男孩们喊着她的名字，用克里奥尔语讥讽她，因为我在她身边，一个老家伙，一个法国人，也许他们把我当成了她的飞行员。

我没有车，克莉丝朵去借朋友的小轻骑，就在海滩后面，第三排的小木屋里。我坐在她身后，两手抱住她的腰，我们在热风里飞驰，穿过公寓区，小轻骑引起一片狗吠，喷出蓝色烟雾，我得岔开双腿，免得被排气管烫伤。我感觉手掌摸到了她的胯骨，跟石膏一样坚硬，她湿乎乎的头发在风中飞散，总想钻进我嘴里，我闭上眼睛，躲避小蝇和灰尘，克莉丝朵戴上了绿色的大太阳镜，俨然一副日漫里女战士的模样。我们一直跑到小村，她停在东秀小店，买可乐和香烟。然后，她把轻骑停在路边，我们在水泥长凳上坐下，面前就是海。喝可乐，抽烟。没人说话，就断断续续几个字，无关紧要。逗人开心的话。我感觉喉咙深处，接近胃的地方微微地搅动。这一刻没有未来，对她来说我谁都不是，也许对任何人来说我都不重要。我其实并不存在。

"爹地呢？他会回来？"

她并不看我。她的镜片上，行人来来往往，汽车的倒影形成断裂的线条，如长蛇盘卷又展开。

"你不用在海滩上蹲守我了？"

这不是个问句，而是命令，没什么好补充的。离我远去的是她的生活，我无可奈何，无法帮她。我不能帮她改邪归正。将来，她会懂得比我更多更多，哪怕我还要活一百年。我只能守候，就像她对我所说。

我研究巨鸟化石，调查奴隶营地，奴隶贩子，过去的亡灵。如同警方追踪线索，调查一桩凶案，所有的死者都在一百五十多年前遇害，可凶手始终逍遥法外。还有大家不再谈起的，这个销声匿迹的费森，告示里的幽灵，在法国失踪的败迪帮！克莉丝朵，她才是现实。

无须片刻，一切将被遗忘。我们像两个短暂相遇的孩子，一起玩耍，一起欢笑，然后分离，再不相见。

我们喝完可乐，抽完薄荷烟，骑着蓝色轻骑又上了路，轻骑的发动机突突突突的，后轮在我的重压下瘪了下去。我还能感觉她身体的温度，闻到她鬈发中大海的味道。她把我丢在鸥岩。帕提松夫人的厨子是个眼神黯淡的胖男孩，一直盯着我,满脸狡诈,可我读不懂他的眼神。克莉丝朵说:"您不要再来找我,好吧?"

她走了,我看她远去,青色的尾烟,汽缸发出低沉而恼人的噪声,直到公路的弯道将她吞下。

……渡渡……

我可以在公路尽头歇脚,就在山脚下,西部大墓园那里。不去自由市场,那里到处是人,总有人撞您,您不知道该往哪里走,连汽车和公交都想撞您。我不去那儿,我去公墓,我在那里感觉很好,像在家一样。在自己家?① 在墓园,人家都认识我,我可以在那里生活。不像赞先森那里,他总藏在墓碑后边,看见有利可图就扑向那些人。不是的,是真正到家了,有庇护,远离活人。当然也很危险。夜里,小流氓来这里,坐在墓上抽甘加。我在树下穿越花园,沿石墙走,墙上有不少破洞,野草和灌木在石缝里生长。总有很多乌鸦、棕鸟。我找一处安静的角落。躺在一棵大罗望子树的树荫里,我最喜欢那里。不过真得当心。小流氓四处游荡,他们知道我没有卢比,可他们想偷我衣服,或者打我,不是报复,就是消遣。奥诺莉娜总跟我说,别去那里,可我要来西部墓园,这欲望太过强烈。这里不是圣让公墓。在圣让公墓,葬的都是老人,枯叶杂草全都清理掉了,墓上放着花

---

① 原文为克里奥尔语"To la case"。

盆，陶瓷装饰，小天使玫瑰花束，还有碑文，到处都干干净净。西部墓园，离海不远，又空又脏。墙边堆着垃圾，小径爬满野草和树根。有些地方，墓被人打开，也许是小流氓干的，在里面翻找珠宝或金币。可他们什么也找不到，谁会把珠宝和金子跟人一起埋葬？他们只能找到在墓间游荡的野猫，还有跟猫一般大的老鼠。老鼠不怕人，我靠近，它们转过头，看着我，然后窜进墓石下的窝洞。奥诺莉娜说，老鼠会吃死人。可我觉得，墓园很久没埋过死人，老鼠也只能啃啃坟墓里的骨头和头发。再远一些，我找到了所寻的墓，我躺在石块上，靠近墙边，有罗望子树荫遮蔽，我看满是白云的天。云朵在风中飞奔，奔向大海。我听见高速的声音，从墙另一边传来。一种持续的声音，非常温柔，把我带向远方。我不睡觉。我从不在墓园睡觉，我没法睡，因为怪病吃掉了我的眼皮。所以，我一直活在同一天，从早到晚，从晚到早。我跟着云朵飘，它们在天上也从不休息，在空旷的天空前行，我跟它们一起前行，去大海彼岸。我来这座墓，是因为爸爸说起过，墓主是来这里的第一个费森，他来自大海尽头，很远很远的地方，那里船走到了头，是真正的世界尽头。在这里，西部墓园，人在岛的一端，所有公路的尽头。如果有一天，我有能力，一定要去那里，去费森的国度。一个云中的国度，有点像这里。在西部墓园，有片高大的石墙，中心是费森家的石碑，石碑上刻着名字，阿克塞尔，和他的妻子阿尔玛，爸爸有时会说，说费森在那儿像国王，不是大迪穆，这里的人都很装，他们只是装白人，这是大家说的。我，我是流浪汉，他们都这么说，因为我吃街上人给的饭菜，穿别人的衣服，他们给我破洞的裤子，磨坏的外套，我鞋太大，我用鞋带把鞋子绑在脚踝上，街上的女孩看着直笑。这里，西部墓园，没有大迪穆，他们的名字消失了，石碑被飓风碾碎，被不知为何来这里闲逛的小流氓敲碎，这里的墓都被废弃，没人来放鲜花，摆陶瓷玫瑰花环。小偷砸碎石碑，挖开泥土，偷里面的珠宝和金牙，我路过这些坑洞，从来不看，这会带来厄运，我跳过空掉的墓，野猪和乌鸦在土里翻找食物。有几次，我路过看到，只是瞟了一眼，瞥见地上的黑洞，我看见几块骨头，几片棺板，我看见一个头骨，灰色的圆球露在岩石之间。于是，我坐在墓上，这里沉睡着阿克塞尔，我想象他，可我一无所知，我用手指摸着消失的字母，读出一截名字，只有一小截：

……夏尔……

这是另一个名字，不是阿克塞尔，不是阿尔玛，可能叫**阿夏尔**，或是**吉夏尔**，或是**李夏尔**，我念出所有这些名字，没一个喜欢的，然后我找到了阿拉丝丽，意思是天之乐，因为我奶奶很喜欢音乐，可能老阿克塞尔，还有阿尔玛夫人，地下有灵，也会喜欢这天之乐。于是，我躺在墓碑上，太阳在大罗望子树背后落下，鸟儿飞去了罗伯特·爱德华·哈特花园，夜幕瞬间降临。他们正是此刻到来的。往常，我能听见所有动静，我有双猫耳朵，假装睡觉也什么都听得见，说装睡是因为我的眼睛睁得大大的。奥诺莉娜说，我是个老猫头鹰，她虽然这么说，可从没见过真猫头鹰。他们一起到的，悄无声息，可他们毕竟走过了枯枝败叶，他们故意在墓上走，从一座跳上另一座，不让我听见响动。他们在我身边停下，把我团团围住。都是年轻人，后来我就是这么对警察说的，都是年轻人，不然也不会来西部墓园，他们不知道我是谁，只有上了年纪的人才认识谁是渡渡，年轻人则相反，他们问："你谁哦？"我不回答，把两腿抬起来，我不想让他们觉得我要打架，希望他们觉得我一无所有，没钱没东西，连鞋子都是垃圾桶翻来的。我说我的名字，他们嘲笑着喊："费森！费森！"他们重复："无名氏！无名氏！"①

他们开始大笑，向我丢石块和干泥巴，我用手去挡。"无名氏！丑猴子，一张猕猴脸！"②他们就是这么说的。我有一张猕猴脸也不是我的错，是怪病吃掉了我的嘴。可我宁愿不说话。他们一行六人，穿着不错的仔裤T恤衫，头发梳得干净，只有一个黑人剃光头，应该是好街区的年轻人，老卡特博尔纳区，凤凰城，还有卡内基的大学生，他们向我扔泥土和烂叶片的时候，我观察他们的脸，然后其中一个一脚踢在我肋骨上，另一个用靴子头狠狠踢我，真疼，我叫"哎唷！"，他们乐得更厉害。高个子那个，有漂亮脸蛋和黑色眼睛，他带来一支刷成红白色的板球拍，用来打我头，他看准我的脸拍，什么也不说，其他人叫起来："打死他！打死他！"③他打了很久，十下，二十下，我举起手臂，板子有好

---

① 原文为克里奥尔语"Pe'sonne! Pe'sonne!"。
② 原文为克里奥尔语"Pe'sonne! Vilain couma macaque, enn guèle macaque!"。
③ 原文为克里奥尔语"Donne-li! Donne-li!"。

几次打到我脸颊、额头，还有脑袋后面，因为我低头想把脸藏起来，他用尽全力打，他只发出"吼！吼！"的声音，其他人边叫边吹口哨。"打死他！"我手臂疼，头疼，倒在阿拉丝丽的墓上，拍子打在我右手臂上，黑眼睛的家伙把板球拍砸过来，球拍在石头上弹起，发出玻璃碎裂的声音，我感觉血从眼睛上、嘴上淌下来，右手臂不能动弹，我想我要死了①。这个时候，男孩们停下，拉开裤链，在我身上撒尿，还撒到墓上，我发誓，我并不为自己感到痛心，而是为了阿拉丝丽，还有睡在墓中的老阿克塞尔和阿尔玛。我浑身上下都是尿味，衣服上，周围地上，到处都是。然后，年轻人离开了，我一整夜都躺在墓上，清晨，住门口木屋的墓园管理员来巡视，在墓前发现了我，他打电话给警察，叫人把我送去医院。

在医院，护士给我清洗包扎，他们给我绑上绿色的塑料夹板，医生拍片子发现我右臂断了，他们还用针线给我的脸和额头缝针。有个女护士特别漂亮，她个子很高，金发碧眼，叫维姬，是英国人，她不是真护士，而是在医院实习，只有白天上班，我告诉她我的姓，她说："这真是您的姓？这可有名了。"我回答她："我是这个姓氏的最后一个人，因为爸爸去世了，妈妈也早就去世了。"她说："是是，先生，这个姓氏在毛里求斯可是众人皆知的。"我很喜欢她叫我"先生"，对她来说，我算个人物。她叫我周日到和平玛丽女

---

① 原文为克里奥尔语"mouri astère"。

王教堂，那里会施舍咖啡、蛋糕，还有果汁，周日早上她会在那里。我保证会去，可我不知道什么时候能去，因为手臂和脑袋的伤，还有左边肋骨，好像被踢陷进去了，有点呼吸困难。可我什么也没对警察说，除了打断我手臂的板球拍是红白色的，可警察没去找拍子，他们可没有闲工夫，我肯定，如果我回到西部墓园，球拍绝对还在那里，在所有墓碑中间。我在医院住了两天，第三天维姬来了，她没穿蓝色的护士罩衫，没戴护士帽，而是穿着漂亮的白色长裙，宽松的短衫和小舞鞋，她付打车费，送我到卡维尔纳路的奥诺莉娜夫人家，我已经一点都不疼了，我也不再操心西部墓园的事后来怎样，因为多亏那些小流氓，让我认识了维姬，医院最美丽的姑娘，正是因为我认识了维姬，所以发生了后来在和平玛丽女王教堂发生的一切。

在森林里

在马卡贝森林,我再次见到了阿底提,就在森林里基金会的庇护所内。她一部分时间住这儿,林间空地中央的木屋里,跟团队的其他男孩女孩同住,他们都是外国人,从印度、法国、英国、德国来。队长是澳大利亚人,叫莉丝白。阿底提在等我,一起进森林。

"我要向你展示世界的心脏",她说话的口气有些许庄重,既然她如此坚信,那我也可以相信。

基金会的土地有铁丝网围着,要想进去必须推开一扇很高的门。我想到了监狱,还有动物园。我不太清楚自己来找什么。我不懂世界的心脏怎么能被关在笼子里。也许我只是想再见见阿底提,独居的年轻女人,她跟克莉丝朵一样,也是女战士,只不过类型不同。

她很快将我带进她的森林。她走的是一条穿越矮灌木的小路,尽管腹中已有孩子,她走得飞快,几乎没有碰到植物,几乎不需低头,因为她又矮又瘦。她穿着宽松的军裤,一件T恤,腰上扎着尼龙夹克衫,以防下雨。她穿一双塑料凉拖,并不太适合走林子里的路。我跟她这么说,她却嘲笑我:"看看你和你的高筒皮靴!"事实上,她穿得才是适合森林的衣服和鞋子。她在岩石上跳来跳去,爬上倒地的树干,毫不犹豫。我们来到一座池塘,她脱下凉拖,蹚水过去,眨眼工夫就穿回去了。她微微附身向前,灰色阴暗的影子,像只林子里飞跑的巨鸟。我联想起我的老渡渡鸟,在沙滩上那么笨拙,可一进林子就飞奔起来,无可匹敌。

阿底提并不开口。她也不加评论,不作解释。她毫不停步,带我参观她的领地,她的世界的心脏,如她所称。我不知道我们将去向哪里。她所走的是条隐形的小路,树叶间的空隙。她只是时不时地说:"那儿,快看!"她纹丝不动地站在树枝中央,我沿她眼神的方向望去。起初什么也看不到,接着我的眼睛习惯了树木复杂的纹路,发现一道飞翔的粉色闪电。"粉鸽子[①]!"我记得曾经读到,十年来粉鸽子几乎销声匿迹。阿底提一脸孩子般的喜悦。"那粉鸽子被救回来了?"她耸耸肩。"不确定,一场飓风可能摧毁一切,它们数量不多,这里和鹭岛只有二十对。它们很脆弱。"她继续走,更慢些。我明白,在树木和鸟儿的领地中这是她作为人的职责。她在我身边低声说:"面对濒临灭绝的物种,让人有种诡异的感觉。"她叹口气。"这种感觉真怪,你不觉得吗?你想到眼前这种生物,走到了漫长的历史尽头,这段历史将在这里结束,现在,明天,它再也无法存在于世,而你却无能为力,无法留住它……"我想对阿底提说:对你,对我,对

[①] 毛里求斯和印度洋岛屿的特有濒危物种,目前只在毛里求斯有,主要分布在鹭岛上。

所有人类都是一样，每个人的故事都有尽头。可我喜欢她的坦率，她的志愿者工作，去拯救粉鸽子和毛里求斯鹦鹉、红隼、白尾鹲，反对现代生活的劫掠。我们走下保护区尽头一道泥泞的斜坡。这里正是阿底提想呈现给我的地方，一条小溪穿过狭长的林间空地。阿底提拨开树枝。

"看，你知道那是什么吗？"

在毛里求斯柿树中央，孱弱、扭曲的树干上长着又大又硬、亮光闪闪的叶子。

"这是大栌榄树。"

阿底提补充道："你那灭绝的巨鸟之树。"

它很年轻，才四五岁。其他树木的叶丛聚成穹顶，它难以穿透，去寻找阳光。在铺满青苔的泥土里，阿底提找到一颗种子，大核桃大小，更长些，有几处有深褐色条纹。

"你的渡渡鸟，吃的就是这个。有人宣称渡渡鸟死后，大栌榄树就无法存活，因为渡渡鸟是唯一能将种壳消化掉的，渡渡鸟的肫石可以把壳碾碎，可你看，这棵树那么年轻，证明了大栌榄树是可以继续存活的。"

阿底提将种子交给我，我把它放进口袋，跟我父亲过去在梦池附近甘蔗地里找到的白石头放在一起。

我们穿过铁栅栏大门，走出围场，阿底提小心翼翼地上好锁，那把锁好像轻骑的防盗锁一样。锁成这样，防的是谁？要防什么？偷大栌榄树或加斯顿木[①]的小偷并不会走这些小路，至于猕猴，可不是用铁丝网就能挡住的，它们常来

[①] 加斯顿木，拉丁名为 Gastonia cutispongia，留尼汪特有树种。

撒播草莓番石榴的种子。又或者是防卖甘加的小毒贩？他们在森林各处都种上了甘加田。

"心脏你看过了，现在我要给你看鲜活的躯体。"阿底提始终有些肃穆，可我很喜欢听她谈森林。她也有反对意见："的确，什么都想保护根本就是幻想，就好像这世上什么都不该改变似的。我自己也不喜欢原始自然的想法，有时候我觉得这是一种种族主义思想，你不觉得吗？""可雇你的不就是基金会？"阿底提并不回答。"我还是小女孩的时候，祖父跟我说过，他常去森林，那时没有地图，没有保护区，他想去哪里就去哪里，碰不见人，只能遇见猴子和野猪。他一去就是一天，有时候还在森林里过夜，他说他听见说话声、哭声、叫声，他说那是天女，她们在寻找水源，就跟被种植园主军队追捕的马龙人一样。你知道圣水湖吗？你见过那里的庙宇，还有那些玩意儿没？举着三叉戟的湿婆巨像？"她欲言又止，像要泄露什么天机。"发现这片湖的是我祖先阿肖克，那是上世纪的事了。他是第一个看到湖的人，那时候他跟同龄的小孩一样，在森林里乱跑，无意间到了湖边，见到湖里有天女在沐浴，所以把那里叫作佩莉塔劳，就是天女湖的意思，现在被叫作圣水湖了……"我说："如果你的祖先回来，看到现在的模样，肯定感慨万千。"阿底提对我的评述并不理睬。她不是那种借由话语彰显头脑聪明的人。

小径尽头，一座钢筋混凝土瞭望台悬于山谷之上。阿底提几步就攀上了锈掉的台阶，我随后来到平台上跟她会合。

"这是造来警戒森林大火的。菲利普亲王来毛里求斯的时候也上来过。我总是想象，你们家族的人向马龙人发起战争时,马龙人就从这个位置监视海岸。"

我决定不向她解释费尔森家的人从不发动战争,说到底我也不那么肯定,他们确实生活在贩奴的年代。冰冷的狂风阵阵吹来。穿过云缝,我看见蓝色的潟湖,莫纳山那黑色小岛。

"这里是马龙人的领地,"阿底提大声宣布,"来,我们要下到河边去。"

小径泥泞险峻,我抓着矮灌木怕滑下去。阿底提在下方远远的,下得飞快,她从一块岩石跳上另一块岩石,这是她长久以来所走的路,她了解小道上的一石一木。我们刚到河边,雨便落下了。溪谷深处又热又闷,我感到汗水在脸上、身上流淌,与细雨冰冷的雨丝交汇。先看到的是软树蕨,被藤本植物缠绕的小矮树,紧接着出现一片高大的树木,有毛里求斯柿树、木棉、毛里求斯橄榄[①]、洋香榄[②]。河水在熔岩石块间奔腾而下,水声变化多样,那么不真实,仿佛来自各处。阿底提嗖的就不见了,她赤脚在河水里飞奔,到了很远的地方,我明白,这一刻她不再为我而来,而是为她自己,为她的仪式、她的祈祷。基金会、记录本、照片、清单,对她来说一文不值,不过是个借口,好在森林里生活。她不会写回忆录,不会到巴黎或其他地方的自然历史博物馆教课。我追寻愚鸠的足迹而来,这笨重的巨鸟,属于我的故

[①] 毛里求斯橄榄,拉丁名为 Canarium paniculatum,毛里求斯特有树种。
[②] 洋香榄,拉丁名为 Labourdonnaisia calophylloides Bojer,毛里求斯特有树种。

事，是我钟情所爱，与她毫无干系。她来这里，寻找的是其他东西，能将她与时间、与创世秘密连接起来的东西，与星河一样遥不可及又亘古不变。到过这里的人形形色色，有冒险水手、罪犯、逃奴，也有来寻找罕见植物、予以命名的植物学家，或许还有寻宝人和单纯的探险者。他们没有触碰、改变任何东西。河水依旧沿着玄武岩奔流，填满水潭，冲过红锈色的沙子，注入大海。高树耸立，深深地将根扎在土里，树冠形成穹顶，阳光每日只有几秒能穿透进来。我来到一大片林中空地，那里两股急流交汇，形成黑河，我看见了阿底提。她躺在水中央一块平坦的岩石上，一动不动，仰面朝向林冠，那身影模糊而阴暗，我以为看到的是个虚像，是她映在湿岩石上的倒影。一时间我就这么看着，不敢对她说话，怕搅了她的静默。她正是这样向我诉说，向我们所有人诉说，告诉我们，在这里，在森林中，在岛上，存在的是什么。她无声地诉说一切，只用她与岩石融为一体的身躯，裸露的双臂，叠放在隆起小腹上的双手，浸入水流中的双脚去诉说。很快我就看不见她了。我也在水边停下，听河水耳语，我闻到泥土的芬芳，沙子和石块的铁酸味，我看见细小的萤虫在水洼上舞动，不时听见远处鸟鸣，是白尾鹞在悬崖边盘旋，发出嗒嗒的声响。一切都缓缓变化，默默低语，逐渐耗尽，又重新开始。

我靠近阿底提。她在岩石上坐起来。她看着我，脸上浮现出一丝微笑。

"来吧，"她说，"你要重新认识天空。"

可是树叶和云彩遮住了天。她温柔地说：

"Yad bhisa vatah parvata（风吹动起来正是因为敬畏神明），你明白吗？苍穹虚空中吹起的狂风只在天上吹动，地上转瞬即逝的生灵均为神明。"

她说着这些，声音平静，没有半点浮夸。然后，她把手伸给我，帮我爬上岩石。我们坐在上面，肩并肩，手牵着手。我听两股急流的声响，听风，感受头顶的天穹，听见树叶在低语，小动物在洞穴、洼地里说话。在长池水库，在梦池，人类还未出现的时代。或许，这才是我来此所寻。一切可能性依然存在的时代，就在死亡来临前夕。我们长久地坐着，在流转的日光下，树木的高墙里，周围是流淌的黑色河水。阿底提的手变凉了。她一跳起身，重新上了岸，向山下去，离开这里。我追不上她，又害怕把她跟丢。

我在公路边找到了她，行政办公室在那里建了公共厕所和一间问询中心。她说："你继续往前走，在公路尽头就会看到公交车站，这样你就能回家了。我要回营地，晚上有个会。"

我无法相信，这样的经历仅有一次。"明天我能再来吗？或者之后哪一天？来听听世界的心跳。"

阿底提看着我，她的眼里闪着快活的光芒。对她来说，我还是孩子，她才是成人。"你想来的时候就来。等你有时间。"她思索片刻说："或者等你追梦追累了。"她又补充："你是寻鸟人。正义之士。"她开玩笑地说道。见我满脸懊恼，她在我唇边轻轻一吻，那么快，刚来得及闻到她的味道，被汗水和雨滴打湿的头发的味道。

她转过身，飞快地走了。她走回刚才那条小径，通向已经隐没在夜色中的河谷,重新登上悬崖。一时间,我还想努力辨认她的身影。我到达黑河河口,回过身去看,整座山被一片白云盖得严实。我朝向溪谷大喊:"阿——底——提!……"回荡着的是诡异的叫声,一种鸟叫,惹得路边一群孩子哈哈直笑。

小绒球沙滩

正义之士。黑人之友。阿底提的话在我脑中翻来覆去。我从未如此想过。有人跟我转述过帕提松家女儿的话。我见过她一两次,在鸥岩公寓的客厅里,喝香草茶、吃拿破仑蛋糕的时候。当时,帕提松两个女儿的表亲、友人、未婚夫,还有絮库夫和艾姆琳·卡尔瑟纳克那辈的老人都在,正家长里短,他们都是来看最后一个费尔森家的人的,而且还叫杰雷米,还是先知的名字①!两个女儿都是高个子的金发姑娘,尽管有个是棕色头发,可她俩一副金发姑娘的天真模样。晒成褐色的皮肤,爱运动,打网球,爱好帆船,对大家谈的巴黎、格勒诺布尔或尼斯的多数事情一无所知,不过也算是大家闺秀!不知道话锋如何转到印度节日上来的,大家突然说起每年到圣水湖上香的事。湿婆的大雕像,手持三叉戟,"太可怕了,要是哪天一个雷劈下来,能打在上面,让它化成灰就好咯!"通常我并不在意无理取闹的想法,总会一笑了之。可那天我觉得应该站出来说话:"所有宗教信

---

① 杰雷米同《圣经》中的先知耶利米。

仰都有可笑的地方，你们可想不到天主教教堂里能看到多可怕的事情，不管是在法国还是在意大利。"两个女儿中真金发、叫奥赫莉的那个脱口而出："可印度人没有真正的宗教呀！"我看着她，目瞪口呆。"那你以为他们在庙里干什么？"我试图说圣书，说吠陀经，说《摩诃婆罗多》，可我清楚，说什么都是徒劳，她们没有兴趣。这时候话锋突然间又变了。老夫人们开始加入，阿尔布莱家的、法尔梅尔家的、维里厄家的、蒙迪厄家的，还有不知道谁家的老夫人，她们谈战争，谈侵略，说秘密社团，啃食这座岛屿的毒瘤，说都是英国人的错，是英国人放手不管，把什么都糟蹋了，居然让原住民也参加选举，还有独立。"无论如何！"我最后一次尝试发表观点："你们反对的是给你们创造财富的人，是他们带来了这个国家的繁荣！"随即，抗议声四起："当然不是！我可不欠他们什么！创造我的财富的不是他们，我们拥有的，可是欧洲人带来的，是欧洲人发展了这里，发明了技术。"她们还抱怨说，这些人不遵守任何规则，都是无赖、叫花子，从海边她们家的草坪踏过。我说："真心话！你们要感谢这些叫花子的善心，他们要是决定侵入你们的漂亮屋子，不要十分钟，你们就会被丢进大海！"于是，不知道是帕提松夫人大女儿还是小女儿的奥赫莉，对我做出了决定性评价："杰雷米·费尔森是个种族主义者，他只喜欢黑人！"

她的话不会让我停下脚步。我想看所有印迹，回溯到所有故事的源头。并不简单。这些印迹被家族丑闻、善意的谎言隐藏起来，成为秘密，遗忘笼罩了这座岛屿，用乳白色柔软的幻想之膜将它包裹起来。

我画下了记忆之所的地图。我从南写到北。剩下的,有时是一堆从甘蔗大洋中冒出来的黑石块,有时则是烟囱或石灰窑的白色幽影。

南　部

烟池镇,圣欧班村,拉罗斯,苏莉纳姆村

玫瑰百丽城,萨维尼亚镇,塞巴斯托波尔镇

大林镇,维姬尼亚,花神城

玛拉科夫村,美田城,美丽谷村

珍爱林村,棚屋村,卡洛琳村

布里塔尼亚村

莱玛尔村,索弗泰尔村

涌泉村

吾珍村

乐享城

萨瓦纳区,双流镇,美风村,丰水村

孤独村,圣费利克斯镇

丽影村

和北部的营地,最初是关奴隶的地方,

伊提耶营,马塞兰营,卡罗尔营,岩石营,战役营后来变成了每日被带到蔗田或耕地里劳作的印度劳工住的街区

阿尔玛附近

拉罗拉城,好运村,未来村,瓦莱塔村
高地城
巴加泰勒,密尼西城,爱贝纳
拉可穆尼镇,美玫瑰村,无忧城
深水镇
这里也有几座营地,在城市化或土地分割后不复存在,只留下名字,这里回荡着哀嚎、汗水、疾病和死亡,弗克洛营,托莱尔营,面罩营,面罩大道营

西　部

麦地那城,塔玛琳村,也门城,安娜镇,阿尔比恩城,谢贝尔镇和克里奥尔营

路易港

萨布隆营,布努瓦营,优乐夫营

北　部

小朱莉村,大罗萨莉村
指环城,吾梦城,巴楼镇,圣安托瓦纳城
莫莱美景镇,阿莱尔美景村,皮托美景村
吾味镇,大小乐泰特
康斯坦丝,孤独镇,和风城,好望镇
拉布多奈,吾乐镇,佛巴克城

莫莱尔联合镇，小拉弗雷城，小帕盖城
蒙奥莱布
索迪斯村，山谷村
蒙舒瓦西，番木瓜平原城，沟萨尔，美图城
和营地，帕维营，西皮翁营

我要走遍所有地方，看遍所有这一切，哪怕没什么可看，只剩这些留在地图上的名字，像沉入海底的石碑，每天都在消失的名字，在时间尽头灰飞烟灭。

如何去了解所有的名字？怎样才能明白？美丽谷领地里的一百六十名奴隶在哪里？他们在何处生活？睡在哪里？我在苏亚克找过最后一次贩奴船遇难惨案发生的地方，那是黑奴贩古韦里耶租来的密涅瓦号，得了天花的奴隶被丢进海里，冲上岸去。撞上暗礁的破船不断下沉，为了减轻重量，有些活着的奴隶也被丢出船去，被大浪推着，拍在岩礁上边，被鲨鱼和海狼鱼撕碎。

这里景色宜人，名字也讨人喜欢，叫小绒球沙滩。当时的英国人疾恶如仇，黑奴贩子为避开他们，绕过岛屿，选择南面航道，在一个月黑风高的夜晚，以苏亚克那里住人的茅屋和里昂贝尔教堂门口悬挂的小灯为指引，在探测到德斯尼海洞时以为船还在远海，为了更好地进入另一侧海岸，最后一次左打方向避开暗礁。

沙滩空空荡荡，每年这个季节，度假营地闭门歇业，家家户户都关好百叶窗，抵挡来自极地的大风。只有几艘渔民小船，干透了，桅杆都被取了下来。大洋冰冷，跟天空一般灰，海浪在阵风的带动下起伏，翻滚着打向珊瑚屏障。混着熔岩颗粒的沙地上，遍布海藻的黑点，想象遇难者的尸体并不困难。而且，如若真的去挖，或许真能找到被沙粒和盐粒打磨过的白骨，那是1818年3月10日那个致命之夜留下的。两百位幸存者，又有多少逃过了疾病和伤害，多少被藏在渔民的茅屋里，再被卖给种植园主？有多少女人，多少孩子？

小绒球这里风光旖旎，法国、德国、南非的游人喜欢在此度假，住沙滩上的度假小屋，一天里最热的时候，情侣在屋里午睡，看风将纱布窗帘吹起，在窗前飘动，周末花园里，长满圣奥古斯丁草的草坪上，散发着香草芬芳的塔希提栀子灌木旁，孩子们嬉戏玩耍，门廊下野餐的人欢声笑语。

洗足礼

每天我走到大道尽头，从玫瑰山站坐公交，再走几条直路到大教堂。我再也不去沃尔福德街区，被恶鬼诅咒的地方，我就是在那儿染上Σ病，被吃掉了脸和眼皮，手指弯曲成乞讨的形状。大教堂是我新的发现，我甚至忘了去圣让公墓，可怜的老人所在的地方，自从西部墓园之后，我几月几周都没去过。我想象有人在等着，等我掉进坑里。连圣让公墓的赞先森我也怀疑，我不给他钱，他就等着，藏在柏树后边，举起他那把大铲子，等着把我推进坑里，盖上渣土，把我活埋。我在科当站下车，在海边走会儿，风景很美，有好多漂亮的船、漂亮的酒店和咖啡馆，姑娘们看着我打趣，我听风吹过帆船侧支索。爸爸说，先祖阿克塞尔刚来这里，就住港口，集市旁边，那时还没有阿尔玛，没有后来的一切，他在港口卖葡萄酒、卖衣服，可是后来，一切都变了，房子也被拆掉，那个时代什么也没留下。爸爸说，阿克塞尔失去了一切，因为他想解放奴隶，像约翰·杰瑞米[1]一样。爸爸说，种植园主打他，向他砸石块[2]，他们放火烧他的酒铺，所以他才离开港口，往内陆走，发现了河边那美丽的地方，在一片池塘旁，他在那里定居下来，起初只是军营村大道旁一间茅屋，一片烟草地，还没有甘蔗田，因为他不想种甘蔗，跟打他的种植园主一样。后来，他为屋子想到一个好名字，用妻子的名字命名，就这样，阿尔玛的故事开始了。

大教堂在小城高处，要走过皇家路和拉姆古兰路，在要塞旁边。周日，很多人去听唱弥撒，可其他日子安静得很，会有人给我们这些可怜人拿吃的来。我也来这里，不为吃，只为见维姬。我坐在矮墙上，细叶榕树荫下，坐着等。我不想跟流浪汉一起排队，我静静地等维姬，她开着医生丈夫的蓝色奥斯汀来，径直走向我，给我一个大三明治，蜂蜜面包做的，夹着生菜、西红柿，有时还有烟熏马林鱼。可我不为三明治来。在奥诺莉娜家，每天早上我都吃米饭和布莱德[3]，我不饿。我要见维姬，看她天空颜色的眼睛，美丽的微笑，她径直朝我走来，丝毫不在意其他人，她把三明治递给我，对我说："今天你好吗？"有浓浓的英语口音。我回答她，可我不能跟她以"你"相称，因为她很年轻，我老了，于是我

---

[1] 约翰·杰瑞米（John Jeremie，1795—1841），英国法官、外交官，1832年被任命为毛里求斯检察官、检查总长，因揭发毛里求斯法官的肤色偏见，于1836年为推进"黑人自由"受到嘉奖。约翰·杰瑞米为废除奴隶制作出了巨大贡献，尤其将奴隶制与对肤色的偏见两个概念区分开来。
[2] 此处砸石块的原文为克里奥尔语"coups de ros"，恰巧与渡渡的姓"古德雷"（Coup de Ros）相同。
[3] 毛里求斯特色菜，用肉汤或炖肉与菜叶煮成。

回答:"很好,您呢?"我们聊会儿天,她站着,我坐在树荫下面,手里抓着三明治。她对我说:"吃吧,味道很好!"我咬一小口面包,不敢在她面前大口嚼,吃的时候总用手挡住嘴,我等她走开,走回教堂,拿三明治给其他流浪汉。我从不去卡车那里,我不是流浪汉,我是渡渡,渡渡·费森,不是流浪汉,不是无家可归的人,哪怕我穿死人皮鞋,衣服上都是窟窿,可我爸爸是法官,我妈妈叫拉尼·拉洛斯,是伟大的歌唱家,哪怕我没听过她的歌。我们拥有阿尔玛、木屋子、大树林和小河,石子路下坡能通到池塘。其他流浪汉站在卡车附近,他们吃三明治,现在他们伸手要更多东西,水果、蛋糕、苏打水,他们叫:"给我!给我!小姐①!"他们要香烟,要衣服,什么都要,教堂的卡车从来不给烟,因为管事的人,叫莫尼克还是薇洛妮克的,我记不得了,她反对抽烟,她说烟草就是死神,她是对的,爸爸就是抽了好多烟死掉的。

  一天早晨,我来到广场,跟往常一样,只是来看看,教堂广场好多人,摆满了小木长凳,每个凳子上都坐个流浪汉,在等着,我没看见维姬,只有几个年轻姑娘,穿旧衣服、牛仔裤和POLO衫,可那里的几个男人都穿黑西装,打领带,他们在旁边伦罗办事处工作。

  我不明白发生了什么,我站在矮墙旁边、细叶榕下边等,等维姬来,可走来的是另一个女人,她拉起我的手,把我带到小长凳坐下,凳子太矮,坐不下来,我的膝盖不能弯,这也是怪病弄的,我能走能跑,就是不能弯膝盖。这个

---

① 原文为克里奥尔语"Mamzelle"。

女人很年轻，棕色皮肤，脸上和鼻子上长着黑痣，她说话又轻又沉，我习惯了维姬的声音和英语腔，这个女人说克里奥尔语，她对我说："你坐，等一下[①]"，她把我当孩子一样说话，可我不答话。我在小长凳上等，身边都是流浪汉，坐着不动，都在等着发食物，他们互相不说话，只是偶尔傻笑几声。我不认识他们。他们是城里的流浪汉，从集市街区来，在路边睡觉，在孔帕尼花园里，要塞那边，西部墓园那边。他们都是黑皮肤，黑色的脸，黑色的手，衣服也是黑的。尽管太阳很烈，他们还是裹着破毯子。我不知道他们的名字，可他们知道我的，他们转过来，冲我大喊："渡渡！喂！哩（你）要去拉（哪）里？"他们从不去内陆，他们觉得太冷。他们的地盘，都是拆迁的小街，在卡西斯，在骑兵丘，在帕耶。还有更远些，高速路那头，罗什布瓦、卡罗拉罗、卡罗卡利普土斯、神甫城。你不是那里人，是进不去的。连主教大人也去不了。

快十一点，黑衣男人聚在一起，女人和年轻姑娘开始往一排排小凳中间走，手里拿个锡水壶，手臂上挂条白毛巾。见此情形，流浪汉们很害怕，想逃走。神父开车来了，他穿着他那件大祭披，流浪汉都站起身，飞快地逃开，有几个喝多了，左摇右晃的。女人们喊："等等！不要害怕，待在则（这）里，不要走！"可他们还是四散跑开。教堂的卡车在广场上停下，满载着三明治和苏打水，可我觉得，流浪汉们既不渴也不饿，因为他们宁可那么快跑掉，也不愿让人给自己洗脚！这时候，神父来到我面前，我还坐在小板凳上，

[①] 原文为克里奥尔语"Assizé là, espère en' pé"。

等维姬来,他停在我面前,他很高很胖,有些秃顶,身上的祭披是绿色和白色的,他不认识我,可我认识他,他叫朔松神父,他不是大教堂的,是厄运角教堂的,在北边,我认识他是因为他给克里奥尔女孩和穆斯林男孩主持婚礼,所以他的祭披上一边白色,有耶稣的十字架,一边绿色,有穆罕默德的月亮。朔松神父向我弯下腰,温柔地对我说:"你叫什么名字,我的孩子?"我喜欢他的声音,很像给爸爸在圣让公墓下葬的那位神父。"你叫什么,我的孩子?"我满可以回答"渡渡",像平常一样,可我把姓讲了出来:"费森"。他认真地看着我,然后继续去巡视其他坐在小凳上的流浪汉。一个女人,不是牵我手拉我过来的那个,而是个克里奥尔女人,她走过来,脱掉我的鞋,给我洗脚,先洗一只,然后洗另一只,她用毛巾擦干我的两只脚。这时候,其他女人也在给流浪汉洗脚,她们用各自的白毛巾给他们擦干。我感到羞耻,因为我的怪病,两脚变了形,脚指头因为关节问题都弯曲着,叠在一起。可女人很体贴,她什么也不说,还对我微笑,白牙齿很漂亮,在棕色嘴唇间闪光,我一直喜欢看女孩子的白牙齿,因为我的牙不白,都坏了,掉了好多,可这跟怪病没关系,是因为我吃了太多甘蔗和小米蕉,奥诺莉娜是这么说的。洗脚的时候,朔松神父开始演讲,他后退几步,背对太阳,他说的是法语,说今天是个重要的日子,因为耶稣与我们同在,说耶稣受难前,也在神圣星期四[①]洗了脚。一个姑娘站起身来,面对我们,背对太阳,开始念黑皮书里

[①] 基督教一些教派举行的宗教仪式,在复活节前一周的周四,天主教称"濯足礼"。

的内容,《若望福音》第十三章,她的声音很尖,有些颤抖,我猜想她还不习惯在好多人面前念书,她觉得这个片段写得太好。流浪汉停止傻笑,有一个甚至哭起来,不过也可能是亚力酒喝多了,或是觉得自己穿那么脏的衣服坐在小凳上,面前金发姑娘给他洗黑脚,太羞人了。

在逾越节庆日前,耶稣知道他离此世归父的时辰已到,他既然爱了世上属于自己的人,就爱他们到底……

棕皮肤女人把冷水浇在我脚上,轻轻地,我看着,听年轻姑娘清脆的声音,像水壶里倒出的水声,棕皮肤女人两手轻轻擦过我双脚,擦过脚趾,让我想笑,特别痒痒,又让我很舒服,水倒下来,发出轻柔的小瀑布的声响,清脆的声音继续在念黑皮书,每个人都不说话,只听见城市的嘈杂,摩托和轿车的噪声,孩子在教堂广场上嬉闹,嘲笑他们,"好啦……人家给他洗好脚咯!①"

耶稣就从席间起来,脱下外衣,拿起一条手巾束在腰间。

几个流浪汉低头看着,仿佛从不知道自己有脚一样,之前从没想过自己的脚。

---

① 原文为克里奥尔语"avla… in lave so lipié!"。

然后把水倒在盆里,开始洗门徒的脚,用束着的毛巾擦干。

风吹落一缕长发,挡住了年轻金发姑娘的脸,她顿了顿,把头发拨开,我听她微弱的声音在广场上回荡。

及至来到西满伯多禄跟前,伯多禄对他说:"主!你给我洗脚吗?"耶稣回答说:"我所做的,你现在还不明白,以后你会明白。"

几个流浪汉跟西满伯多禄一样,舍不得脱鞋,他们大叫:"不需要,我自己的脚很干净,不用洗,小姐!"① 他们在等三明治和苏打水,他们为此而来,可朔松神父把手放在他们头上,让他们坐下,他很高很壮,白绿色的祭披向两边分开,像鸟的翅膀……

伯多禄对他说:"不,你永远不可给我洗脚!"耶稣回答说:"我若不洗你,你就与我无分。"西满伯多禄遂说:"主!不但我的脚,而且连手带头,都给我洗吧!"

一切尘埃落定,我坐在矮墙上吃我的三明治,就在细叶榕树荫下面。维姬没有来,可我很开心,我不会忘记,我也参加了,我的两只脚,也非常非常干净。

---

① 原文为克里奥尔语"Pas bizin, mo lipié prop moi, pas bizin lavé mamzelle!"。

克莉丝朵（续）

她失踪了。从早到晚，我都窥伺着东秀营的花园，满是虫洞的草坪，入口，外面的大马路，就连后排住用人的地方也看了。克莉丝朵没有回来。一天，我听见屋里有响动，以为她终于跟她的飞行员一起回来了。可那只是凶神恶煞的老妇人，管租客的门房，她腰间挂着一大串钥匙，里面有周围房间的所有钥匙，她给客人开房门的时候像恶修女，在毛里求斯，人们管这种人叫巴恰拉①。最早陪飞行员来，又把他介绍给年轻女孩的正是她。可这次来的不是爹地（我才不在乎他叫什么鬼名字）。来人是个特别瘦的男人，黄皮肤，黑制服，他看了眼花园，望了下屋里，就离开了。克莉丝朵的飞行员再也不会回来，现在我非常确信。他改换了航线，也许改飞欧洲内部了。要不然就是被我的女房东检举揭发了，害怕因为恋童癖锒铛入狱。我透过毛玻璃窗看出去，草坪上空空如也，只有椋鸟跃动的身影。原先她就躺在那里，穿绿色

---

① 原文"Batchiara"源自印地语，意为不幸的。在毛里求斯克里奥尔方言中指拉皮条的人。

比基尼，一杯可可洛可鸡尾酒，飞机上的杂志，克莉丝朵，是孩子，是女人，像个懒洋洋的小动物，躺在阳光里，或是在大道上，跟一个男伴共骑一辆轻骑，如风驰骋，穿过蓝湾寂静的街道。

我决定去寻她。重走她走过的所有道路，弗拉克，凤凰城，巴加泰勒，科当。公车在玛雅兰德商业中心停下，我下了车，空气很干，天光好刺眼。不知道是莲花还是荷花形状的穹顶在太阳下边，愈发诡谲，闭合的花瓣有如肥皂泡泡，在炎热的空气里微颤。商业中心里令人窒息。尽管条条冰河从空调里流淌出来，人们还是张着大嘴，寻觅空气。中央，彩色圆顶撒下各色斑点，缓慢旋转，紫红，黄色，绿色，雪青。也许是心跳太快，我感觉人群在跟着干喷泉（部长参加开幕典礼第二天，水泵就坏了）周围的彩色斑点旋转，画着同一个圆。下午三点，来的多是爱贝纳或雷杜伊翘课出来的大学生，还有穿蓝校服的初中女生。在这群吵闹的人群里，我无法想象我的野姑娘，我的亚马逊女战士，这些女孩体面富有，穿匡威鞋和PINK的衣服，发型吹得讲究，而男学生，不是学法律的就是学计算机的，是未来的银行家、记者，可她，我的克莉丝朵，如马龙人，离家出走，逃离学校，迷失，流浪，颇有胆识却又无可救药，永远与这世界格格不入。我很清楚，是我创造了她，我为她写下了另一个故事，她不曾经历的故事。我来到玛雅兰德，明知她不会回到这里。她已经溜进暗黑之域，禁忌之街，在改建工程中挖出的洞穴里，这些灰色围挡已经围住了罗什布瓦、神甫城、神父谷,还有通向北部的高速路沿途。

夜里,出租车沿海岸线缓缓行驶。司机很明白我在寻什么,找什么人,他想象我在找些容易下手的猎物,或是把我判成猎物,一个有相当年纪的外国人,把外汇、银行卡、护照、驾照统统塞在腰包里,以为更安全。他尝试跟我说话,我并不回答,于是他打开广播,放一频道,车里被音乐和噪声占据,我把车窗旋下来,依旧头昏脑涨。"先森(生),要在拉(哪)里钻(转)弯?则(这)边?拉(那)边?您要去拉(哪)里?直走?"我没有刻意探寻什么,路旁荧光流转,灯火辉煌,一串串霓虹灯,星星灯包围长廊,还有店名,支离破碎,意义不明,

阿扎尔

利昂斯　　　拉冈布斯

猎户座

安诺舒卡

气泡闪光、消失,箭头,三角,巨型车轮,细丝,花饰,高大的粉色、白色墙面,丑陋愚蠢的花朵。我醉了。

豪华酒店后面,大道边上,有块灰头土面、不三不四的片区,跟阿贝克隆比或神父谷的残垣断壁不同,是各种纸板装饰的墙面,假门廊,假老虎窗,塑料浇筑的假洞穴,还有从各种敞开的大口、岩穴里传出的轰鸣,扬声器的轰鸣,低

沉的隆隆声撼动马路，炸裂耳膜，歌声时沉时尖，最尖的声音更有刺穿性，我得以听出几句歌词，几个曲调，回旋，副歌，猛打，重击，我沿路边摸索前行。在勾勾音乐吧[①]门口，她们靠墙站了一排，想进去必须出示身份证，或是有男人带进去，年轻男人可不行，必须是穿着讲究的男人，牛仔裤可进不去，入口处的纸板上写着呢："我们不欢迎牛仔裤"[②]，最好穿西裤，颜色闪亮的收腰衬衫，镶银色花边，领口敞开，手上戴枚金扳指，耳朵戴颗小钻石，这种人一晚上就能花掉女孩父母三个月的收入，然后把她们带进自己的丰田凯美瑞，或是雪佛兰雪崩，驱车到甘蔗地里，阿尔比恩那边，在清晨之前完事儿，再把她们放回她们的所属之地，沙岬、卡西斯、科罗曼德、巨石村。我路过那里，用余光瞥见她们，可她们看不见我。她们不像克莉丝朵。她们很矮，硬把自己塞进很紧的裤子里，上衣超短，露出肚脐眼来，脚蹬十厘米的高跟鞋，还跟小矮人似的，脸上扑了太厚的粉，眼影太黑，厚厚的睫毛跟蝴蝶翅膀一样，她们看起来又年轻又苍老，有车缓缓开过人行道，她们便搔首弄姿，其中一个突然走出队列，从打开的后门上了车，就这样离开了，剩下的向边上挪一步，立刻占据了她空出的位子。我经过她们，一面观察，有几个甚至不到十五岁，还是孩子，可她们表情焦虑，相当严肃，并不嬉笑，也不求诱惑，她们看着夜幕下汽车构成的环舞，世上没有别的，没有游戏，没有欢乐，只有

[①] 勾勾音乐（Gogo 或 Go-go）为"放克"音乐的一种，1970 年代末诞生于美国华盛顿。
[②] 原文为英语"We don't like jeans"。

金钱交易、残暴的欲望。我想到克莉丝朵，她不与她们为伍，不能把她跟她们混为一谈，哪怕她自己也清楚金钱的暴力。克莉丝朵既是女人也是孩子，她本能地了解这种兽性的夜晚，她从中逃脱，她在别处，在她的世界，海洋与陆地之间，她编造自己的过往，如同编造自己的姓名、家乡、行踪。我走向大道尽头，远离俱乐部和酒吧的嘈杂，可有什么让我觉得必须回来。克莉丝朵在哪儿？我多么希望现在能看见她，跟同龄的孩子一起坐在沙滩上看火堆，听吉他曲。也许她在姨妈家，在楼下院中独自喝着小瓶苏打水，一面抽烟，仰望没有星星的天空？我继续巡回，一间接一间，挨个儿走过夜店，一步不停，不看店内，直到迈不动步子。暑气炎炎，我的衬衣粘在背上，嘴里唇边有种苦味。这样走让我感觉离克莉丝朵更近，仿佛触及她的生活，一脚踏在她世界的门槛上，刚够时间让我看清楚将自己与她隔开的鸿沟。她已经不在那里。我在一家小店歇脚，也喝起苏打水，坐在长椅上，面对黑不可见的大海。我呼吸着黄昏留下的热风，红色的风来自业已消失的太阳。要回鸥岩太晚了，无论如何，我感到自己被细弱透明的小绳绑住，像牵住格列佛的细线，把我绑在这里，这令人窒息的海湾，牵在星星闪闪的霓虹灯上，固定在墙边那排忧伤的矮个儿妓女空洞的眼神里，甚至钉在公路上匍匐前行的汽车形成的绵延不断的金属长蛇上。直到拂晓，一夜无眠。

打　赌

　　我赢了大迪穆的赌注，汉森先森的赌注！他是凯斯卓的经理。我能赌赢靠的是朋友维姬，也许名字费森也出了力。奥诺莉娜读报纸给我听，上面写："渡渡，流浪者大使！"英语写着："可敬的流浪汉[①]！"老阿尔泰米西娅，她把头版留下来叠好，夹在记菜谱和账单用的练习簿里。奥诺莉娜想着，有一天她要去法国，去英国，然后到意大利，见罗马教宗。起初我并不相信，我说，那是玩笑，逗人开心的，就像在天主教收容所，三王朝圣节会给你戴一顶纸王冠，也不代表你是国王啊。汉森先森，他跟其他弗洛雷阿勒的大迪穆一起下赌注，说如果有流浪汉能坐飞机去巴黎，他就是所有流浪汉的大使大人。于是，凯斯卓的雇员纷纷拿宣传册给我，让我签文件，办签证，幸好爸爸去世前把所有证件都给了奥诺莉娜。维姬开车带我去大摄影家雷奥·布瑞特那里，在路易港，他给我拍彩照，可必须承认，跟黑白照差不多，自从得Σ病开始，我就没了颜色。布瑞特先生对我说，千万不

[①] 原文为英语 "The admirable hobo"。

要动,别笑,别眨眼,这倒不用担心,我从来不笑,我之前就说过,Σ病吃掉了我的嘴唇和眼皮。维姬说,我要坐大飞机去法国,于是,布瑞特先森在办公桌抽屉里翻找,找出一张爸爸六岁时候的老黑白照片,上面是个穿西装打领带、脚蹬高帮皮鞋的俊俏小男孩,他倚在桌旁,满脸淘气。布瑞特先森说,照片是他爷爷拍的,那时候,他爷爷也在这里做摄影师,喜剧街2号,他给我指指照片背面的名字,安托瓦纳·费尔森,1909年,还有摄影师签名,杰奥·布瑞特。可我搞不清这是不是真是他,我不记得有这张照片。然后,汉森先森留下我的护照,他也搭同班飞机,只不过他坐头等舱。他预约好巴黎的酒店,我想让维姬陪我去,可她必须留在毛里求斯,跟丈夫和宝宝一起。一天,我跟她约在和平玛丽女王教堂见。她在广场上等我,我们坐在树荫下长凳上聊天。她说:"渡渡,你会认识很多新鲜事物,你会遇见很多新朋友。"午后阳光下,她的鬈发闪着金光,皮肤上好多小黑痣,我想摸她脸上的皮肤,感受她脸颊上的汗毛,跟水果表皮的绒毛一样,我想亲吻她的脸,闻一闻她水果一般的香气,可我不搭话。我不能对她说出真相,说我根本不在乎能不能遇见新朋友,我想见的是她。可维姬不能跟我去巴黎。她又说:"你别担心,渡渡,你看,事情很顺利,在巴黎有很多朋友在等你。"她给我带来一只蓝色斜挎包,坐飞机用,包上印着白字"凯斯卓"①,还有一只白鸟图案,她说,那是

---

① 原文英语"Kestrel"本意为一种隼,在毛里求斯有其特有的毛里求斯隼。

她自己的包，当时来毛里求斯做医院实习护士用的，她把包里送我的礼物拿给我看，一支带盒子的牙刷，一把折叠梳子，一小管面霜，还有面镜子，可是因为恶鬼，我不能照镜子。她还放了一件羊毛衫，是她丈夫的，因为巴黎很冷，还有黑色长筒袜和新篮球鞋，是她在集市买的。还有一本记事簿，一支圆珠笔，我打开本子，看见第一页上写着："献给渡渡 挚友维姬·奥吉尔维[1]"，我看着想哭，我第一次看到她的全名，不过我明白，那其实是她丈夫的姓。"这是给你作旅行记录的，你会写给我看，对吗？"维姬说。我很喜欢她的礼物，只把镜子还给她，她没有问我什么。我很喜欢在簿子里写字，通常我都在小块的报纸或邮局表格上用黑铅笔写，可这些都会被风吹走，我还没攒够钱买簿子。就这样，我们坐在和平玛丽女王教堂前面的长凳上，头顶是要喝下海水的太阳和呼呼吹的热风，永不停歇。我很高兴能离开，我这样的可怜家伙居然也能坐大飞机，到世界尽头，旅程就这样开始了，我静静地坐在维姬身边，能闻到她皮肤和金发的味道，看到她一双蓝色的大眼睛。

我想象出发去那里，去法国，坐大飞机，我害怕起来。感觉面前有个大坑，好像自己走夜路，掉进甘蔗洞里。自从赢了汉森先森的赌注，我每天都走路，坐公交，去看我再也见不到的地方，我想这是人死前要做的。奥诺莉娜家里，锈掉的大镜子上罩着布，我想从里面窥伺自己的命运，一个白

---

[1] 原文为英语 "To Dodo from his friend Vicky O'Gilvy"。

点越陷越深,一条没有尽头的大道,四面八方伸出无数恶鬼的黑手。我向奥诺莉娜大喊:"快点盖住!盖住镜子!我看它,它就看我!"① 可她以为我在开玩笑,逗得她哈哈直笑,于是我离开她家,我不能再睡在她门前的地上。我要去阿尔玛,最后一次,我要去河边,去湖畔,去森林,我要去看矮灌木丛里我家屋子的废墟,在竹篱笆后边,我要找到阿尔泰米西娅住的小茅屋,她在那儿给我讲她的故事、她的谜语,后来阿尔曼多家派来推土机,一切被夷为平地,她离开人间去了天堂。我还要穿过蔗田,去克雷沃克尔,到老雅雅的芒果树,我在树根间点支蜡烛,在脑中伴着肖邦和舒伯特的钢琴曲,唱《友谊地久天长》,纪念我的贝特奶奶,缅怀先人。我唱的时候,塞米诺来了,她隔着树枝偷看我,她长得不美,但我喜欢她那双长眼睛,现在她认识我,不怕我,可我招手,她并不过来,她透过树叶偷看我,像只野猫。在雅雅墓前,我放上玛丽饼干、辣椒蛋糕、报纸裹的番木瓜蜜饯,还有几支烟,她可喜欢抽,我把这些放在芒果树根间,往后退几步,塞米诺就来拿礼物了,她慢慢靠近,拿起礼物赶紧躲回去,她吃掉了蛋糕和番木瓜,可她把香烟留下了。我很开心,我想象雅雅在蒙古女孩身上重生,我想象这天夜里,天完全黑掉,风吹灭蜡烛,雅雅就会去她的芒果树屋抽烟。我内心感受到她的平和,过去我是小宝宝,她用有力的臂膀抱着我,给我唱非洲大陆的摇篮曲,噜噜——噜噜——噜噜噜——噜噜……在克雷沃克尔,我淋着细雨往露露潭、卡勒

---

① 原文为克里奥尔语 "mo guette li, li guette mo!"。

巴斯河走。我到阿尔玛时，冷飕飕的，天黑了。我记得冬天夜里，爸爸死的时候，雨下在棺木上边，跟敲鼓一样，几个黑衣男人把棺材放进坑里，妈妈旁边，小卵石填平坟墓。圣让公墓里，一个人也没有，铁门紧闭，可我熟悉个地方，我从塌掉的墙钻进去，径直走到老人墓前，赞先森（生）根本没描油切（漆），他怕我，不然就是懒，不付钱他可不会动手。我拿出维姬给我旅行用的黑铅笔，又描一遍名字，从这以后，再不会有人来描了，他们的名字和日期若被风雨抹去，就无法继续住在人间。我睡在墓边，拿外套挡住脸，这样就没人看见我，雨也不会流进嘴里。现在，一切都不同了，一切都变了，今天晚上，我要去巴黎。

玛丽·玛德莱娜·马埃的故事

我从未见过父亲。我生于1738年12月,母亲名叫朱莉,是洗衣工,总督府奴隶,父亲是弗朗索瓦·马埃·德·拉布尔多内①,法兰西岛和波旁岛②总督。我在法兰西岛出生那年,也就是1738年的5月9日,父亲的合法妻子玛丽-安娜·勒布伦·德·拉弗朗科利因为天花过世。尽管我保留了父亲的姓氏,但他没有认我做女儿,我的姑姑贝尔特·塔巴里决定了我的姓氏,她也姓马埃,是父亲嫡亲的堂姐,她最终说服了父亲。我出生在父亲的大宅里,后来母亲带着还是婴儿的我回到路易港监狱的附属建筑,就在要塞附近,她工作的地方。我是后来知道的,圣马洛的马埃奶奶将这一切告诉了我。父亲作为总督,不能下榻附属建筑,我有理由相信,我出生后几天,把我带去见父亲的不是母亲,而是另一个女人,也是这个女人给我做的简礼付洗,并成为

---

① 弗朗索瓦·马埃·德·拉布尔多内(Bertrand François Mahé de La Bourdonnais,1699—1753),法国海军军官,法国元帅,1733年被任命为马斯克林群岛总督。
② 即现在的毛里求斯和留尼汪。

了我的教母，于是我获得了母亲的名字朱莉和教母的名字玛丽·玛德莱娜，教母不是奴隶，只是父亲厨房里的女佣。我曾梦见这个高大的男人附身看我，裹在襁褓中的棕色小肉团，梦见他问我的名字。听见名字，他只是微微摇头，仿佛事不关己。

我没有机会了解母亲，因为我一岁左右，父亲就决定回法国，想在法国再婚，把我一同带去。我对这趟旅程一点记忆也没有，后来我听说，旅程有几月之长，而且在经过非洲海角的一场暴风雨里，我差点淹死，一波大浪袭来，奶妈脱了手，幸好有个海员及时捞住了我。我要提这件事是因为，在我一生的悲惨遭遇里，我每每回想起这件事，就诅咒这名水手，因为他，我没能去成更好的世界。

我儿时的最初记忆在马埃奶奶的老宅里，在圣马洛。尽管父亲一生荣华富贵，在法兰西岛跟国王一样，连在法国也住在博瓦西圣雷热的皮普乐城堡里，可马埃奶奶始终不愿离开她在圣马洛城墙街的旧宅，她在那里将几个孩子抚养成人，我父亲是老大。我可以说，我在那里太过幸福，也因为那时我正处于对社会阴暗一无所知的年龄。马埃夫人的名字叫做吕蒂维娜·塞尔瓦娜，她从不以高傲和偏见的态度对我，不像多数人见到有色人种和私生女时表现出的那样。我一半的时间在用人住所，有奶妈陪着，一半时间在宅子一楼，大客厅里，马埃夫人白天都会待在那里，坐在安乐椅上，两脚穿在烧炭的暖脚套里。我所接受的教育，都是她传授给我的，她觉得我思维敏捷，不管是读文学还是做缝纫都上手很快。没过多久，有人向我转述了她对我的评价，说我不会给家族蒙羞,说我跟总督父亲的其他孩子一样聪明能干。

　　幸福的岁月转瞬即逝,马埃夫人的身子骨每况愈下,家里人觉得把我托付给马埃夫人的女儿更好,她女儿"万圣夫人"是圣于尔絮勒会修女院的修女。于是,我的人生在九岁时发生了天翻地覆的变化。之前,我在温暖的家庭里自由地成长,有夫人女佣疼我,她们喜欢让我陪着,把我打扮得像个娃娃,把父亲找人从岛上领地带回来的糖分给我吃。我衣食无忧。之后,我瞬间落入了修道院黑暗的冰窟窿,周围都是没了父母的女孩,被一袭黑衣的修女管着,起初我特别恐惧她们。"万圣夫人"可没有奶奶那么温柔随和。她高挑干瘦,一脸蜡黄,对所有人都无比威严。尽管我是她的亲侄女,可不管是爱意还是恨意,她都没对我表现出一丝感情。对她来说我是孤儿,像其他女孩一样。我们身着灰色羊毛连衣裙,戴一顶软毛,脚蹬木底皮鞋。我再没有机会读书或学习。修女院的日常是祷告和家庭劳作。我喜欢缝纫间的工作,也许因为母亲,法兰西岛的奴隶,是位洗衣工。缝纫间就在公共大厅,只有一个火炉,女孩子们在此缝衣服,裁布料,织织补补,为修女院挣钱,给城里几间主要的缝纫铺做事。目的说是为了让孤儿们(尽管我不是孤儿)掌握生存的技能。事实却并非如此,缝纫间又阴又冷,这或许正是我如今患上眼疾、被迫乞讨的原因。我几乎没有患难朋友:修女院的纪律禁止一切交流,这个年纪的女孩日常闲聊,也会受到严厉惩罚,不是不给饭吃,就是用荆条抽腿。我唯一的朋友是个乡下姑娘,布列塔尼人,不会说法语,我就教她一些简单的。她名叫苏珊娜，在她家方言里叫做索阿琪格，我们在宿舍里床挨着床。说床都算是好听的，我们睡的不过是铺在石板地上的草垫子。几年被幽禁的时光就这样过去，这几年正是孩子发现人生、培养情感的时候，可修女院的孤儿被关在院内，生活贫苦，内心恐惧，被饥饿所折磨，因寒冷而麻木。我十四岁时，也许差不多十四岁，我一直不知道自己准确的出生日期，法兰西岛和圣马洛都没有文件记录。我十四岁，父亲突然死了。我是在1753年11月从"万圣夫人"口中得知的。我从不敢喊她姑妈，尽管她是我名副其实的姑妈。父亲的新家状况恶化。我出生后一年，父亲迎娶了夏洛特·伊丽莎贝特·孔博夫人。几个孩子的辅导老师卷走了她的钱财，逃亡海外，让她突然破产。结果，父亲支付给修女院的膳宿费也被停掉了，所以，我只能卷起铺盖，出发去巴黎，找贝尔特·塔巴里夫人，父亲嫡亲的堂姐帮助，她让我在她家住了一阵，然后将我安置在圣日耳曼昂莱的圣托马斯修女院，是个接收凄苦女人的修道院。我离开迪南时，平生唯一一次有人为我落泪：我要离开索阿琪格，我的生死之交，我们知道往后将不再相见。就这样，我走进了这座修女院的前厅，从此我的人生便开始走下坡路，因为圣托马斯修女院接收的是境遇最惨、最为绝望的女人，同一间房里既有病人、疯子，也有妓女和杀人犯。将父亲家破产消息告诉我的正是塔巴里夫人，父亲的家产被迫变卖，包括博瓦西圣雷热的城堡。她还告诉我，父亲曾表示要付我八百里弗膳宿费，现在他的善意也无法兑现。就这样，在女孩准备结婚成家的年纪，我成了救助失足少女机构的囚徒，可我从未犯下任何罪责，我唯一的罪就是以声名显赫的父亲的私生女出生。尽管我如此不幸，可我想，或许跟母亲相比我还算幸运，她依然在岛上做奴隶，而我被从她身边活活抢走，毫无补偿。我至少还有着"马埃"这个受人尊敬的姓，而她从未有过姓氏。正是这个时期，我得知自己有个同父异母的兄弟，也在法国，名叫让·雅克·桑泰尔，跟我一样，是拉布尔多内的私生子，可他身在何处，母亲是谁，我从来无从得知。一天夜里，我梦见自己回到故乡岛上，母亲在那里欢迎我，还有她所有的孩子，我们紧紧相拥，泪流满面，我们许诺，无论发生什么，都再不分离。这个梦太过完美，根本无法实现。岛太远了，而且我细想觉得，母亲经历劳苦日子，受过百般折磨，或许已不在人世，她的孩子定是经历过几次贩卖，而且无论如何，我并不知道他们的名字。好一阵子，这个梦在我心里留下某种感伤，让我难以释怀。我开始绝食，身子每况愈下，将我逐步带向死亡。支撑我继续活下去的，只有对上帝的笃信和马埃奶奶照顾我的美好回忆。

　　终于，我决定逃离命运的掌控。在圣马洛奶奶身边的童年岁月，和后来在圣于尔絮勒会修女院的日子里，我的性格逐渐形成。我要打败厄运。圣托马斯修女院的多数女孩都是文盲，愚昧无知。我能拿到笔纸，于是开始写一系列的信，第一封首先写给伊丽莎白特·孔博夫人，父亲的第二任太太，我没有强调自己与她的亲缘关系，只是请求她遵从父亲的承诺，支付让我足够生存的钱。我写了好几封信寄到巴黎的地狱路，她跟孩子居住的地址。她收到没有，我不知道，可我没有收到针对我请求的任何回复。圣托马斯修女院的生活越来越难熬，因为这些女囚徒就算深陷不幸，也并未遗忘她们本能的恶，她们发现我受过教育，与众不同，于是骚扰我，叫我女黑鬼、小黑，或是殖民岛的婊子，对我冷嘲热讽，拳打脚踢，偷走我的衣服，抢走我所剩无几的汤食。我试着向塔巴里夫人控诉，可她放任不管，将我抛给命运，仿佛因为父亲之死和家族破产，我的存在被永远抹去。绝望的时日里，我估算着黑皮女孩与生她、给她姓名的男人之间的无尽鸿沟有多宽，他在世的时候可是王国里最受敬仰、最有权势的总督。

我在圣于絮勒会修女院染上的眼病，到圣日耳曼昂莱以后日渐加重，很快就无法做工，几乎失去视力。于是，我混在失足少女中间，在走廊上徘徊乞食，幸好我还年轻，体质还算不错，才保住性命。可我没能完全恢复视力，右眼永远瞎了。就在这时，修女院的一位修女想要帮我，或许只是想让我早日离开，得个轻松，在她的建议下，我下定决心将我的悲惨处境告发出去，写信给法国海军部萨丁先生，请求政府帮助：

寄信人：玛丽·玛德莱娜·马埃，法兰西岛和波旁岛前总督贝特朗·弗朗索瓦·马埃·德·拉布尔多内的私生女

萨丁部长先生亲启：

自我出生起，父亲就正式承诺每年向我提供八百里弗的抚养费，还有一笔一万两千里弗的财产，专门支付

我的教育费用。尽管我已多次请求，依旧没有人支付这些款项。自从父亲去世，遗产继承者继承了大笔财产和房产，但始终对我的请求不予理会。目前我染上了眼疾，无法继续做缝纫为生，在这种生活不稳定的状况下，我作为私生女，有权请求援助。

我，署名人，谨以我的名义，和我父亲，伟大的水手、印度的征服者、我出生的法兰西岛的总督，马埃·德·拉布尔多内的名义，请求帮助。

我等待着回信，信来了，可不是部长寄的，是他的代理人寄的，叫勒努瓦先生，说是信，其实是一张良民券，批准我去巴黎的萨尔佩特里尔总医院看病，费用由国家支付。他写给圣托马斯修女院管理处的信则没有给我留下任何余地，信里说，我的问题属于私人事务，必须由律师提起控告，如果法庭可以受理，再向法庭提起诉讼。可就算是伟人的私生女，又有哪位律师会对穷得叮当响的女黑鬼感兴趣呢？回信让我绝望至极，我甚至想纵身跳入离圣托马斯修女院不远的塞纳河里，唯有奶奶塞尔瓦娜·马埃为我带来的宗教信仰和可怜的索阿琪格的回忆阻止了我。内心绝望拖垮了我的身体，我被关进主宫医院几月，生命垂危。随后，就像上面提到的，我被送进了萨尔佩特里尔总医院，如今我还在这里，被妓女、罪犯和疯子包围。我生命的最终章将在这里完结。每天，我都在天井里，坐在石头上，看周围人影转圈舞动，风雨无阻。这里只有人性之恶。哪怕我细细描述这里的见闻，外界的人也不会相信。哀怨遍地，皮鞭声声，还常常缺吃短穿。流浪儿童楼里，发生着最可怕的罪行，据说每个月都有几个小孩失踪，没人知道他们后来如何，传闻发生了骇人的行径，说被人买通的看守把小孩送给了淫亵的富人和权贵，或是成了外科医生的试验品，甚至被当作恶魔献祭的祭品。我看着医院天井里打转的人影，圣马洛马埃奶奶的温柔回忆再次浮现，那时我的一生刚刚开始，还不知道自己未来险恶。我想，我是世间疾苦的见证者，我是为此而生，仅仅为此，因为只有拥有非凡人生经历、堆金积玉过的人，才会陷入最深重的困境，所以，我向上帝祈祷，向圣母祈祷，向所有圣人祈祷，请赐予我力量，直到生命的尽头，**阿门**。

巴　黎

您想知道,我就告诉您,我的旅程是这样的:飞机晚上起飞,天在下雨,飞了一整夜,早晨停在非洲,然后又出发飞巴黎,巴黎也在下雨。不过旅程中间可不下,我知道是因为有一阵子,右手边的客人去厕所尿尿,我从窗户看出去,看到好多星星,好多好多。整个旅程我唯一喜欢的,就是身边有星星,因为飞机飞得好高,星星不是远远地悬在天上,而是在下面,接近地面,可我并不怕。飞机里的人对星星可没兴趣,他们坐着睡觉,头歪在一边,打着呼噜。可我,我不睡,我思考,或是在脑海里哼唱弹奏钢琴曲,尤其是舒伯特的曲子,快板和柔板,最后以老歌《友谊地久天长》结束,这是我唯一能用弯曲的手指弹奏的曲子。到巴黎时,天好冷,很多人在等我,可没有维姬,她在和平玛丽女王教堂向我道过别了,她第一次亲吻我的脸,我闻到她脖颈上、头发里,有香堇菜的花香,她说:"你要从法国给我写信,别忘了。"我说:"别担心,维姬夫人,这辈子我不会忘记您。"她微微笑,以为我在说笑,我只离开几天,很快就回毛岛。我没对她说,我要永远离开,不再回来。我离开的国度,再没人认识我,因为雅雅和阿尔泰米西娅都已入土,除了我,没人知道雅雅的墓在芒果树下,在克雷沃克尔。圣让公墓可怜的老人,爸爸和拉洛斯妈妈,我无法再用粉笔描名字,雨会冲掉一切。最后,我紧紧抱住维姬,嗅着她年轻的身体,像蔗田里的斑鸠,嗅甘蔗的香甜,我带上她临行送我的礼物,玉米蛋糕,辣椒蛋糕,酸角泥,番木瓜蜜饯。都放在一个棕榈叶编织袋里,一刻也没离身,在飞机上就放我脚边,跟凯斯卓的包一起。我没对任何人提起,不论是朔松神父还是莫妮卡,尽管他们也跟我说再会,在门口跟我合影。我没有微笑,只是举手示意,然后头也不回地离开。飞机里是黑夜,没人看见我。我望着前方座椅的靠背,看蓝光打在过道上,看坐着的旅客,家庭,孩子。我唯独不看电影,因为怪病,我能看见屏幕背后的恶鬼,我想藏在外套下面,我宁可低着头,看座位。很快屏幕闪烁熄灭,大家都睡了。

旅行,就是睁大眼睛,而周围的人都在睡觉。我很清楚,这是我的生活。傍晚,夜里,还有清晨,不能动,除非去厕所,不能看镜子,要去想象,眼睛盯着地面,不断想象发生的一切,不会困顿,也不会遗忘。不要做梦,做梦有什么用?其他人,他们谈论自己的梦。他们说:太神奇了,我在梦里飞翔,我跟鱼群共游,我亲吻一名女子。我听他们说,可跟我有什么关系?我,能看见所有颜色,能感受所有震颤,所有爱抚,水声,风声。可从不在梦里。因为怪病,我的双眼一直睁着。出发时,维姬跟其他人一起,在机场门口。所有人都来看英雄渡渡。我想拨开人群走过去,他们钩住我手臂，要跟我合影。维姬，她在人群后面，面色苍白，因为下雨，她戴着一顶软帽，她没有微笑，不向我挥手。我看见她，我转过头去，再转回来寻找，她已经走了。我没跟任何人说，没人问我，我知道，这一走，就是永远。就像那音乐，老歌《友谊地久天长》，你唱的时候，就是没有再会了。

巴黎，街道都很冰冷，天上下着雨，可那是不同的街道，不同的雨。我走在漆黑的夜里，可那是不同的夜。不是黑色潮水奔涌，吹着热风，蛾蝶疯舞的夜。这里的夜是粉色的，路灯灯光形成一圈圈晃动的圆，广场被昏黄的灯光照亮，没有虫蝇。汽车在城市周围行驶，发出潮湿的轮胎声，它们不去任何地方，没有什么能让它们停下，在岛上，汽车穿过拉露易丝大街，或是教堂前的皇家大道，就能去到海边。可这里不同，车辆从不停下等待，不行驶到我面前，没有人在驾驶。我走着，在夜里颤抖，尽管穿着维姬送我的紫色毛衫，还有朔松神父送我的雨衣。雨水在我脸上流淌，滑进嘴里，我用舌头尝尝味道，纯净又冰冷的水，没有味道。我明白，我旅行得太远，已经尝不出水的味道，闻不出水的气味，我的左胸有些刺痛，我想起了岛上水的味道。于是，我在所有这些街道奔走，越走越远，一直走到河边。这条河，我第一次见，不像科当水门那里，水面平静，也不像海上，波浪四起，这里的水不断涌动、流淌，向下游去，没人知道流去哪里。我从石阶下到河边，冷风吹着，我眼里泛起泪水，眼泪顺脸颊流下，流到舌尖。双手也冻僵了，我把手揣进雨衣口袋。河堤是一条石砌的长路，旁边黑色的高墙，在路灯下依旧漆黑。河水发出我不熟悉的声响，轻微的声响，我看见小漩涡，拖着枯枝败叶旋转，还有黄色垃圾，我甚至看到一只死掉的动物，是条溺水狗，肚皮鼓鼓的，四条腿挺直，打着转顺流而下，消失不见。我第一次见这条河，却觉得似曾相识。在我的岛上，流淌的是相同的河水。我跪在台阶上，堤岸边，用手捧起河水，闻它的味道，可是味道不同，这里的水有种灰土味、尿骚味、死亡味，可也不是圣让公墓的味道，倒更像西部墓园，一种沉重的气味，世界的尿味，一座城、一个国家的尿味，我把手放在脸上，想象这里费森家的人，在爸爸之前，阿克塞尔之前，所有旅程之前。我能在这条河的水中与他们重逢，我能闻到他们的味道。世界上有太多墓园，我知道，我无法找到他们的栖身之地，无法念出他们的名字。可这条河里有他们每个人的些许部分，雨水流淌过他们的墓，汇聚到这条大河，河水打着转向下游走。在这里，河堤上，我可以用手捧起几滴来。不远处，几个流浪汉裹着黑垃圾袋，正呼呼大睡。旁边，有条凶恶的狗狂叫起来，一个流浪汉起身大喊："快滚！不然我放狗咬你！"我想说："我也是流浪汉！我可是世界尽头来的！我是个大使！"可说出来又如何？于是我转过身，飞快地逃走，我重新爬上台阶，一直走到教堂前的小花园。巴黎的黑夜连着路易港的白昼，教堂连着教堂，街道连着街道，这里的河水又会从那里流出，出现在海岸边，皆是相同的水，相同的空气，同一片大地。

我探寻这座城市的气味，我想了解它，一小块接一小块。为此，我走出公寓，夜间值班的人每次看我走过，都不说话。安托瓦纳神父负责我的事务，他禁止我夜里出门，他说我会在街上迷路，说我会遇见坏人。可我不是他的孩子，我是大人，我的臂膀很有力量，不怕任何人。我只害怕房间镜子背后藏着的东西，我把雨衣挂在衣橱上，可我一在床上躺下，雨衣就开始动，于是我离开房间，开始行走。我很喜欢这座城市的夜，街道空空荡荡，灯光在屋顶上闪烁。我等城市苏醒，窥探城市的声响。安托瓦纳神父说，我可以与新朋友见面，巴黎的流浪汉，我可以跟他们说话，他们会跟我说话，拥抱我，因为我们都是上帝的孩子。安托瓦纳神父说，我们都是同族人①，满怀善意的男人和女人。在这里，在那里，男人和女人没有分别。我们要努力实现和平。安托瓦纳神父说话时，声音颤抖，眼里都是泪水，因为他很老，戴的眼镜镜片很厚，让他的眼睛看起来好大。可这里不是和平玛丽女王教堂，没有蓝天和细叶榕，没有维姬，也没有一直笑着露出白牙的棕皮肤女人，更没有水果的香气，番木瓜，小米蕉，番石榴，荔枝，只有黄色大河的味道、汽车的味道，没有柴油甜甜的味道，只有种酸味，呛得人想咳嗽。我现在闻到的，是热腾腾的面包和黄油味，从排风口出来，来到街上，笼罩一切。于是，我明白，这就是巴黎的味道。

这里，不是拉露易丝，可我要在这里游荡，寻找属于我

---

① 原文为克里奥尔语"enn sel pep'"。

的地方。这里没什么特别，只有个地铁站，车辆，来往的行人。爸爸谈起这些地方，总说："人来，人往，就是非洲。"我不懂这怎么就算非洲了，也许巴黎也一样。太阳没有它的位置，太阳是一片阿司匹林。这是爸爸说的，每次他谈起巴黎都说："在那儿，在巴黎，太阳可不是太阳，是一片阿司匹林，专治人头疼。"太阳映照在对面楼房的玻璃窗上，在人行道上反射出一块温热的光斑，我就坐在上边，背靠石墙，后面是公共花园。我裹紧雨衣，蜷起两腿，把手放进口袋，没人看见我。巴黎，有太多地方，可你不能去太精致的地方，比如面包店、咖啡馆、电影院前面，都是巴黎流浪汉的地盘，他们会来威胁你，打你，因为他们觉得那是他们的地盘。可在这里，我找到个小角落，不属于任何人。只有来往行人，驶过的车辆。我微微低头，就没人看见我被啃掉的鼻子，没有眼皮的眼睛，没有嘴唇的嘴。我的脸是一块黑。我弯曲的手藏进口袋深处。就这样，我窥探面前的一切，穿紧身裙的女人们匆匆而过，高跟鞋嗒嗒直响，男人们穿着雨衣，戴着便帽，老人们蹒跚而行，年轻女孩互相搂抱着向前走，有时一条黑狗走过，绳子尽头拉着什么人。这里是属于我的拉露易丝，这里，没人认识我，我没有过往。

陷　阱

事情发生在夜里，大湾危机四伏的区域。星期六的晚上，我的克莉丝朵，她为什么来到这里，到海边车水马龙的大道上，她在想象什么，又在期盼什么，车流缓慢地双向运动，掠过她身边，车窗耀眼，车灯闪亮，尾气一股子酸臭味，发动机的嗡嗡声盖过了大海的声音。车辆前进，减速，加速，她独自一人走在路边，并不去看车辆。身后不远处，男孩们开着丰田车跟着她，车里一行五人，放下车窗往前开，一会儿刹车，一会儿又开起来。车里令人窒息，空调坏掉很久了，音乐充斥着车厢，炸裂的塞卡音乐[①]，赛鬼音乐[②]，嘻哈音乐，或许尽管路上声音嘈杂，克莉丝朵仍能时不时听到几个音符，催促着她，快点，走啊，向前走，你知道该干什么，于是，摆出难看的姿势走路，两脚摆成外八字，

[①] 塞卡音乐（séga）是马斯克林群岛的一种音乐，源自非洲奴隶的音乐和舞蹈，在毛里求斯岛、留尼汪、罗格里格斯岛、塞舌尔等不同地区有所不同。

[②] 赛鬼音乐（Seggae）由西印度洋群岛的塞卡音乐和源自牙买加的雷鬼音乐（Reggae）融合而成。

牛仔裤因为磨损破了洞，衬衫下沿扎在肚脐上方，绿色的脐环随胯部上下舞动，头发顺着海风的方向分向两边。她清楚要去哪里，去赴午夜的约会，在大道上，霓虹灯刺眼的夜总会前，混凝纸搭成的小塔楼上，黄绿色的棕榈闪闪烁烁，她认识那个地方，自从夜里出来混，她就看到了，名字常常会变，有时候叫"皇家棕榈"，或是"棕榈棕榈"，有时候就叫"棕榈家"，她不在乎，不过是名字而已，不是真的，只是个让女孩们焚毁翅膀的名字。罗什布瓦、神父谷、巨石村的女孩，她们来这里挣钱，求艳遇，有时寻求死亡。炎热的夜里，音响震彻大地，车身里传出沉闷的打击乐，汽车音箱摇撼着车框，还有咚咚咚的心跳声，克莉丝朵听得清晰，比高跟鞋的尖跟敲在柏油马路上还响，在嗓子眼里回荡，拍打着太阳穴，在指尖抖动。克莉丝朵毫无意识地汗流满面，背上的衬衫湿了，粘在肩膀上，她感到腋下滚落的汗滴，刺痛着皮肤，她害怕吗？可她不会说怕，这是她的第一次，加入暴力的仪式，作为女人的复仇，后面汽车里的年轻男孩，他们是这么对她说的，去吧，等你的猎物上钩，不要放手，把他带到矮灌木丛，马普后边的甘蔗地里，或是封度萨克那里，随便哪里，我们会跟过去，我们跟着车，你不用回头，克莉丝朵感觉他们就在身后，她清楚地听见音乐声，现在在放印度舞曲，女歌手哼吟，歌声回旋，啊啊，哦哦，嗯嗯，她还听见男孩的声音，阿莱克斯在喝瓶装啤酒，拉姆齐、刘、一手开车一手抽着麻烟卷的班，还有胖德里克，他是蓝湾的贩子之王，鸦片棒，摇头丸，"毛里求斯自产"，她听见男孩们有节奏地用手掌拍打车门的声音，从她面前缓慢驶过的男人的喊声,与发动机震动混杂一团的夜总会的舞曲,热浪在霓虹灯上方跃动,那里面,成百上千从甘蔗地里飞来的蝶蛾闪烁不定。在夜总会,克莉丝朵一眼就看见了她要找的男人,他不高,西装笔挺,黑灰色真丝料,看起来像个宝莱坞演员,他穿一件漂亮的白衬衫,没系领带,独自一人在吧台旁边,他也看见了她,克莉丝朵并不过去,独自在酒吧中央跳舞,她不看任何人,不认识任何人,她孤身一人,跟随音乐的节奏,让夜总会的墙壁快速旋转,现在的她无所畏惧,黑夜在外边,里边空气里电光闪烁,空调的冷气撒向整个大厅,冰冷带来迷醉。男人靠近她,也跳起舞来,跟一条受过训练的老狗一样,他汗流浃背,脱下了他那漂亮的真丝外套,又解开衬衫领子,他不说话,也许是噪音盖掉了他的声音,克莉丝朵看着他,她比他高一个头,可她毕竟是孩子,她画了眼妆,抹了口红,他看着她的嘴,甚至没说自己的名字,她也不会把名字告诉他,她什么也不会对他说,两人一同钻入黑夜,来到黑车边上,他为她打开车门以示殷勤,实则是想偷看克莉丝朵的腿,他先打开空调,再发动车子,他调出一首过于温柔的流行乐曲,甜得躴人,克莉丝朵一言不发,她接过他用点烟器点着的烟,吸入一口甜甜的烟,汽车驶向甘蔗地,现在一切寂静无声,她放下车窗听池塘里蛤蟆呱呱叫,车道在甘蔗之间曲折向前,路上还有土块、石头,车行驶得很慢,风带起尘土,扬到土路两边,克莉丝朵懒洋洋地躺在真皮座椅上,甘蔗地里风很热,空调风却吹得她脚踝发冷,她突然感觉两腿间,小腹上,一阵哆嗦,她等待着。她很清楚他要什么,他把车停在甘蔗丛中,弯下身凑向她，呼吸她头发的香味，她看到他的头顶，头发有些稀疏，也许她想起了自己的父亲，也有些秃顶，男人很温柔，闻起来很香，不过他心急起来，把手伸到克莉丝朵两腿之间，手指动作很是准确，他寻着纽扣、搭袢，他很清楚如何解开胸罩搭扣，热乎乎的手挑开内裤的松紧带，钻进里面，像个下流的小动物，直奔主题，克莉丝朵转过头去，可广阔的甘蔗地漆黑一片，几公里内荒无人烟，她感到一种酸刺的液体流进喉咙，呛得咳嗽起来，男人压在她身上，现在他沉沉地压着，他不再是夜总会里假扮的绅士，他不断喘息，喊着粗话、脏话，克莉丝朵听不懂的话，他把手放在她的后颈上压住，她感觉心脏要跳出来了，她什么也不说，只是用力向后缩，她挣扎，想解开压在喉咙上、肚皮上的结，将她头发缠起来，扭成湿绳子的东西。突然，车门开了，克莉丝朵跳了出去，她弄掉了自己那双漂亮的金色高跟鞋，光脚站在干巴巴的泥土地上，她几乎无法跑动，两腿颤抖，夜风里甘蔗叶片发出尖锐的声音，天上遍布星辰，另一边天际，太阳消失、城市点亮的地方，一片红光越来越大，克莉丝朵瘫倒在地，一阵痛楚啃噬着腹部，或许那是男人的手在她下身留下的印迹，她敞开的衬衫在热风里飘动，她感觉咽喉里有些什么，用手去抠，是条被解下的吊带，她机械地把胸罩扣上，仿佛这很重要，她等待男人来找她，她知道自己逃不掉了，吓得浑身颤抖，可男人没来，她只听见一阵沙沙声，还有新车驶离的柔和声音，她感觉自己满嘴土味，还有唇上被咬的血腥味，空虚击打着太阳穴，头发被男人的口水粘在脸上，她嘶吼，她站在甘蔗中央小片空地上，嘶吼。她一动不动地站在相互碰撞的甘蔗中间,夜蛾停在她皮肤上,却无力驱赶。她听见路上传来另一种声音,是德里克的丰田车,她不会听错,是老车子行驶的声音,锈迹斑斑的拖拉机声,没有人声,只有引擎的声音,叮叮咣咣的车门响。旋即一声车喇叭的尖叫,尖叫穿透了甘蔗地里的黑夜,直冲繁星遍布的天空而去,一声愤怒的尖叫,威胁的尖叫,不是发自男孩们的汽车,老丰田失去了声音,那是电影里高呼"抓小偷!""杀人啦!"一样的尖叫,远离甘蔗田,向着车流不断的海滨大道而去,克莉丝朵走起来,现在她的视网膜适应了黑夜,甘蔗叶片闪着光,泥土地上有微小的晶体闪着磷光,她走向男孩们的车子,走向甘蔗地那头的霓虹灯光,她感觉双眼蒙上一层睡意,她想念海滩上的沙子,她把头靠在德里克肩上,听着塞卡温柔的音乐,她等待遗忘,或许有一天,能够实现。

阿底提

每天清晨，森林为阿底提敞开大门。她把罩在床上的蚊帐拉开夹好，寝室里，大学生还在吊床里沉睡，她联想到孵化中的茧子。林间空地上，薄雾如棉絮一般挂上树梢，雪白雪白的。蒙蒙细雨，不知来自何方，悬在空中。大鸟笼里，鸟儿已经苏醒，骚动起来。毛里求斯鹦鹉在栖架上跳来跳去，粉鸽子咕咕叫着。笼子外面，自由的鸟儿成双成对，飞上高枝。尖锐的鸟鸣阵阵，一直传到国家公园尽头，还有暗暗扑闪翅膀的声音。阿底提最爱这个时刻，她感受到内心的喜悦，来自四面八方，无需言表。她再次走上前一晚走过的小路，穿越灌木丛。这是她的私人小道，每天晚上，她用带刺的树枝把路遮起来，清晨再重新打开。她没穿基金会发的迷彩服，只穿一件T恤，一条破洞的仔裤，她光脚穿最爱的夹脚凉拖，是一个女性朋友从巴西带回来给她的。她向峡谷上方的悬崖尽头走，那里是看海的地方，云朵间，潟湖那片蓝，还有远处大洋的紫色，依然没在夜色之中。这里是她选来问候太阳的地方，尽管在岛的这一面，太阳升起得更晚些。火热的光线每分每秒都在变强，以无法觉察的波浪侵入天空，点燃两座大山的山尖，右边是布赖斯费尔山，左边是双峰山，阳光在树木间流散，在岩石上印下黑影，叶片上留下墨绿，光秃秃的土地上一片红黄颜色。阿底提绝不大声说话。她坐在崖顶上，面朝大海，两腿盘坐，上身挺直，双手平放在隆起腹部的两侧，她用低沉的声音念着自幼便熟知的祷语，

Vaayura nilamam thametedam bhasmantam shariram[①]
"风永不停息，永不灭寂，而身体最终化为灰烬"

　　阳光射进她身体，来到最深处温暖她。阿底提缓缓呼吸，仰面朝天。峡谷里的阳光愈来愈亮，卸下一切抵抗，解开所有束缚，将她抛入宇宙。她不再去想自己的生活，欲望，以及恐惧。她将一切羞辱她的回忆尽数遗忘。她只是她，阿底提。她不再是那个没有父亲的女孩，不再是去自由港工厂半道上落入圈套、被男人在空地上强暴的女工。她是阿底提，新生代的第一人，她腹中怀着一个本想打掉的孩子，遭强暴怀上的孩子。她等待孩子出世。她不知道孩子会长什么样，是男是女，孩子将没有姓名，而是森林之子，她决定了。
　　阿底提熟知每棵高树、每丛灌木、每根藤丫，她在研究簿上记录名字，画上叶脉、分枝、花朵、果实，记录它们的气味、味道，与它们相关的所有传说，化身昆虫或蜥蜴住在

[①] 梵语，出自《自在奥义书》第17颂，译文选自黄宝生译《奥义书》，商务印书馆，2010年，第252页。原书法语直译为"愿这生命回归永恒之风，身体化为灰烬"。

里面的神灵，还有植物传到岛上之前经历的所有旅程。每天，她都穿梭在森林里，辨识各种形态变化，新生之物，消亡之物，外来者入侵的踪迹，动物路过的痕迹，鸟类留下的印迹。大教授跟那些大学生有他们自己的路，乘基金会的面包车，从一个标记点到另一个标记点。警察常来这里搜寻甘加种植地，抓捕毒品贩子。护林员则来此驱赶猕猴、野猪，放置陷阱、毒药。阿底提只走自己的小路，没有真正的标识，全凭本能，靠尝叶片、嗅空气。她的地图在脑子里。这里有棵飞龙掌血，那里是一株乌盘桂①，一棵橙子树，一株狗屎豆，一棵多穗柞桐②，一棵毛里求斯金莲木③。她对每株植物说话，不用词语，用她的眼神、呼吸、指尖、嘴唇的触碰。毛里求斯柿树下，她坐在腐土上，闻树皮上白色地衣的味道，仰起头，看乔木林高大的树干，云雾缭绕。不远处，她认出了那棵毛里求斯橄榄，红树皮的巨人，上面爬满蚂蚁。她向它无声地祈祷，跟蚯蚓、西瓜虫、蜘蛛这种在土上爬的小动物发出一样的声音。

　　太阳高高地悬在当空，薄雾被扯散开去，显现出耀眼的蔚蓝海湾。这一刻，所有叶片，所有花冠，都凝固在阳光之中，没有一丝空虚，一丝慌乱。真是完美的世界，阿底提想。她走向悬崖边缘，沿一条对别人隐形的小径向下走，在

---

① 乌盘桂，拉丁名为 Tambourissa cocottensis，毛里求斯特有树种。
② 多穗柞桐，拉丁名为 Lautembergia neraudiana，毛里求斯特有树种。
③ 毛里求斯金莲木，拉丁名为 Ochna mauritiana，毛里求斯特有树种。

石块之间，几乎就是岩石裸露出地面的部分，稍微有些尘土滑落。她从一块岩石跳上另一块岩石，没有一丝迟疑。阳光炙热，空气凝滞，她身上覆满汗滴，把T恤粘在胸前、粘在肩膀上。现在，她感觉离水很近了，已经在唇边尝到了水的滋味，身上能闻到水的味道，冰沁的水气从黑崖断层间的瀑布处腾空而起。她的心怦怦直跳，她向着潭水飞奔，像奔赴爱人的约会，她的身体穿行在灌木中，双脚被灌木的钩刺刮伤，心却早已入水。这才是她所期待的，每天清晨，她已然逃出小屋，大学生们还裹在吊床里熟睡，蓬头垢面，嘴巴冲天花板大张着。阿莱克斯、西蒙、娜塔莉、蕾古拉、莉丝白，有时他们对她说：阿底提，你啊，太自由了，自由得像……蕾古拉突然词穷，阿底提开玩笑回答：自由得像条袖子[①]？蕾古拉没听明白，阿底提笑了，可沿小径继续下行到塔玛琳瀑布时，她想，这句话其实没错，就像没有身体的衣服，有身体的外形，然后呢在风里飘，就像一根袖子。今天，是第六个月了，阿底提去寻找给孩子沐浴的水源。她不知道孩子的名字、性别，可孩子即将出世，将在这里，在这片瀑布冰沁的水里。她将把孩子献给初升的太阳，然后把孩子放在纯净的水里清洗。夜里，森林的风将在孩子身上吹过，洒上树叶和树汁的芬芳。

　　鸟儿一路伴着阿底提。她见到的是只忽闪黑色翅膀、胸前一抹红的鸟儿。她听见几声欢鸣，几声叽叽喳喳。溪谷上

[①] 法语中袖子的原文 "manche" 一词阳性形式也有傻瓜、蠢货的意思。这里阿底提玩了个文字游戏。

方，悬崖小径沿途，她看见一抹白色闪过，是一对白尾鹩，她听见雄鸟难听的叫声，"嘎嘎嘎嘎"，刺耳的叫声在空中回荡。终于，她来到水潭，看到水之前，已然闻到了水味，听到瀑布的哗哗声。公路离着不远了，是去亨利埃塔，去岩石营的路，一直通到瓦科阿。卡车驶过，尘土飞扬，她听见孩子在嬉闹，公鸡在打鸣，还有犬吠。阿底提很清楚在哪里可以看到这些，又不被别人看见。她来到一块被水流冲刷平滑的岩石块，上面长满了湿滑的水藻，她脱下衣物，缓缓入水。潭水是黑色的，蜻蜓在水面嗡嗡飞舞，阳光还没穿透森林来到这里。阿底提沿着岩石滑进水里，并不游水，只是仰面躺在水上，植物中间，她的大肚皮显现出来，绷得紧紧的，棕色皮肤上竖起黑色汗毛。她一直漂在水上，直到手掌起了皱褶，冷气进入身体，让腹中的孩子哆嗦。随后，她躺在光秃秃的岩石上晒太阳，孩子在她腹中酣睡，拇指塞进嘴里，眼睛向着红光睁开。

阿肖克的故事

　　这是我的故事，我想自己说出来，因为在岛上，真相并非人尽皆知。十六岁的我，如何在冬日的一天，在森林里发现了佩莉塔劳，天女湖。我是阿肖克，阿毗摩纽和贡蒂之子，乘船从祖先的土地来到毛里求斯，上岛时我还是婴儿，我的双亲选择来此，寻找新生活。关于航程，我几乎没有记忆，只记得父亲向我讲述的，母亲如何在到港的时候死去，尸体被带到城边平原上烧掉，就在神父谷，现在那里建起了屋墅，道路纵横交错。父亲生活窘迫，既要到田里劳作，又要独自抚养我。他先在帕耶领地干活，然后又去了"新发现"领地。父亲为了让我接受教育，选择让我跟着班智达①学习，这样我就能学习印度经典，同时学习英语，从而摆脱做劳工的境遇，因为我体质弱，他怕我在甘蔗地里劳作被累死。那时候地里的活是真苦，什么都靠双手来干，从早到晚，风雨无阻，天气再热也从不休息。收割时节，甘蔗是用

---

① 班智达，原指熟读《吠陀经》并且可以在仪式上吟唱的印度教徒。如今在印度，班智达指在宗教、哲学、艺术各领域学识渊博的学者。

牛车运走的，学校放假，我就跟年纪相仿的孩子一起，跟在车后面捡掉在地上的甘蔗，赚点小钱。

每逢节庆，父亲就带我去特里奥莱的大神庙，去祈祷，给湿婆和杜尔迦女神[①]献贡品。

我们在甘茨冈东城定居之后，我开始频繁地去森林。那时恰好是喜欢冒险的年纪，我避开父亲的看管，进入离家最近的林子深处。我也不再去寺庙，更喜欢钻入森林深处，远离众人皆知的小路，独自一人，不过少不了被父亲数落。我并非想挑战父亲的权威，也不是抵触宗教信仰。恰恰相反，我觉得自己在回应森林的召唤，那感觉就像我在书里读到达摩衍蒂出发去找丈夫那罗国王的传说时一样[②]。每一刻，我都能听见一个声音在对我说：放下一切，去寻找神灵和先祖的领地。后来我才说出一切，因为没人会明白，一个孩子为何离家，离开安全的村子，一人在森林里游荡。好几次，父亲和他的朋友警告我，在森林里冒险有多危险。他们说那里还有马龙人，说萨克拉乌，在战争中存活下来，藏身在森林里。他们描绘的是个可怕的恶魔，跟夜一般黑，强壮到能把大树连根拔起，当作长矛投向所有冲向他的敌人。一个老妇人号称，跟侄女们在森林边缘散步时撞见过萨克拉乌。她们来到一片林间空地时，只听一声巨响，巨人出现在面前，他沉默着盯了她们一会儿，返身钻入林子，没有发出一声叫喊。我听着这些老婆婆的故事，完全

[①] 又名难近母，印度教中尚武的女神，主要功绩是消灭了几个罗刹。
[②] 印度古代史诗《摩诃婆罗多》中的故事。

不信，根本吓不到我，反而激发了我探索这片神秘世界的欲望。

我的森林探险占据了童年大部分时间，一直到十六岁。这年，一月份一直暴雨，狂风吹倒了树木，甚至吹垮了好几个村子不少屋子。"新发现"领地的地理位置面对暴风雨毫无遮挡，于是，父亲决定离开，去特里奥莱城里找工作，这样还离班智达摩诃普拉赛德先生所在的大神庙更近。决定下来，我只得远离我心爱的森林，内心满怀惆怅。于是，在搬家前几天，我想最后去一次我爱的地方，往后再也见不到了。我出发很早，天还没亮，我只带了一壶水和一点木薯。之前我自己开过几条路，这次我决定走不同的路去冒险，我走了一整天，到森林最深处时天突然黑了。我带的水早就喝完，木薯泥也吃完了，只得稍事休息，再原路返回。我用树叶铺床，棕榈叶遮雨，因为坏天气作祟，又开始下起雨来。快到午夜时分，我被一阵奇异的合唱声吵醒，有点像人在说话，但说的是我没听过的语言。我想起老婆婆们讲的关于马龙人和巨人萨克拉乌的故事，于是小心翼翼地朝说话声传出的地方走。我越往前走，低语声越清晰，时而愉悦，时而忧伤，唱着我从未听过的旋律。说话声还伴着笑声，潺潺的水声就在跟前，我口干舌燥，反而给了我靠近的勇气。我的皮肤已经感觉到水的凉爽，我已经闻到了植物的芬芳。我的心跳得飞快，急不可耐，不顾面前枝杈纵横，荆棘刺痛。突然，我从所在小丘的顶部，头一次看到湖水。湖不算大，但看起来很深，形状完美，中央有座小岛。水面平静，反射着阳光，滋养生在湖畔的高树。薄雾在湖面飘动，一条银色的长烟沿着湖岸滑行。就在这时,我看见黑色湖滩上有一群女子,正在沐浴。在森林里我听见的,就是她们的声音,她们说笑,吟唱,语言那么温柔、清亮,她们大笑,没有发现我的存在。一共七名女子,穿着各色长裙,一些头上裹着披巾,另一些则露出长发,发梢上水滴闪烁。有一瞬间,雾气将她们遮住,下一刻雾又散了。我一直趴在灌木之间的土地上,一动不动地看她们,恍如梦境。我的心依旧怦怦直跳,可没有一丝恐惧。我终于来到所寻之处,显现在我面前的美丽湖泊。事实上,这几位女子是传说中的天女,而我,只是一介匹夫之子,我何德何能,可以邂逅如此仙子!我只是看着,身体动弹不得,其中一个天女突然解开衣衫,走进湖里,水面没到腰部,我看见她妖娆的身段、金色的皮肤,当她拨开黑钻石般的长发时,我明白,她看见了我,我一阵哆嗦!我感觉自己飘在一朵云上,慢慢向她滑去。这时,阳光终于照亮了树顶,刺得我闭上双眼,当我再次睁眼,湖滩上已经空空如也,湖水闪着刺眼的光。天女们消失了。

  我一口气狂奔回"新发现"领地。到村子时我才知道,父亲已经两天没着家,我的失踪让他倍感绝望,大家都以为我被马龙人抓住吃了。我一直保持沉默,没对任何人说我的所见所闻,直到去特里奥莱城,拥抱过父亲之后,才向他讲述我的经历。他没有冲我怒吼,而是叫来了神庙的班智达,班智达来见我,告诉我他早就知道佩莉塔劳,天女湖的存在,他在梦中见过。他还说,这座湖的水是圣水,那是从大洋下面流过来的恒河水,涌现于森林中央,属于婆罗多族城市象城①的一部分。没过多久,班智达摩诃普拉赛德先生和特里奥莱神庙的祭司久蒙·吉里先生,加上我父亲和几个助手,组成了一个小队,在我的带领下,徒步横穿森林,来到湖边,是他们最先在那儿搭起祭台,奉上贡品。后来正是在那里,为我们的神灵建起了神庙,如今神庙依然矗立在湖边。尽管发现神湖的第一人是我,可后来被誉为首次发现天女湖的是神庙祭司。年复一年,信徒如潮水般涌来,于是人们修了一条公路,横穿森林,直通神庙。我一生中也走过几次,去给神灵送贡品,可我再也没见过天女。

---

① 印度史诗《摩诃婆罗多》中俱卢王朝的首都。

渡渡旅行

　　安托瓦纳神父定好了与巴黎流浪汉的会面。在一座大厅里，远离一切，在圣日耳曼昂莱，这个名字是火车上有人说给我听的。桌子摆得整齐，印着可口可乐，每张桌子配四把椅子，塑料折叠椅，桌上放四个塑料杯，里面是橙汁，也能要牛奶咖啡，就是没有茶。流浪汉来了，一个接一个，一个人来的，两个人来的，有穿旧毛衣的流浪女，裤子上都是窟窿，还有年轻的，她们脸很红，皮肤生冻疮，笑起来露出粉色牙床。一个流浪女穿着假毛皮大衣，黑色豹纹的。流浪汉都穿夹克衫、牛仔裤，戴鸭舌帽，有几个肤色很深，像路易港集市旁的流浪汉，估计是阿拉伯人。然后，安托瓦纳神父将所有人的名字都念一遍，准确地说是他们的名，没人知道他们的姓，也不知道他们从哪里来。安托瓦纳神父站在台上，手握话筒，缓慢地念出名单上的名字，每念一个，被念到的人就站起身来，跟大家微笑，举手示意。大厅里所有人也都必须举手示意和微笑，向他问好，因为我们都是兄弟姐妹，属于无家可归者的大家庭，无国界流浪者。安托瓦纳神父解释说，随后他念起名字：

阿里，莫莫

查理

乔

埃莱娜，露易丝

波利斯

皮特

让-雅克

阿卜杜

米蕾耶

阿贝尔，阿里

弗兰克

皮埃尔-保罗

大卫

纳曼

雅妮特，英格丽

拉伊萨

马蒂亚斯

杰克，让-皮埃尔

史蒂夫

纪尧姆

菲利贝尔

  我听着名字，到我的时候，我站起身，但不用手示意，也不微笑，因为我没有嘴唇，没法微笑。我一个接一个，看着他们。如果安托瓦纳神父没有撒谎,如果朔松神父是对的,也许我们真是兄弟姐妹?可我想,他们只是来吃点心、喝橙汁、喝牛奶咖啡、吃小蛋糕的,而我来这里,目的也一样,唯一不同的是,我为维姬而来,没有维姬,我哪儿也不会去,不会到法国,也不会到任何地方。我想,反正就这一次,仅此一天,之后他们会跑回街上,再也聚不起来,除了关系要好的,阿里和阿贝尔、露易丝和埃莱娜这样的,或许他们只会偶尔遇见,街道没有尽头,城市没有边界,他们一直在走,走到哪里就坐在哪里,然后起身继续走。安托瓦纳神父把我介绍给巴黎流浪汉,他只说了我的名,渡渡,就让他们笑了。于是他继续说:"是的,他叫渡渡!"有人用自己的语言喊了什么,神父恼火起来,可我习惯了,我的名字总会被人取笑,挺正常。然后,有个年轻人上台读一张纸上写的东西,神父让大家安静,年轻男子开始读一首诗,我听着每个词,每句诗,我喜欢诗,我不懂他读的什么,但很有节奏,像小时候我弹琴,贝特奶奶用手打拍子"1—2—3—4"。

  主啊,请拯救我们!
  摆脱一切忧愁,一切痛苦……
  摆脱传染病,摆脱学院派可怕的渎神之风!
  主啊,请拯救我们!……
  摆脱那些满足于流氓之事,取笑天主荣光、人世和荣誉的木杆,
  摆脱那优雅的匕首!……

我喜欢听人用这种语言说话,仿佛唤醒了未知的记忆、乐曲的音符、另一个世界的声音。年轻男人停下,他放下手中的纸,说了一个我不会忘记的名字,一个在我们所有人名字中回荡于大厅的名字,鲁本①,诗人的名字,我禁不住想哭,可我没有眼泪。或许我是唯一在听的,巴黎流浪汉都把头埋在盘子里,他们费力地吃着蛋糕,因为他们都没了牙齿,一面还大口喝咖啡,发出咕嘟咕嘟的声音。安托瓦纳神父在说话,现在他在说我,说一座岛屿,非常遥远,在世界另一头,那里有大海,还有椰子树,有富人爱去的豪华酒店,可那里,也有无家可归的人,没有食物,睡在街边纸箱上,有钱人从他们面前走过,视而不见,能看见的,要么给

---

① 鲁本·达里奥(Rubén Darío,1867—1916),尼加拉瓜诗人,西语现代主义文学的代表作家。上文诗歌节选自《我主堂吉诃德连祷》,应该是作者本人从西班牙语译成法语的,诗句有所删减。这部分完整诗句如下:
  主啊,请拯救我们!
  让我们摆脱如此多的忧愁,如此多的痛苦,
  让我们摆脱尼采的超人、无声的歌唱、
  医生签过字的药方,
  摆脱传染病,摆脱学院派可怕的渎神之风!

  主啊,请拯救我们!
  让我们摆脱粗鲁的告密者、虚伪的武士、
  纤细、懦弱、卑鄙之徒,
  摆脱那些以取笑天主荣光、人生和荣誉
  来实行流氓专制的恶棍,
  摆脱那优雅的匕首!
  诗句中"恶棍"一词在西语原诗中为"hampa",意为流氓、恶棍、黑手党,与法语"hampe"(木棍、木杆)一词的意义并不相同,此处为作者翻译有误。

点零钱，要么给块面包，然后就把他们忘记。安托瓦纳神父说完，擤了一把鼻涕，又擦了擦大眼镜的镜片，他动了情。他转向我，等我说几句，可我没有说话。我不是流浪汉，我是渡渡，渡渡·费森·古德罗。现在我在法国，我不会再回到那里，回到岛上，我来这里，就是为了找一处地方，在那里死去。也许我们是兄弟姐妹，我还不太清楚。我一直坐在桌前，不吃蛋糕，也不喝橙汁咖啡，我的嘴包不住吃喝，我不想在别人面前吃得邋遢。那么多人里，为什么选了我？我不是流浪者大使，不是可敬的流浪汉，我是渡渡，就是渡渡，只是渡渡。

随后，一个年轻黑发女人走来，她叫米蕾耶，她打开钢琴盖板，开始弹奏，我没听过曲子，可音符在大厅里回荡，流浪汉停下吃喝，开始倾听。她弹奏着，我忘却了一切，人们漫无目的游荡的街道，冷酷无情的人群路过的人行道，黑黢黢的桥底，有着同样尿味和死水味的桥洞。我重回阿尔玛，跟贝特奶奶在一起，她还没生病，我坐在红丝绒小长凳上，钢琴呼唤着我，我轻松弹奏舒伯特的《快板》，门德尔松的《无词歌》，德彪西的《水中倒影》，我没有忘记，双手放松，手指在琴键上游走，奶奶一动不动，待在客厅门口，她来听我演奏，我从没弹那么好过。大厅里，米蕾耶继续演奏，我向钢琴走去，不看流浪汉们。我站在钢琴前，米蕾耶没有看我，我知道，流浪汉们和安托瓦纳神父，他们正想象会发生什么，他们的目光穿透我后背。米蕾耶停止演奏，她起身让开，也许她有些怕我，因为我的脸，可她把小琴凳推向我，让我坐下，于是，我弹起我的曲子，我能够弹奏的老歌《友谊地久天长》，全心投入，弯曲的手指抚摸白色琴键，乐声从指间传出，飘散在大厅里，我弹奏是为了告别，我再也见不到你，别了，别了，舒伯特的曲子，是向爱情诀别，跟着音乐，流浪汉们放声歌唱，他们拍手，他们喊叫，我不知道他们喊的是"好！"还是"下去！"，我只顾弹奏，一曲终了，我走下台去，穿过大厅，在安托瓦纳神父对我说话之前，径直离开那里。现在，我离开那里，很远很远，走过街道，走过公路，走在通往弗利康弗拉克的帕尔玛大道上，去向大海，一直走到大道尽头。我走向我旅程的尽头。

莱玛尔制糖厂

我故地重游。这次不为追逐幽灵之鸟,尽管我手里依旧攥着圆石,是八十多年前父亲在田间找到的,那是岛上人类时代到来前的时期唯一的遗迹。我没有绕弯儿,径直去了糖厂,我走在大道中央,两边种着高大的树木,过去道路有石块铺面,现在满是坑洞,仿佛经历过战争。现代化的痕迹并不遥远。刚才,出租车把我从玫瑰百丽城带来,我在拉冈布斯大道岔路口下车时,突然传来一阵飞机起飞的声音,撼动大地。随后又恢复了清晨的沉闷。好几处还能看到农业工人的住房,都是些简陋的小屋,房顶由铁皮板盖成,多数已被遗弃,窗玻璃碎了,门也被卸了下来。屋里能用的东西都被尽数偷光,不论是水管、架子还是马桶。营地周围的铁栅栏也全部被毁,挂在水泥固定的柱子上。莱玛尔制糖厂的入口没人管,门房的岗亭空着,门大敞着。我穿过尘土飞扬的广场,两边是老行政办公室。一间门口挂着牌子,写着:"经理室"①。只有几个人在广场上走,面包车在满是坑洞的路面

---

① 原文为英语"Manager's office"。

上颠簸。吸引我注意的，是大广场那头，工厂幽灵般的剪影，在高处如同废墟中的堡垒。吾漠糖厂遗留下来的只有这些，它过去可是毛岛南部最重要的制糖厂，能与美丽谷或贝拿勒斯的糖厂媲美。父亲就是在这里度过了一段童年时光，学校假期，远离阿尔玛，远离纷扰，在一望无边的甘蔗田里奔跑，直到大海。

我慢慢走向楼房，灰砖高墙，墙面已经变黑，屋顶也塌陷了。锈迹斑斑、层层叠叠的铁皮板中间，两根窑炉烟囱像教堂尖塔一般耸立，隐没在绿树后面。糖厂院子中间，几口熬糖的大锅露天放置，暴露于风雨之中，制糖离心机在海啸中被掀翻，歪倒在地。有几处闪耀着镀铬金属的颜色，其他地方满是大洞，老鼠和蜥蜴在里面穿来穿去。地面上铺满尘土，老铁轨一段一段时有时无，地上铺满残片碎块、木条、螺钉、锈掉的轨道接头。绿色植物入侵了库房和小间，树木从掉光玻璃的窗户穿进，在房间里生长起来，矮灌木直接在高墙上、烟囱里生根。一片寂静，偶尔被乌鸦的嘎嘎声打断，也有占领工厂的鸽子哗哗地拍着翅膀。好久没人来这里了。存活下来的人都住在海边，公路两边的屋子里。我经过办公室门口，一个女人正在清扫尘土，仿佛在等什么人，她动作机械，看了我一眼，并没有停下手里活儿，可我看不出她是年轻人还是老人，她穿着褪色的长裙，头上系一条红布。我举手跟她打招呼，她并没有回应我。

我站在糖厂废墟之中，巨型机器那庞然大物前。所有的设备都逐渐垮塌，陷进地里。我闭上眼睛，想象当年工厂运行时的声响，蒸汽从大锅里钻出，发出尖锐的嘘嘘声，离心机发出震动。我听见铁轨上翻斗车轰隆隆地滑行，蒸汽涡轮嗡嗡直响，分蜜离心机也在轰鸣，里面黏稠的糖汁绕着中心已经出现砂糖的部分旋转，逐渐熬出糖蜜。我听见工人互相招呼的声音，搬运工卸下甘蔗的声音。我嘴里尝到了甘蔗汁的甜味，我呼吸着锅炉里煮制的蔗渣冒出的烟气，石灰与糖味混合的微酸的芬芳。我听见铜锅发出吱吱嘎嘎的声音，搅拌声，叮当声，铁器敲打着封口管道发出的巨响，我感觉脚下震动，是工厂在运转，这轻微的颤动，意味着生命、力量、金钱。然后，我睁开眼睛，除了空荡荡的天空，纹丝不动的高树，荒废堡垒那残破的高墙，什么也没留下，只有阳光无尽的炙热在寂寥中燃烧，尘土被风扬起，又缓缓落下。

她名叫莉薇娅，确实看不出年纪，不年轻也不老。刚才我向厂房走，见到的就是她，现在，她正用棕毛扫帚扫着转眼又飘回来的碎屑。我对她说话，她用克里奥尔语回答我，"贾甘先森现在不在，他过会儿会来"，我听懂了，是说管理这片旧厂房的负责人是贾甘。我在一间很大的空房间里等他，这个房间过去应该是员工食堂。大厅中央放着一张大木桌，两把椅子，过去唯一剩下的东西。莉薇娅一声不吭，给我拿来一杯温水。我不知道自己来这里想问什么。过去制糖帝国的时代，这里是什么模样？我可以报出一长串甘蔗品种的名字，就像父亲在字典里夹的那张纸上写的一样，那是他留有的在毛里求斯年轻时代的记忆：

佛提奥哥

桑达尔

雷娜

大白

米尼翁

塔玛琳

米拉

槟城

黑爪哇（非常甜）

奥塔米提

条纹斐济

马普

寇尼科尼

特立尼达（最甜的品种）

麦凯

紫色牙买加

弗雷泽

纳塔尔

一批批糖是何时制好、装麻袋送港口的？按颜色还是按品质分类？有粗红糖，糖粉，细砂糖，金砂糖，绵白糖？什么时候，这又甜又呛人的味道在毛岛的南部覆盖了一切，直到海岸？又是从什么时候开始，卡车进出永不停歇，大批工人，男男女女，甚至还有年纪大些的孩子，都急匆匆拥到入口铁门跟前，等待招工？

不知道是谁通知了贾甘。他开车来，一直开到旁边有排办公室的空地上。他又高又瘦，皮肤赤褐色，眼睛很黑。他穿着英式外套，卡其色裤子、黑鞋，天蓝色衬衫。我告诉他我的名字，他似乎不感兴趣，没有提出疑问。他的英语非常精准，带有一丝毛岛口音。他确实是做公关的。无论我是记者、旅行社工作人员，或者只是对这里感兴趣的人，都无所谓。他向我介绍主题公园的规划，"莱玛尔慢城公园"，树林里会建一座酒店，一条甘蔗田游览线，一座植物保护区。他拿出一张照片给我看，似乎是张近照，上面有一排商人、几个女人，有些是毛里求斯人，有些看起来像南非人，他们手里端着酒杯，正对莱玛尔项目做首次考察。我认出了贾甘，就在中间，他戴着墨镜，像个黑手党，也有点像迷路的瞎子。我提起梦池的时候，贾甘有些激动。他带我去他办公室隔壁一间很冷的屋子。壁橱里陈列着黑色的骸骨，放在塑料整理箱里，他一一指给我看，每个箱子上都贴着带有编号的标签。有几块骨头很厚，是体型较大的动物的，爪哇鹿、野猪。另一些似乎更轻，有点发蓝：鸟的胸骨、股骨的几块碎片，翅膀残片。也许是信天翁的，也可能是鲣鸟的。不过，贾甘向我展示了另一个盒子，他的宝贝：渡渡鸟的骸骨，一块断裂的鸟爪，几块椎骨，一块颅顶骨。与旁边其他骸骨相比，这几块看似更加古老，上了一层透明的清漆，在昏暗的屋子里朦胧地闪着矿石一样的光辉。这遥远的岛民竟离我如此之近？贾甘低声说话，讲述过去的工厂生活，他的童年时代，说他跟朋友一起在蔗田里探险，围捕从养殖场逃出来的雉鸡，说他父亲也在这些办公室里工作，身边都是工头、工人代表、银行家代表、买家,来建伦罗,建糖岛。我看见贾甘办公室墙上挂着加了玻璃的老照片,黑色镜框,活像葬礼上的遗像照片,上面写着:吾漠糖厂,莱玛尔,二十世纪初。大广场上满是一束束竖起的甘蔗,等着被送进压榨机滚筒。我辨认出那两根灰砖烟囱,铁皮屋顶,刷了石灰的工厂高墙。糖厂正门前,有几个裹缠腰布、穿白色长衫的工人,光着脚,摆好姿势给摄影师拍照片。他们身后的天空,被白烟画出一条杠。那是百年之前,同一处风景。我父亲应该见过照片上那时的糖厂,我想象年轻的他,坐火车从海边来到内陆,直到玫瑰百丽城,参观楼房,跑遍吾漠糖厂收割过后的甘蔗田,终于发现这颗一直在田野中等待他的白色石蛋。贾甘谈起工厂停工,已有二十多个年头,工厂的消亡非常缓慢。机器逐渐停摆,陷入土地。周围的房屋被遗弃,搜刮一空。贾甘见证了一切,却无能为力。工人们离开种植园地区,惨遭失业,陷入贫困,他们想,所有白人、种植园主,都是坏人,道德败坏,他们诅咒这些园主,随后又将他们遗忘。年轻人离家去城里打工,想去挣钱,他们成了工人、司机、园丁,有些人拒绝工作,选择成为毒品贩子,或是小偷小摸,咒骂自己的父母。糖厂成了无人之境,野草爬满屋顶,延伸进楼房里面。风雨吹翻了机器,刮倒了大门,很快,很久以前的、属于过去的一切,都将不复存在。他说话的声音很细,颇为动容,听他说话的工夫,莉薇娅又开始清扫,徒劳地将想象出来的尘土扫向水泥地边缘,扫向干绷绷的土地。

婚　礼

树冠大如教堂圆顶。花园里，杜卡斯全家盛装出席。宅子似乎太小，可怜巴巴的。杜卡斯家族过去可是掌控了毛岛南部大片甘蔗田的，遍布海角湾、苏亚克、联盟谷。可传闻说，如今杜卡斯家可谓苟延残喘。1974年糖业危机，他们被迫远走他乡，去了南非、澳大利亚，在各地尝试重振家业，最终还是回到岛上。安托瓦纳·杜卡斯费了老大劲儿才在伦罗找了份办公室的工作，妻子阿黛尔则在家做手工甜品。孩子们看不到什么前途，出国留学太贵，而岛上的社交界早已没有他们的位置，他们离开太久，早被遗忘了。对于全家来说，大女儿玛蒂尔德跟名叫罗伯·罗斯科的美国富商的婚礼——尽管罗伯随他父母，是乌克兰犹太人，但是感谢上帝，从他的长相不太看得出来，他一头金发，一双碧眼，一点也不"明显"——办得正是时候。罗伯与玛蒂尔德相识在航海俱乐部，那时候他来看建筑工地，在毛岛南部的马孔德，要建个高级温泉高尔夫酒店，面朝南极海域，为了修建这座酒店，必须将一条公路改道，还要撵走一村子克里奥尔渔民——罗伯是美国人，所以很人性化，他提出条件，每个居民的安置费用由财团支付,哪怕要花费上百万!

接待我的是安托瓦纳·杜卡斯,人称托尼奥。托尼奥真是巨人,他比人群高出两个头,手掌跟捣衣杵一样大,鞋子是 48 码的。他有些肥胖,但给人印象强壮有力,慈眉善目,他的脸很宽,被种植园的太阳晒成了棕色,脸上闪烁着温厚的微笑。他抓起我的手,好像我是家人一样,他把我带到新人面前合影留念。托尼奥又高又壮,女婿看起来又矮又弱,拍照摆姿势时,罗伯蜷在岳父的臂膀下边。另一边的玛蒂尔德,真是个身材高挑的美丽姑娘,金发,很有运动感,笑得自然,我拍照的时候站在她身边。然后,托尼奥又拉着我的手,带我参观花园。每到一个人面前,他就介绍我,互相道姓名,握手,再到下一位。

"杰克·塞玛尔,亨利,路易·勒穆尔,阿德拉伊德,尼农,来,我给你介绍肖恩·奥康诺,他跟你妈妈有血缘关系吗?这位是塞丽娜·古罗,古罗家是苏亚克那边来的,哦不对,是旁边,里昂贝尔那边的。皮埃尔·万森,在伦罗工作,还有那边,那个漂亮姑娘,我来给你介绍,保尔·格尼耶,她是艺术家,画家,在澳大利亚生活过,那边,还有一位艺术家,她在拉瓦莱特合唱团唱歌,是女高音,埃莱娜·拉巴赫。来这边,她,可是我们的历史宝藏,奥迪尔·德·凯威尔,她写过戏剧,在美池城大歌剧院上演过呢,来,我把你介绍给家里所有人,他们从没见过费尔森家的人,你可算是凤毛麟角的人物,你得习惯,你要想认识全岛的人,那得要几个月,甚至几年。"

午宴是站着吃的,手里捧个纸盘子,有马林鱼三明治,阿沙尔①，还有必然出现的辣椒蛋糕、香槟，保证让你喝到下午两点就头疼。酒都是些廉价的澳大利亚红酒，我没怎么见过的牌子，红色卡车、博特力湾、艾尔斯岩。玛蒂尔德是个运动健将，只喝果汁，她丈夫喝起酒来可就没数了，已经有点晕头转向，用美式英语大说笑话，大家全都假装听懂。音箱不断传出节奏很强的音符，幸好他们没请拉瓦莱特合唱团，这次请的都是专业的克里奥尔乐手，貌似他们和大湾的一间酒店有联系，大概想入驻未来的马孔德酒店"度假胜地"，他们乐队的名字叫"黄铜"，或是"一百英寻"②，我不记得了，现在他们演奏着一首温温吞吞的塞卡舞曲，罗比让人给他们送点潘趣酒，好让他们有点激情。

我离开人群，站在树冠荫庇下，听人声嘈杂。远处，高大的托尼奥也退隐一处。他站在蔗田边缘的土堤上，张开手掌，像在念什么咒语。突然，矮树丛里窜出一只胭脂红色的小鸟，一只红艳织雀，停在他硕大的手掌上，啄食托尼奥给它准备的葫芦籽。这幅场景里，有种出乎意料、令人心绪难平的东西，背景里，参加婚礼的宾客正在笨拙地跳舞，音箱里重重地传出每个音符，而这位善良的巨人却站着，正给一只小巧玲珑的鸟儿喂食。我突然记起人们的传言，关于这些人的，种植园主，他们的后代，残忍虚荣之辈，岛上几代人

---

① 阿沙尔（achard）是一种克里奥尔什锦炒蔬菜，在毛里求斯和留尼汪都很流行。用包菜、胡萝卜、扁豆、辣椒、洋葱切丝炒制，加入蒜泥、盐、芥末、姜黄、辣椒粉和醋调味，也可以夹在面包里做三明治。

② 原文分别为英法两个发音相似的单词，英语"Brass"意为黄铜，法语"Brasse"是海洋测量中的水深单位。

都在他们的权力压迫下过活,其他人把他们看成幽灵、恶魔,或是对他们犯下的错误百般嘲讽,提出要流放他们。我自己也属于这样的家庭,继承这血脉,属于这段历史,我又怎能自觉置身事外呢?只因我父亲决定放弃一切,我就能变成无辜之人?这一刻,我想起学校里一个同学的评价,他是共产党积极分子,我想法幼稚的那段时期,曾向他吐露过我的血统出身,他听了直接挥手赶我走:你们这些奴隶主!这话说的,好像我们并不存在,好像我们无权拥有情感、记忆,好像我们不能嘲笑我们自身!

我始终与宴会人群保持距离,都是别人主动来找我。我手拿番石榴汁,之前把纸盘子放在椅子上,估计看起来像个坏东西,被流放的人。年轻女孩把她们的男伴丢在一边,来找我说话。"来跳舞啊,您不喜欢这支舞曲?"我想用约瑟夫·康拉德回答艾姆琳的奶奶的那句简短的话来回答她们:"不要跳舞。"[①]可我还是借口说头疼。她们果真对我有兴趣?还是只为见识一下拥有这个名字的最后一人?这姓氏在居尔皮普、弗洛雷阿勒,或海边营地那里,可谓家喻户晓,又有些不体面,有些可笑,像最后一只渡渡鸟,过气而又笨拙。我跟失去踪迹的费尔森有何相似之处?那个返回法国、再没回来的非凡的流浪汉?我还是找到了他留下的一些痕迹。离宅子不远处,甘蔗地中央,我看见了周边孩子的几张深棕色面孔,他们被"一百英寻"演奏的塞卡音乐的节奏吸引而

---

① 原文为英语。

来，像在看演出，一面扭动身体，一面开心地笑，用手打着节拍。真希望他们能参加宴会！真希望他们也能来，让大家看到隔阂并不存在，正是他们的祖先创造了塞卡音乐和这种语言！可惜来了个男人，也许是糖厂雇员，或是来送三明治和饮料的人，他大手一挥，那群小孩就四散逃进了灌木丛里。文化间的交流，再一次，失败了。

托尼奥满脸无聊。他也远离人群，他太高太壮，不适合做舞伴。看起来真像头熊！他把我拉到远处。"要不要坐独木舟出去转一圈？"午后的时光会很漫长，天空一片湛蓝。十分钟车程，我们到达了小码头。托尼奥的独木舟是真正的渔民小船，有桅杆和横桁，刷成近乎白色。托尼奥打开船外发动机，挺大一个雅马哈40马力的船外机，独木舟便向马埃堡大海湾的潟湖驶去。我立于船头，更好地感受冰冷的海风，船跃起在浪头时的颤抖，我有种在水之镜上奔跑的感觉。锚地的景色跟明信片上一样，可我还是那么喜欢！狮山，鼠山，延绵的剪影，绿色山坡伸向天际，上面挂着一缕缕灰色云朵，山上在下雨。潟湖的水是绿色的，远海一片深蓝，两者之间，岩礁勾勒的曲线清晰可见，还能看见过去做监狱的小岛，1810年，正是在那条黑色曲线上，发生了壮烈的大港战役，那是英国人占领岛屿之前，法国舰队最后一次取得胜利。托尼奥将发动机停下。他站在船尾，独木舟因为他的重量吃水更深，我们静静待着，任凭小舟漂行。他惊叹："哇哦！哇！"意思说：我们怎能离开这里生活？世界上任何事物都无法交换这片风景！托尼奥不太会说话。他在各地都生活过，澳大利亚，南非，金沙萨。他还去过一回法国，看自己祖先的国度，去了阿列日地区，那里有座小村跟他同名。他重回岛上，就是为了这一切，为了这无尽的水面、忧伤的山峦，为了这天空和潟湖的一抹蓝色。独木舟缓缓起航，我们漂浮在一块深色斑块之上，呈现完美的圆形，这就是远近闻名的"蓝洞"，没人知道是如何产生的，也不知道究竟有多深，托尼奥说，曾经有个人，一个疯狂的英国人，居然不带氧气瓶下潜，再也没上来。我一点也不意外，人很容易在这片蓝色里迷失自我，睁着眼睛下潜，在现实的另一头，忘记呼吸，缓慢地死去。

现在，托尼奥调转独木舟往海岸驶去，向着石灰河入海口行驶。"我带你去看我的秘密天堂，"他说。这才是他叫我来的原因，我不是岛上的人，只知道游客常去的地方，有美丽的全景风光，山清水秀的景点，满大街的画片上那种落日景象。他很乐意跟我这个新来的人分享他的秘密。马埃堡的村落消失在高树后边，河流入口颇为阴暗，上面都是绿色植物，还有连接村子和黑城的桥。托尼奥在船尾灵活地控制独木舟，绕过阻塞水道的树枝和暗礁。独木舟缓缓逆流而上，很快，我们便身处河谷尽头，一片原始自然之中，被悬崖包围。托尼奥在这里下了船，因为水深过浅，岩石间急流奔涌，一个不慎就会撞坏螺旋桨。他将缆绳系在一棵树上，我们沿一条陡坡开始往崖上爬。天很热，汗从我脸上背上向下淌。我们来到悬崖顶上，有一片墓地，只有几块方形熔岩石，倾倒在红土上面。有些石板上还能看到残缺的姓名、日期。"他们是最初的岛民，杜普莱克斯①时期的，拉布尔多内时期的，都是先驱。"托尼奥说。他在一座最为完好的墓前逗留一会儿，我看到上面写着莫里斯的名字，莫里斯可是与基尔瓦苏丹进行奴隶交易最早受益的殖民者。托尼奥并不了解，此刻我也不想说给他听。也许被遗弃的墓地，这片乱石岗，就足以惩罚这些犯下罪行的人了，没人记得他们。某种意义上来看，他们跟自己罪行的受害者最终走到了一起，被灌木和野草掩埋侵蚀。

可托尼奥邀我来不是为了看墓地。他抓住我的手，把我带到悬崖边缘。他微微一笑，表情洋溢着青春的喜悦。"快看拉里！"他甚至忘了我不懂克里奥尔语。

他蹲下身来，我从他肩上看过去：河谷尽头，阳光刚好从树枝缺口处照射下来的地方，几个女子浸在河里，水没到腰间，她们在一块露出水面的平石上洗衣，她们拍打衣衫，拧干，再浸到水里，我听见她们清亮的说话声、笑声，她们背上的黑皮肤闪着水滴，裸露的乳房跟随在石头上拍打衣物的节奏而抖动。这幅场景异乎寻常，在这里，空气沉闷的森林中，我们仿佛重返三百年前，两个白人殖民者正在偷窥黑人女子，再一次偷走她们的身子，重拾如今不复存在的野蛮生活。我站起身来，后退几步。托尼奥看着我，面对如此美景，他没有像刚才那样说"哇！"，他应该在我脸上看出了窘迫，但他不懂。他也后退几步，回程途中，路过坍塌的

---

① 约瑟夫·弗朗索瓦·杜普莱克斯（Joseph François Dupleix，1697—1763），曾任印度本地治理总督，试图在印度建立真正的法兰西帝国。

墓地，他有些脚下不稳。独木舟越过入海口的那一刻，我感受到海风，我睁大眼睛看黄昏的天空，在又粉又绿的潟湖之上，我听见船儿对抗退潮，引擎嘶哑的声音。我们到了小码头就分道扬镳了，几乎无言。我沿海边走向集市广场，去乘公交。我觉得，那场婚礼并非缺我不可。

显　灵

地点在黑河，时间是一个暴风雨的午后。他们聚在圣雷吉耶家的营房，河那头（必须从浅滩横跨黑河，让人想起保罗和维尔吉尼①的时代，要卷起裤腿蹚水过河，不过现在的女士不需要别人背过去了）：所有人，几乎所有人都来了，圣乌嘉尔家的，沙利文家的，普莱希斯-帕罗，圣利尼昂，弗鲁埃，凯斯卡奥，凯莱罗，尤考克，德·比斯，桑德拉尔，勒穆尔。圣雷吉耶夫人清早就叫人关上了百叶窗，因为暴风雨即将来临，也为防止沉闷的空气进入大客厅。营房很老，跟现在盖得到处都是的平顶水泥方块形屋子不可同日而语，墙是整块的灰色珊瑚搭成的，石灰嵌缝，双坡屋顶倒是铺了瓦楞铁皮，有点生锈，圣雷吉耶先生还要求在房梁上铺一层捆扎好的露兜树扇叶，再铺一层细铁丝网，既可以防止老鼠在里面做窝，也可以避免大风把扇叶揭走。屋里又黑又湿，当然没有空调——圣雷吉耶夫人管空调叫箱子里的空

---

① 《保罗和维尔吉尼》是 1788 年法国作家贝尔纳丹·德·圣皮埃尔（Jacques-Henri Bernardin de Saint-Pierre）发表的小说，故事发生在毛里求斯岛上。19 世纪作品被翻译成多种语言，被奉为经典。中文译本有林纾的《离恨天》。

气。墙没有砌到屋顶，让微风可以吹得进来。这次聚会很久前就定下了，是我毛里求斯一个关系较远的表弟告诉我的，他叫菲利普·勒杜克，在巴黎高等音乐学院学音乐。这一天可算幸运，恰好是暴风雨来临当天，圣雷吉耶先生发现气压计上的读数低于850，看这征兆肯定错不了。难道是幸运的巧合？若是平静无奇的一天，就不能向幽灵祈福了？另外，广播和报纸上都有大风警报，海滩空空荡荡。这样就不怕有孩子喧闹，没有沙滩排球，甚至没有东倒西歪、"花花绿绿的可怕的冲浪者"（这是圣雷吉耶夫人的原话），来糟蹋我们岛上的美景，没有人把车门大敞，用车载收音机大声放歌！如果真要发生什么，有魂灵要说话，那必然是在今日。

絮库夫太太倒是没来！据说她不信神，也不信魔。对呀，既然如此，她来这里又有什么好怕呢？她满可以来揭露装神弄鬼的把戏，造假的桌子、腹语，还有以艾利冯斯·李维①的名义给大家上香草茶时的满口谎言？或许她太过相信，反而害怕看到她那被誉为"回魂者"的海盗祖先显灵，害怕他掀开自己的裹尸布，眼睛直勾勾地盯着可怜的后代，直到她低下头去，把唠叨咽进肚里！

圣雷吉耶家的营房里全是女人。这意味着男人都不相信？有些男人在忙平日里的事情。有些请了假去俱乐部，开帆船去北部岛屿，或是打网球、打高尔夫，也许还有些跟女人幽会去了。剩下的是真没时间：都在银行、伦罗办事处、

---

① 艾利冯斯·李维（Éliphas Lévi，1810—1875），法国神秘学家，绘制了"安息日之羊"，后者成为基督教恶魔巴风特广为流传的形象。

自由港上班。只有几个男人同意来陪自家夫人，比如老约瑟夫·玛兰，大家不知道他的态度是相信还是批评，不过他对妻子的事业颇为支持，他妻子是古怪的阿玛利亚，婚前姓普雷萨尼，以前是生态学家，据说她最伟大的成就，是建了一座神奇的园子，里面能看到毛岛的整个植物史，从加斯顿木这种树皮坚硬的最为古老的植物，到巴西引进的卡特兰这样最为脆弱的兰花，应有尽有。菲利普·勒杜克比我年轻，对此很有激情。这次的招魂经历对他来说也是头一遭。

仪式在寂静中开始。只有暴风雨的呼啸从远处传来，钻进紧闭的百叶窗，外面的天空唰地黑了，客厅里光线瞬间消失，仿佛经历日食。这时候，在举办招魂仪式的女主人要求下，我右手握住阿玛利亚的手，左手牵一位不知姓名的年轻混血姑娘的手。然后，圣雷吉耶夫人开始念咒。她并不大声念咒，而是含糊不清，念着一种未知的语言，我辨认出零星的拉丁语单词、希腊语单词，还有阿拉伯语或希伯来语。大概是从斯威登堡①的《属天的奥秘》里摘来的句子。圣雷吉耶夫人坐在塑料椅上，脸向后仰起，声音变得尖锐，似乎充满哀怨，声音刻薄、尖细，尽管厅里暑气逼人，她的声音依旧让人一身鸡皮疙瘩，她停止念咒后，声音恢复正常，她要求我们把手平放在桌上。桌子是圆形的，很普通，但很厚实，橡木原木做的，上了漆的桌面上满是污点和撞击的小坑洞。像经历过海难被打捞上来，或是很久以前从法国某个外省乘船而来，代代相传，可能曾是公证人的桌子，或是乡下

---

① 伊曼纽·斯威登堡（Emanuel Swedenborg，1688—1772），瑞典科学家，神秘主义者。《属天的奥秘》一书中逐节解释《圣经·旧约·创世记》和《圣经·旧约·出埃及记》的内涵，被基督徒视为神的启示。

神甫圣器室里的桌子。现在，圣雷吉耶夫人慢慢地，一遍一遍呼唤，头一动不动，眼睛直勾勾地盯着前方，很快又闭上双眼，惨白色的脸庞飘浮在紫色上衣上方的昏暗光线里。"显灵……显灵……"她念一句，停一下，念一句，停一下。圆桌的木制面非常光滑，泛着金属冷光，沉重、阴暗。她的口吻很是坚决，越念越快，声音时而威严，时而柔和："显灵……快快显灵！"屋外，风已经到来，死死压在百叶窗上，明显带来了大海的呼啸，浪翻滚着，慢慢爬上黑色沙滩，木麻黄的针叶发出尖锐的叫嚣。有什么在移动？我听见玛兰先生哮喘一样的呼吸声，他突然一阵咳嗽，用手帕捂住才平息下来，阿玛利亚向他弯过身去，耳语些什么。但是，他的手没有离开桌子，我们的手指都粘在桌上，仿佛一种内在力量压住了手指，指尖被压扁，像蜥蜴脚趾上的吸盘。圣雷吉耶夫人开始提问，声音依旧起伏变幻，时而深沉，时而尖锐，"你是谁？是谁？你从哪里来？你能说出你的名字吗？你是勒麦姆[1]？你是勒瓦瑟[2]？告诉我，让桌

---

[1] 弗朗索瓦-托马·勒麦姆（François-Thomas Le Même, 1764—1805），法国私掠船船长，出生于法国布列塔尼大区的圣马洛，1790—1804年间在印度洋与英国舰队战斗。毛里求斯曾出过邮票纪念他。

[2] 奥利维耶·勒瓦瑟（Olivier Levasseur, 1685—1730），法国海盗，传说他和同伴在印度洋抢劫了一艘葡萄牙海军司令舰海角圣母号，获得了大量战利品，后在波旁岛（留尼汪）被捕上绞刑架时，他向人群扔出一张密码纸，能破解密码的人就能获得他的宝藏。后世有很多人到这一地区寻宝，包括塞舌尔、留尼汪、罗德里格斯岛等等，也孕育出众多幻想作品，勒克莱齐奥的《寻金者》和《罗德里格斯岛之旅》中的人探寻的就是他的宝藏。

前的大家听见你的回答,你从哪里来?"百叶窗轰鸣,风吹在屋顶扇叶上沙沙作响,盖掉了她的声音,一阵热风从墙面上方的开口处吹入,屋外天空的光线摇曳不定。勒麦姆。勒麦姆。私掠船船长的名字在厅里回荡,还有勒瓦瑟的名字,又名"鸢"①,和克朗代克的名字,那是过去为寻找海盗宝藏而建的公司,还有很多名字,夫人们跟在圣雷吉耶后面重复,现在,从我身边的阿玛利亚·玛兰那里,传来了约瑟夫越发急促的呼吸声,也许他想要跟妻子一道,重复这些名字,他可是理性主义者,手握百年制糖公司,从不妥协的商人!黑暗中,我努力看清每张面孔,放在桌上的手都很紧张,有些握成拳头,有些手指摊开,压得指关节发白。是不是一阵风穿过?在我的双臂,在我双腿里里震动,我感到汗珠挂在额头,挂在两肋,夫人们脸颊上粘着一缕缕灰发。"拉呼!拉呼!"声音在叫,似乎来自外边,从被风吹倒的灌木里传来。"拉昂!朗!拉——阿——昂!拉呼呐!"一种低沉的声音在吼,大海的声音,或是河流的声音,将我们环绕的声音,露兜树叶片、细铁丝网和房梁接口都吱吱嘎嘎,同时飘来一阵未知的气味,一种大地深处的味道,死水的味道,海藻的味道,外面声音继续,疯狂地叫嚣这些没有躯体的名字,没有记忆的名字,没有意义的名字。"拉芒,拉昂,拉欧纳,拉萨昂,阿拉桑……"我松开黑色的桌面,照着被风吹来的声音,潦草地记下这些名字,可黑暗中,圆珠笔并不听话,它钩住纸页,只留下刮痕

---

① 一种特殊的鹰,非常凶猛。

和破洞！外边，风更加有力地压住百叶窗，一阵阵狂风从海湾深处吹来，爬上河口湾，从木麻黄树顶刮过，每个大浪打来的间隙，雨水都抛下豆大的雨滴，拍打着叶片，渗入墙缝，一摊黑水开始在床架上流淌，桌腿之间也有冷水向前涌动，血红颜色的水，被诅咒的水！我听见玛丽杰的声音，她是圣雷吉耶夫人的女仆，罗德里格斯岛人，可怜的女仆在隔板那头的厨房里，尽管被女主人的咒语吓得手脚麻木，却面对自然的力量也燃起了怒火，或许她在背诵亡者的祈祷，"我由深渊向你呼号"①，此时跟世界末日也别无两样！再没有人召唤亡灵。我们清楚，勒麦姆、絮库夫、"鸢"，他们都不会来，他们并未拥有风的力量，他们被困在了生死两界之间，抑或者他们根本不想回来。他们沉睡在各自的坟墓，在那头，海的彼岸，在圣塞尔旺，在夏莎尔、克拉博纳、阿尔让维利耶他们的封地上，或是在布康卡诺，埋绞刑犯的公共墓穴里。我们所有人都沉默不言，低头朝向无声的桌面，双臂支在桌上，两脚已被涌来的积水淹没，脑袋就要炸开，像在一条正在下沉的大船里，充斥着噪声和暴风雨的呼啸。这时，只听一声巨响，在这嘈杂的无声中爆裂，哐嚓嚓！一阵玻璃打碎的巨响，如同一声惊雷，打在这里，封闭的客厅里，在走音的钢琴和栋雷米的圣女贞德的仿大理石半身像之间，碗橱顶不住大风的推力倾倒下来，东印度公司的瓷餐具全都砸在地板上，珍贵的餐盘、汤盆、船形酱汁杯、冷餐碟、苹果酒碗和茶杯，还有桌旗和餐巾环，全都碎成了

---

① 原文为拉丁语，取自《圣经·旧约·圣咏集》(思高本)第130篇。

千片!玛丽杰再也无法忍受,她手持小铲和扫帚,跳进客厅,在惊恐万分的夫人们中间辟出一条小道:"啊唷!太太,啊唷!怎么办?恶魔来啦,雷吉耶太太,噩运降临咯,恶魔震怒啦,雷吉耶太太!""别犯蠢了,玛丽杰!你明知道,这里没有恶魔!""太太,则(这)里有恶魔,似黑河的魔神,太太!他叫森(什)么?他来了,他打碎了一切,他真的震怒了!"

跟你们说,这里面最惊人的是什么,你们或许不相信,就在碗橱倒下的瞬间,圣雷吉耶家珍贵的财产化为碎片的那一刻,风停了,火焰般的大太阳从百叶窗和墙上房子的镂空处照进来,还有一块被风吹跑的屋顶也射进阳光,那片屋顶的铁皮和一捆扇叶都不翼而飞,像头皮被撕掉一块似的。菲利普·勒杜克有些失望,他一直在期待听到舒曼的音乐,有那么一刻,他以为老旧的新哥特式键盘上,会传出未知乐谱的音符,或是舒伯特根据罗伯特·彭斯的歌词对苏格兰叙事曲改编的最终版《友谊地久天长》,其他客人也各有期待,尤其是夫人们,想看到启示,知晓老海盗藏宝的秘密之所,或是勒麦姆那份消失的遗嘱,他在格尔康德远海上喝得烂醉时被英国人俘获,用血将遗嘱写在了财富号甲板上。

至于我,像小偷一样飞快地离开,口袋里装着一块打碎的瓷片,是装饰盘的一部分,盘子上是日式或中式花朵纹样,奴隶交易时代的人真是喜欢花卉纹样!海湾的黑沙非常细,我从浅滩蹚过冰冷的河水,水面上漂着小龙卷风产生的碎片,毛里求斯柿树和琼崖海棠的树叶。远处,黑河峡谷埋没在云烟之中。伟大的萨克拉乌暴怒之后,一切重归寂静。啊唷!

萨克拉乌的故事①

我的名字是巨人,不说谎的巨人,战斗不息的巨人,在鲜红的战旗下,我重回人间,因为我在风中,在暴风雨里,在大火中回归,我在复仇中回归,我无惧民兵的刀枪,也无惧他们的烈犬、他们的奴隶,我不怕他们的上帝,不怕他们的国王和军队,他们到森林里抓我,我关上树枝大门,在他们脚下掘出涂满毒药的陷阱,我派高山的神灵、逝者的亡魂,抵抗他们,我能指挥神灵,与先人一样,我拥有他们的面容,他们的衣衫,我呼吸着他们的呼吸,所以我能不朽,敌人的枪弹和烈犬的獠牙,都无法将我们打败。

啊呜哗,在大陆那边,我既无双亲,亦无兄妹,没有家乡的村庄,没有属于我的河谷,我的故乡并不存在,我只属于这里,这片森林,这些溪流,这池水潭,我生于大海,身

---

① 作品中的虚构人物萨克拉乌〔Saklavou〕的名字可能源自马达加斯加的萨卡拉瓦人,后者曾在16世纪沿马达加斯加西南海岸发展,建立起马拉加西王国。18世纪萨卡拉瓦王国的部落首领与欧洲人进行奴隶交易,换取武器。

上有浪涛的力量，海盐的威力，我体内流淌着树木和花草的汁液，血里有野猪的鲜血，棕榈酒的火热，云雾的潮湿和奔腾的激流。

察拉塔纳纳，马萨哈利，安坦金，马龙韦，武希贝伊，还有你，马南哈河，你们都是我的名字，我全家遭屠杀、房屋被烧的时候，我就将你们的名字带走了。我也拥有那些大船的名字，飞鸟号，美人号，胜利者号，幽灵号，我们被装在这些大船的船肚里带来，我还拥有福尔岬那受诅咒的名字，又叫马哈韦卢纳①，我们曾被关在那里的奴隶监狱。正是这些名字，杀我父母，卖我兄弟，凌辱我姐妹，剥去她们的长裙，将她们送给阿拉伯商人，送去科摩罗、马约特。

我是巨人，不说谎的巨人，我重回人间，就为吞下仇人，饮叛徒鲜血，扯出心脏，扭断脖子，斩断性器，我重回人间，诅咒背叛我的人、抛弃我的人。我没有名字，我没有双亲，我生在大船底舱尽头，生在田间炙热火焰的火光中，在割破我们脸庞的甘蔗间，在黑石监狱里，在将我们两两束缚的铁链里，在咬噬身体的皮鞭里，镣铐中，我生在一群长着人脑袋的畜生之中，他们身体发亮，全身赤裸，没有屋顶，冷雨浇在头上，冬天雾气蒙蒙，在黑暗溪谷深处，石井

---

① 马达加斯加东海岸北部海滨小镇，黑奴贸易时期奴隶贩子将其命名为福尔岬（foulpointe），名字源于一艘名叫福尔（Full）的英国船，后由殖民政府确定。马达加斯加语译名为马哈韦卢纳。

之底。

我有着广袤绿色平原的记忆,那里牛群自由奔走,从高山到大海,数之不尽,在萨克拉乌国王、伟大的西马努普统治下,绿色平原庇护我的民族,那是拉米尼死前,布亚纳①背叛之前,后来布亚纳将我们贩卖,男人被剃成光头,母亲姐妹被剥光衣服,像奴隶一样,我们被丢进大海的囚牢,被大船带往远方。我身上刻有土地上鲜血横流的记忆,兄弟之死和姐妹之耻的记忆。我知道,我再也见不到他们,从今往后,我们再没有土地,再没有家园。我听过大炮的轰鸣,见过扒下我们的面孔、烧灸我们眼窝的恶魔之火。我身上肩负着兄弟姐妹的仇恨和我那片被遗忘的故土的亡国之恨,可我不再拥有姓名,我是萨克拉乌。

---

① 布亚纳(Boyana),萨卡拉瓦一王国名。莫利斯·贝尼奥斯基(Maurice Auguste Benyowsky)在1790年出版的《回忆录与游记》第二卷中专门描写了被称为"布亚纳"的萨卡拉瓦王国。当时萨卡拉瓦人写作"seclave",与奴隶"esclave"相近。书中描写了第一位君主的独裁统治,所有的国民都是他的奴隶。

"水　臂"

　　海风阵阵，帕提松夫人家的屋顶铁皮吱嘎作响，不知是不是因为这个声音，我突然觉得自己在这里的时日不多了，是时候离开，去远方、他方，回到我熟知的地方，巴黎，尼斯，不是回到我的命运之所，我可没有这份傲气，相信这是我的命，只是因为对我来说没有未来，未来荒诞不经，是我眼底的一块盲点，我将留在这里的，是一个重新拉上幕布的舞台，没有我，演出也将兀自继续。艾姆琳·卡尔瑟纳克赋予我最后一个角色，尽管她年事已高，却是唯一听懂我问题的人，刚到毛里求斯我就一直在问每个人的问题。她对我说："去'水臂'"吧，看看那个地方，我们白人历史里最罪孽深重的地方，你去看过再来告诉我，不，或者你给我写信，告诉我你看见了什么，你感受到什么。"
　　她的小屋被她自嘲为"恶心屋"，屋里闷热无比，她直挺挺地坐在木头椅上，神情庄严。艾姆琳已是迟暮之年，晒了一个世纪的阳光，皮肤布满皱纹。她是在阿尔玛住过的最后一人，就在"大宅子"旁边，那时她周围的一切还未分崩离析，后来才修建道路桥梁，开始各种"项目"[①]，水塘干涸，到处竖起带刺的围栏，划分地块后的入口，竖起可笑而丑陋的广告牌，上面写着"Come live in Jericho"，"欢迎来耶利哥生活"，旁边画着满脸幸福的一家，背景还有巴比伦空中花园。为什么取名耶利哥？"你看好了，这些房地产商，宣传起来大张旗鼓，有朝一日，希望这些房子全都塌掉！"

她甚至给我画下了去那里的路线图，当然是用手比画的，这屋里没有笔已经很久了。"好好听我说，杰雷米，你认识从阿尔玛向下走的山坡吧，坡上总是云雾缭绕，下了山坡，就到了甘蔗地，我们几个孩子总觉得甘蔗田无边无际，我还有你爸爸，我们望眼欲穿，因为我们知道，山坡的尽头能看见大海。"

我努力回到父亲的时代，他九岁，艾姆琳个头已经挺高，胸部开始发育，一头栗色的长发披肩，杏眼，弯月眉，鹰嘴鼻，跟所有阿尔玛家出来的人一样，是从阿克塞尔·费尔森的女儿西比尔那里遗传来的，周边所有邻居的孩子，不论是白人还是克里奥尔人，她在其中算是孩子王，因为她没了父亲，独自跟母亲在破旧的老宅里过活，也可能因为她已经快到要嫁人的年纪，而其他大孩子都离开了这里，去圣皮埃尔，去克雷沃克尔，有钱的则去了居尔皮普或是路易港，甚至还有去欧洲的。尽管平房内布满污垢，橡木地板满是斑点，门窗玻璃不透光，还有一股子老人的酸味，渗进所有的物件，我却似乎听见她儿时的声音，看到她当初的模样。

[①] 原文为英语"projects"。

"姑妈,'水臂'那里有什么?你为什么叫我去那儿?"

她的声音突然急促起来,急不可待,有些口齿不清,可能一嘴的假牙跟牙床不贴合,这是她第一次谈起,在毛里求斯,没人跟她闲谈,没人听她倾诉:"因为那是黑人监狱,杰雷米,是奴隶监狱,岛上到处都有监狱被拆,没人愿意再看见监狱,你明白吗?不是因为会令我们耻辱,而是太碍事,太占地方,没法修漂亮些,改造成旅游营地,都是老石块堆叠起来的,到处是洞,还有土牢,过去挖出来的土牢①,把奴隶关进土牢,就不用再惦记他们,直到送他们去路易港监狱绞死,这样就再也听不见他们哭喊,女人,孩子,就这样被活埋!"

艾姆琳一时间激愤不已,旋即平静下来。一切那么遥远,半数遗迹已被抹去,只有她记着,甘蔗田里突然出现的废墟,如同黑色岩石堆砌的金字塔,毫无用途,没有过往,没有名字。她到底期盼什么?从青春期开始她再没回过"水臂",那时她十五岁,过着另一种生活,十二月闷热的天气里,几个年轻女孩长裙飘飘去海边,在沙丘上木麻黄下野餐,吹舒爽的信风。两个男孩跟她们一起,其中一个是我父亲,比她们小。男孩们用柳条篮拎来中国茶壶,还有一盒葡萄干蛋糕。女孩们并不下海,只把脚泡在泛着泡沫的海水里,男孩子假装把水溅在她们身上,惹得她们惊叫。海风拂过,吹散女孩的长发,吹起长裙,这个季节太危险,女孩

---

① 原文"oubliette"一词源于动词"遗忘"(oublier),是中世纪城堡或军事堡垒地下关终身监禁犯人,即"被遗忘之人"的地牢,后指仅头顶可以出入的地下秘密监狱。

们从不下海,她们不会游泳,只去河口泡泡脚,她们在木麻黄树荫里睡觉、打牌,或是闲聊。保姆拉加德克夫人是布列塔尼人,负责看管她们,艾姆琳趁她不注意,沿河而上去探险。我父亲陪她一块儿,他从不怕冒险,是个森林探险家!艾姆琳牵着他的手,亚历山大,快来!他不惧怕森林,不像别人那么笨。不过,他还是捎带一根手杖,万一在林子里遇上马龙人呢!

艾姆琳低声讲述,在对幽灵说话。她说:"亚历山大,我们去逮小河虾①。"河水从黑岩上倾斜而下,林子里大河变成细流,树木高大,远离海风,根根树干笔直,高耸入云。酷暑沾湿了艾姆琳的连衣裙,将长发贴在脸上,蚊子在她耳边嗡嗡飞舞,亚历山大探头走在前面,仿佛在搜寻猎物。突然,出现一座高塔,更像一口深井,一圈黑色高墙筑成,没有窗户,没有屋顶,藏在高树下面。他们发现侧边有个入口,楼梯已经坍塌,里面飘出冰冷阴郁的空气,两个孩子一动不动,心跳加速,下一秒,他们调转身去,飞奔着原路返回,踩着溪间石块,直到大海。

"杰雷米,那里是黑人监狱,黑人就被关在里边,不为什么,只因为说话太大声,偷芒果②,收获时节在田里睡觉。各处的黑人监狱都拆了,只有'水臂'的留了下来,遗忘在森林里,那里是地狱入口!"

---

① 原文为克里奥尔语"sevrettes"。
② 原文为克里奥尔语"faire coquin mangue"。

现在轮到我，沿着他的足迹走，不过我的方向恰好相反，沿丘陵边蜿蜒的新公路，从弗拉克站向内陆走，我随便挑一条小径，穿越森林，直到有河虾的小溪。我发现黑塔就在远处，被草草地修整过，至少打扫干净了，还能见人，已经变成了旅游景点也说不定，入口装着铁门，是过去没有的。我走进高塔，埃尔米纳奴隶堡立刻浮现脑中，那是加纳奴隶贸易最出名的地方。一切都那么相似，大块玄武岩未经打磨，直接叠在一起，塔底铺面跟硕大的石块都被风雨侵蚀，被无数犯人赤脚磨平，梯子底部，有一口蚊蝇舞动的黑水井。公路另一边，是荒废的糖厂老楼，塌陷的墙体里树根缠绕。墙后，几棵芒果树完全野化，在院子里自由生长。

这里，过去的感觉荡然无存，就连当初吓坏艾姆琳和父亲的寂静，如今也不复存在，轿车和卡车驶上公路，轰鸣声令人窒息。在现代生活的嘈杂之中，这里愈显孤寂，像根苦涩的鱼刺，扎破了金钱与享乐时代那过于光滑的皮肤，露出一张丑陋扭曲的面孔。

深井底部，我听不到公路的嘈杂。墙很高，没有镶边，没有任何可以抓手的地方。一旦大门紧闭（铁门，或是带锁的沉重的木制移门），就根本无法脱身。囚徒的焦虑渐渐填满深井，那是另一种噪声，更加深远，更加有力，越来越响的哀叹声，急促的呼吸声，指甲刮墙的吱嘎声，艾姆琳描述的画面越发清晰，如果我细看每块石头，在一人高的地方，能看到很多痕迹，细小的竖纹，或是在石块接口处，有三角形的凹痕，是尖头卵石砸出来的，大概想在光滑的内壁上凿出天梯，卵石敲在石块上的规律声响，是否能安慰囚犯的内心？让目光逃出深井？高墙上方，天空不是蓝色——哪怕过去是蓝色，也极其可怖——天空没有色彩，跟路易港监狱屋顶上死刑犯所看的方形天窗一样，很快，他脚下的活板门即将打开，绳结将勒断他的脖子。

蜥　蜴

我是渡渡，只有名没有姓的渡渡①。可我能逗大家笑，我为此而生。我在大广场上，现在是冬天，天很冷，我穿旧军大衣，垃圾桶捡来的。我肯定，贝奇尔看我穿这样，肯定很开心，因为他是法军士兵，拿抚恤金过活。但也可能他觉得我是丑八怪。现在我在市集打工。一个秋季大风落叶天，流动小贩来到广场上，他们有很多大型半挂卡车，还有大篷车，各种颜色，名字在车上闪烁，

王侯
　　阿里巴巴
　　　　月神公园
　　　　　　月光剧院
　　　　　　　　宾果！

音乐炸耳朵，这里卖棉花糖、苹果糖、贝涅饼、果仁

---

① 原文为英语"just a dodo"。

糖，大广场上飘着满满的香气，我记得，我跟爸爸去马尔斯跑马场，我还小，抬头看他，他用力抓我手，我被抓得有点疼，我对他说放开我，可他不放，他怕我在人群里走丢，他给我买辣椒蛋糕，然后我们一起去看马。现在，我走在大广场上，卡车中间，我看每个摊位，上去问："您要招人吗？"摊主们纷纷取笑我，因为我这张脸，可有个人招呼我过去，他叫斯冈布洛，他很矮，头上好多黑卷毛，他说："你，你会做什么？"于是，我给他展示我的拿手好戏，用舌尖舔眼睛。我说："我会装蜥蜴。您看？"他被逗笑了，其他人也笑了，于是我再做一遍，他们都看着，这一招他们可从没见过。就这样，斯冈布洛先森雇我来扮小丑，他给我一套绿衣服，上衣加裤子，连鞋子也是绿的，我站在斯冈布洛先森的彩票摊门口，什么也不用做，只需时不时舔一下眼睛，晚上，他就给我一个大三明治，一瓶柠檬水，因为我不能喝酒，我的病造成的，他也给我点小钱，我第一次有活干。我站在彩票摊前，只做这个，喇叭里传出斯冈布洛先森的声音，他吆喝："先生们，女士们，瞧一瞧，看一看啦，来来来，蜥蜴人，世上唯一的蜥蜴人本人，先生们，女士们，能用舌头舔眼睛的蜥蜴人，小朋友不要怕，蜥蜴人不害人，只吃苍蝇和飞蚊！"可小孩还是很怕，有个小女孩叫萨莎，是个摊主的女儿，三岁，她躲在妈妈身后，我一从台上下来，她就哭，我只好不看她，她有一双亮晶晶的黑瞳孔，头发很黑，脸蛋很漂亮，我觉得她是中国人。一天傍晚，干完活，她妈妈来找我，给我一张画，她说："拿着吧，萨莎给您画的。"我看见画上有只硕大的绿蜥蜴，我把画折成四折，塞进包里，这样就可以永久保管，好记住萨莎。

我第一次遇见年轻的蓝发姑娘，就在这里。我不知道她叫什么，只知道她是聋人，因为她不能说话，不过可以用手指比画，我对她说话，她会眯起眼睛，微微笑。她长得并不漂亮，有点胖，日晒和严寒伤了她的皮肤，还有酒，她大口灌酒，跟男人一样。她穿牛仔裤和尼龙夹克，我特别喜欢她的蓝眼睛，还有头发的颜色，后面的短头发是黑色的，前面有好多缕头发染成蓝色，有时候她会用发圈扎起来。

她到市集上给人洗车，或者整理工具箱，可她不给斯冈布洛干活，她的老板[①]是个摊主，卖甜甜圈和华夫饼，一个高个子的家伙，脑袋像颗包菜，脸上全是褶子，耳朵特别大。一天结束，摊主回大篷车睡觉，蓝发姑娘睡在外面，在卡车后面用纸箱搭个小棚，一来不那么冷，二来在街上没人会看见她，因为警察常在附近兜来兜去，抓走流浪汉。车队旁边铁链拴着几条狗，我怕狗，可蓝发姑娘特别喜欢，她跟狗坐在一起，抚摸它们，狗会舔她的脸。

贝希尔在远些的地方等我，靠近高速的那个四岔路口，我跟他一起去咖啡馆，尽管我不能喝咖啡，他也不能喝酒，我们花点自己挣的钱，他想教我打牌。他说："那些小贩，他们是在剥削你，我的老哥！"我耸耸肩。就算斯冈布洛只给我几张揉烂的钞票、几个硬币，可我依然喜欢他，他从不

[①] 原文为英语"boss"。

吼人，只在他的大喇叭里高声说话，不像让蓝发姑娘干活的那个家伙，总冲姑娘大吼，因为他想跟姑娘睡觉，可姑娘不同意。我对贝希尔说："你也来市集打工吧。"他说他不需要钱，他有军人证，领着哈基[①]的抚恤金。他说他在战争中受伤，没法工作，所以能领抚恤金，可我觉得他在撒谎，我觉得他从没上过战场，尽管他说，他是被一个费拉加[②]一枪打中的，所以他总头疼。

一天，我来到大广场上，一个人也没有，大家都离开了，带走了卡车和店铺，我只看见地上有几张纸，卡车留下的油渍和木屑，还有空瓶子。警察说："先生，您无权住在这里，您把这里弄得太脏了！"我也必须离开，如果我继续待在广场上，警察会把我带进警局，把我关在那里，再把我送回圣日耳曼昂莱，安托瓦纳神父那里，最后，汉森先森会把我送上飞机回毛里求斯，到和平玛丽女王教堂去"洗脚"[③]。于是我决定了，我要上路出发，沿大道向南走，直到大海。

[①] 前法国殖民军在阿尔及利亚当地雇佣的士兵。
[②] 费拉加（fellaga 或 fellagha），1952 年到 1962 年间为国家独立而战的阿尔及利亚、摩洛哥、突尼斯战士，尤其指为阿尔及利亚独立而战的民族解放阵线（FLN）、民族解放军（ALN）和阿尔及利亚民族运动（MNA）成员。
[③] 原文为克里奥尔语"laver lipied"。

先　知

　　去世界尽头，长路漫漫。这里是巴黎，走不尽的大街小巷，星形的广场。拉露易丝，是世界上最重要的地方，是全世界的中心。在巴黎，到处都是拉露易丝。我不识路名。人们说完路名，我听到就忘。名字一直在变。布奇科，米歇-安热，拉穆埃特，拉普兰，波堡路，卢森堡，热讷维利耶。我知道该怎么走，这是我最拿手的。流浪汉，那些无家可归的人，他们不懂行走。他们来到一个地方，就再也不离开。他们总在火车站沿线，桥洞底下，把自己的纸箱摊在地上，塑料袋一铺，用一截截木头建起简陋的小棚户，还带屋顶。不知道他们干吗那么喜欢火车站。我说，火车站，可不是能住的地方，总有保安牵恶狗巡逻，他们穿带条白杠的蓝制服，头戴黑色鸭舌帽，他们用手电筒照你眼睛，他们问："你，你叫什么？"警察反倒很有礼貌，他们不会以你相称。"晚上好，身份检查，请您出示证件。您是法国人？是吧？请您出示一下身份证！"我第一天就把证件扔了，因为贝希尔告诉我："你把证件给扔掉，你就说丢了，被偷了，这样就不会有人把你带走。"他，是北非来的，阿尔及利亚来的。他总向警察重复相同的回答。他的奇怪口音总能逗乐警察。"我,法国人,新森,我穆斯塔加奈姆的法国人。"他掏出自己的军人证,警察看看说:"照片上不是您啊。"他说:"是我,警察新森,我跟你发誓,上面是我,现在我老咯,我是哈基的儿子,战争里受了重伤哦,新森。"我呢,我就说:"法国人,先森,马迪尼克①法国人。"我说"先森"也是为了逗他们开心。虽然我说马迪尼克,我也满可以说留尼汪,或者塔希提。他们把我们带到警察局。时间并不长,蓝面包车停下来,我们在一间难闻的小屋里等。我可以冲澡,取暖。贝希尔也冲了下,穆斯林就这点好,喜欢洗澡,不像法国人。然后,我们就被放了出来。"先生,你们不能待在外面。这里不是马提尼克,夜里你们会冻死的。"贝希尔跟我一起离开了,不然警察能拿他怎样?我身体非常结实。在里帕耶,在克雷沃克尔,在阿尔玛那边,我常睡外面的甘蔗地里,细密的小雨没什么好怕,我蜷在塑料布下面,或者在甘蔗根间挖个洞。我很爱小雨,它奏起我的音乐,轻轻晃动我,包围我,抚摸我。有的时候,一个女警亲切地对我说话。她是黑人,有些胖,我觉得她真是那里人,从美洲的岛上来。"先生,您为什么要来这里?您在故乡不是更好?""我能说什么呢?那边更好,可也不算更好。""那边什么不更好?"她眼睛有些湿润,是栗色的,鼻子很小,嘴很大,我看着她红彤彤的嘴唇。我说:"那里太小。要认识世界。"我觉得她会喜欢这个答案。"那么你来这里就是为了这个?为

---

① 即马提尼克。

了认识世界?"其他警察取笑她。他们冲她说:你的小情人。他们说我又年轻又英俊,这里是咖啡馆,不是警察局,她跟我谈天说地呢。我说:"是的,夫人,我认为,每个人总有一天都要离家,笔直向前走,去认识他们所不认识的人和事。"幸亏有米莉亚姆夫人,这是她的名字,幸亏有她,我才能冲澡,吃个大三明治,喝杯咖啡,因为她说从没见过像我这样的人,不喝酒,不抽烟,也从不打架,只是在巴黎的街道游走,没有证件,没有钱,甚至没有雨伞,可对每个人说话都彬彬有礼。

去哪里好呢?我还不知道,不完全清楚。在和平玛丽女王教堂,莫尼克、朔松神父,甚至维姬和她丈夫,他们对我有所期待,希望我去些地方,认识其他流浪汉,我将自己的生活讲给他们听,他们将他们的生活讲给我听,这样我们就会成为一家人。可到现在为止,我还没遇见这些人。每天我都在走,甚至夜里也走,因为我不睡觉。我在维姬的簿子上记名字、地名、时间。没什么用处,只是为维姬而写。

萨尔佩特里尔,星期一,18点
尚波利翁,星期一,19点
时尚城,星期一,22点45
法兰西门,星期一,23点45

我写下地名、日期,这样,如果有一天,维姬看她的记事簿,就会知道,渡渡在旅行。渡渡一直在旅行。我不想让维姬担心。为了她我才来到这里,从世界的另一头来。

　　这里是巴黎,什么都很大。每天我都走,从清晨太阳升起,伴着薄雾和发动机的烟,一直走到夜幕降临,车灯点亮,交通信号灯闪烁着红色的星星。有时候,我在夜里也走,因为夜里一切更美,楼房被灯光照亮,建筑屋顶飘浮在云里,摩天大楼色彩缤纷,火车站像船舶一样,河流沿岸路灯照得明亮。可夜里也很危险,会有小流氓来找碴[①],他们要来做坏事,像在西部墓园一样,用球拍打我,敲我的手臂和腰背。他们夜里出来,像一群蟑螂,开车的、骑摩托的,有时也有走路来的,所以流浪汉得藏好,聚集在楼房下面,或者在高速下的桥洞里,行人多的地方,他们用塑料袋把自己裹起来,叫人看不见,他们把纸盒和纸箱堆成山,以为这样就没人看见了。流浪汉也有狗,起初我很怕狗,因为在我的岛上,夏天狗会得狂犬病,可这里不同,狗都很温顺,我呢,口袋里总装一块猪肉皮,或者可以给狗吃的东西。在那边,毛里求斯,在拉露易丝街区,在卡维尔纳路,去阿尔玛的大道上,可不是这样的狗。那边,狗是没人管的,它们沿街奔跑,又小又瘦,都是黄色皮毛,它们可不在乎人类。夜里,它们聚集在草丛里狂吠、交配,在甘蔗地里、沙滩上狂奔,人们向它们砸石块。在弗洛雷阿勒那些精致的街区,大迪穆床边总放个盘子,里面都是鞭炮,如果狗叫得太响,他们就点一根丢出去,可狗叫得更欢了。

[①] 原文为克里奥尔语"rôde-rôder"。

是我自己发明的路线。我看着地铁图，在维姬的小簿子上写地名。我在脑中画下城市地图，跟我的岛一个形状。

北边，佩雷贝尔和厄运角所在的地方，叫做圣德尼，圣殿，加布里耶勒·佩里，拉普兰，奥贝维埃，还有圣图安和圣德尼之间的铁路和兰迪路。

西边，不再是阿尔比恩和梅迪纳，而是拉德芳斯和所有那些高楼的名字，大西洋，富兰克林，温特图尔，普埃，乌托邦，正中间是大凯旋门，然后是爱麦克斯，德希尼布，东边是阿卡西亚，雅典娜，曼哈顿。

南边，在苏亚克和海角湾的地方，有蒙鲁日、库夫拉誓言小公园、圣雅克，还有救济院、美国广场。

东边，不再是马埃堡，是蒙特勒伊门、巴黎路、菲奥伦蒂诺路、拉努和列宁小公园。东北部，美池城所在的地方，是邦丹门、运河、雷蒙·格诺地铁站，西南部莫奈山所在之处，是蒙唐普瓦夫尔、半月圣芒德、万森讷森林①。

如今，巴黎城成了我的岛屿，周围没有大海，却有轰鸣的高速公路，低沉的声音如海浪敲击在暗礁上，还有十二层高楼的白色悬崖，有上千的窗户、空地、铁道斜坡，被煤烟熏黑的桥，挂满塑料袋的耸立的森林。旅行，不需要乞讨②。我在公车站等着，拿几个硬币，一张地铁票，随便什么。没有眼皮和鼻子的脸起了作用，我在路人的眼里看到怜悯，或

---

① 此处三个巴黎地名位于巴黎城东南角，应为作者笔误。
② 原文为克里奥尔语"faire la main la moque"。

是恐惧,有时还有恨意。巴黎这座岛太大,我没法认全,只知道一些小地方,广场,路口。每天我都换个新地方,吃东西,坐着,或是解手。如果有人想找我,那得全凭缘分了。

缘分是真的存在,因为我每天都能碰到贝希尔,圣日耳曼昂莱的阿尔及利亚人,父亲是哈基。他跟我称兄道弟,管我叫他的小弟弟,尽管我比他老,因为他觉得,我得了怪病,没有脸,于是我们一起走,或许这样更好,可以避开到处溜达、在西部墓园打流浪汉的那种小阿飞。贝希尔说:"小弟弟,哩(你)要去拉(哪)里?"他能用克里奥尔语聊天。我们没有行李。巴黎的流浪汉有好多行李,行李箱塞满旧衣服和烟头,还有好多要搬着一起走的东西,可我跟贝希尔,我们不需要这些。我只背维姬的凯斯卓背包,贝希尔只背有点脏的黑色双肩书包,所以我们看起来不像流浪汉。不是流浪汉,不是叫花子,只是乘火车的旅行者,没有行李的旅行者。

我们每天都走,风雨无阻。贝希尔从不问为什么。也许,他以为我有地图,可是只有脑子里的城市图,还有在簿子里记的名字。贝希尔喜欢跟我一起走,因为我不说话,从不讲自己的过往,我也不过问他的生活,这跟我无关。夜里,我不睡觉,贝希尔打着呼噜,我坐在边上睁着眼睛,这让他觉得安稳,我是他的守护犬。

一天晚上,我们回到城东的大门,就在大广场和四岔路口,高架上面的立交桥前。广场上的人不是之前那些摊贩,而是茨冈人,他们在大广场上支起火炉点燃,取暖做饭。一开始,他们想赶走我们,年轻人挡在我们面前,用他们的语言说:"这里关门了,滚开!"他们在路灯下看我们,他们看见我,不再大吼,因为我的脸。他们放我们过去。广场上,汽车缓慢地行驶,车灯大亮。贝希尔问:"我们能在这里取暖吗?"于是茨冈人让开火炉,我们蹲在火前取暖,孩子们来看我们,有男孩也有女孩,他们两眼发光,他们笑着,白牙在夜色里闪烁。贝希尔背靠桥墩,在火前睡了过去,可我一直坐着,裹着军大衣,看火焰跳跃。天亮前,火被小雨浇灭了。茨冈人又走了,只留了几个老人,套着塑料袋挡雨。汽车的声音熄止,像清晨的大海,浪涛渐缓,天空越发明亮,一丝风也没有,飞鸟还没醒来。然后,孩子们回来了,我不知道他们从哪里冒出来,他们怕被警察看见,藏在了小树林里,或者是在卡车里面睡觉,他们都跟小老鼠似的,窜来窜去,到处啃东西,长着黑色尖脸。他们跑过来,碰碰我,想知道我醒了没有,他们看见我睁着眼睛,我一个动作,把他们吓得尖叫。我也尖叫,他们大笑四散跑开。我身边,贝希尔还在睡觉,头上套个纸袋,扎了一些洞,好呼吸,他的睡帽把眼睛都遮住了。我不对孩子们说话。我看他们,逗他们笑,用舌头尖舔眼睛。他们从没见过!我口袋里有些糖果,去圣日耳曼昂莱那边的游园会剩下的,我把糖果抛到空中,孩子们都跳起来去接。我起身去桥墩后边尿尿,孩子们都跟着我,他们想看我的小弟弟,以为会跟我脸一样黑!我听见他们清脆的说话声。四岔路口,车辆又开始回旋穿行,卡车缓缓驶过,绕行,一面按着喇叭。高架上,车流发出深重的噪声,仿佛来自地底,让树叶跟着抖动,像条苏醒的大蛇,身上的鳞片数不胜数。

震动撼醒了贝希尔和老人们，他们纷纷爬起来，过来取暖，点支烟来抽。一个男人点上火，不知道是想热咖啡还是热汤，闻起来一股子焦味。雨大了，拍打在火上，人们跑进桥下，跑下斜坡，跑进小丘公园，跑向移民劳工宿舍。

我开始行走，贝希尔总说："我们走拉（哪）边？"我不回答，我并不知道。我去更远的地方，仅此而已。去东边，太阳穿透云彩的地方。一道硕大的彩虹靠在楼房上边，不然也可以去城市另一头的某个地方。

我去哪里，他们就去哪里。沿林荫大道走，穿过高速路口，走过火车站的人行道，或是去阴暗的小巷、花园。他们等着我。我一到，他们就起身，开始走路，跟在我身后，走在我旁边，也有在前面的，他们不说话，只是走路，形成一条长河，缓缓流动，伸展，散开，汇聚，所有这些脑袋，所有这些腿，传出大河沉闷的轰鸣，闻着也有河水的味道，有呼吸的声音，偶尔迸出几句话，轻轻的叫声，小型啮齿动物在树丛里窸窸窣窣，克雷沃克尔悬崖上奶牛的叫声，被猎人追赶的鹿的声音，格里格里岩上鲣鸟的叫声。我，无所求。我不对任何人说话。我什么也不要，我不需要他们，也不属于他们。他们在这里，跟我一起行走，有时候在我前面，有时候离我很远。

清晨，我到来的时候，他们就在那儿，刚刚醒来，睁不开眼，蓬头垢面的，脸上还有睡觉压出来的印子，可我不睡觉，我的眼睛发红，皮肤坚硬。他们记得我的名字，孩子们大喊：渡渡！渡——渡——！他们唱起我的名字，一边奔跑，一边重复：渡渡！渡——渡——哦！我不知道他们是不是在取笑我。我觉得，要么他们怕我，要么我是真的逗他们开心，我卖力地舔我的眼睛。他们哪儿也不去，他们哪里都没有家。罗马尼亚人，南斯拉夫人，茨冈人，阿拉伯人，塞内加尔人，阿富汗人。他们被所有国家驱赶，他们没有家。他们去英国，去德国。他们不知道去哪里。天上下着雾，我来到广场，只背维姬的包，穿军大衣、篮球鞋，他们跟着我，想象我会带领他们去向某地。我们穿过精致宁静的街区，走过沿街栽着高大七叶树的空旷大道，没有商店的小街，沿运河走。我们走到陌生的地方，没有名字的地方，可是，如果没有路通往大海，要名字又有何用？我们面前的路人都躲开我们，他们在大门前停下，换去对面的人行道，有小学女生，也有带小孩的妈妈，她们受到惊吓，紧紧抓住孩子的胳膊，有时候，小婴儿看见我，大哭起来。过去在拉露易丝街区，我路过集市，走过沿路的公交车站，女孩子都会后退，老人们咒骂我，一个男人冲我说："愿上帝慈悲①，上帝保佑我不要得这麻风病！"一群人跟我一起走，所有这些疯子②、叫花子、流浪汉、小扒手，于是路人躲开我们，让我们过去，棕色的河流必须流淌，脏水必须沿着溪流向下，没人能阻止，没人能无视，这些滑雪衫、牛仔裤、短上衣、羊毛帽、风雪帽、旧鞋子，必须让他们过去，闸门开了，水必须流上车道，沿着沟槽和细缝流淌。公路上，汽车放慢速度，刮雨器嘎吱嘎吱，摇来摆去，不，不，不要不要，别用

---

① 原文为英语"God have mercy"。
② 原文为克里奥尔语"fouca"。

你的脏抹布擦我锃亮的玻璃！我们其他人，一同走上马路，走在车流中间，我们过小桥、过天桥，从高速下面的隧道穿过，我们走在生锈的铁道上，前后左右，总有小孩跑来跑去，玩单脚跳，往盒子里、垃圾桶里射门，敲打房门，舔玻璃窗，他们尖叫，嬉笑，学狗叫，跳舞。

我整天都在走，累了就坐地上，如果有太阳，有玻璃阳台反射来的白色阳光，我就坐有阳光的地方，或者去公共小花园。警察来了，有住户或店主打了电话，因为街区的女人、小孩、老人害怕我们，有人拨了神奇的号码，警察的蓝面包车缓缓驶来，禁止游行，这里不能乞讨，不能有流浪汉，你们到别处去，来，快动动！如果我们坐着，警察就说，站起来，走走，于是我们站起来走，我们围着不同的街区绕圈走，一栋房子接一栋房子，可如果我们在走着，警察就说，离开这里，赶紧滚！每个人都有自己的方向，一个往东，一个往西。一个去城外大街，一个去市中心小路。蓝面包车开走了，警车有别的要紧事，或是对我们并不感兴趣，既然这样，我们为什么不继续走呢？一次，有个高个子家伙冲警察喊："逮捕他们！逮捕他们！"一名女警走到他面前，不是米莉亚姆夫人，可她也是黑人，她跟男人说："先生！不要喊了，我们不会逮捕任何人，流浪罪还没被写进宪法，敬请参考。"我很喜欢这句话，敬请参考！男人很不高兴，我听见他说："可怜的法兰西！"我对女警说谢谢，可我没有微笑，因为我的嘴。她说："先生，您和您的朋友，我建议你们换个街区。"我照做了。我不知道自己在寻找什么，其他人也一无所知。我明白,我行走是为了不睡觉,为了让自己活着,为了呼吸。如果我停下脚步,我就死了。

年轻的蓝发姑娘来了,她没跟市集上的摊主一起走,她独自留在大广场上,像迷路的孩子,很快她就跟茨冈人走在一起,所以我们才又看见她。她跟我和贝希尔一起走,我特别喜欢她,因为她不说话,只用手势和眼神,我特别开心,这个世上,人总是话太多。现在,她穿着长裙,一双白红两色的帆布鞋,她有棕色皮肤和浅色瞳孔,头发染成蓝色,可染发剂褪掉一些,下面的头发是黑的,白天,她在我身边走,按照我的步子,大步向前,时不时跳上车行道,或者过马路时,在斑马线上从一根白线跳上另一根白线,晚上,我在东门附近高速路口停下,她坐在我旁边,把头靠在我肩膀上睡觉,我一动不动,轻轻地呼吸,她闻起来很香。贝希尔嘲笑我,他说:"她是你的爱人?"我不回答,我没有爱人,贝希尔肯定不懂 Σ 病,哈鲁辛格医生说,我不能碰女人,哪怕我去妓院看光着身子的女人,我的小弟弟硬邦邦的,我付钱,她们脱下衣服,我盯着她们的乳房和浅色皮肤看,看她们下面长着的黑毛,跟狗毛似的,即便如此,我也不会碰她们,这是禁止的。年轻的蓝发姑娘把头靠在我肩上,我喜欢感受她的重量,我整夜都睁着眼睛,听她呼吸,天蒙蒙亮,她滑到地上,头靠在我大腿上,蜷起身子继续睡。

一天,我来到高架桥旁,天下着蒙蒙细雨,在岛上,我们管这种雨叫面粉,这里却只是忧伤的细雨。蓝发姑娘手里抱个小孩,是个小男孩,借给她用来乞讨的,因为生病的孩子可以勾起人的怜悯之心，孩子脸色苍白，头垂着，翻着白眼，我觉得他要死了。我在广场上，周围的汽车缓慢地转弯，大卡车路过水洼时，溅起一片水花，天黑了，车灯已经亮起。蓝发姑娘抱着孩子在我面前，像抱个布娃娃，她不看我，可她身边，男孩的母亲望着我，她的表情扭曲，觉得自己的孩子要死了。贝希尔说："哟，小弟弟①，她要把儿子送你？"我知道她不会把孩子给我，我想起老雅雅，一天有个小女孩从树上摔下来，大家把她送去雅雅那里，让她救回这条命，雅雅在手里吐点唾沫，用手指摸过囟门，孩子居然活了过来，阿尔泰米西娅跟我讲了这件事，于是，我也学雅雅，用手摸过婴儿的脸，在他鼻孔里吹气，孩子开始咳嗽，现在他睁开眼睛，看着我，他活了过来。事情发生在这里，高速公路路口，天上下着雨，卡车和轿车声音嘈杂，我想象自己一直在那里，在拉露易丝，我要去看我爱的人，老雅雅、阿尔泰米西娅、奥诺莉娜，还有贝特，我要回到阿尔玛。这时，女人弯下身来，亲吻我的手，她对我说："耶稣降临！"我大声喊："我不是耶稣，我是渡渡，只是渡渡。别用耶稣大人②的故事来烦我！"我飞也似的走开了。朔松神父，安托瓦纳神父，莫尼克，薇洛妮克，汉森先森，你们都很会说耶稣的故事，你们会说："渡渡，回莫里斯吧，渡渡，来和平玛丽女王教堂，参加流浪汉洗足礼吧！"我跑着离开，只有贝希尔有权跟着我，而且他并没有听懂，对他来说耶稣

---

① 原文为克里奥尔语"ti frère"。
② 原文为克里奥尔语"Seigneu'Jezi"。

什么都不是,他只知道穆罕默德,可能还有尔撒①。这天晚上,年轻蓝发姑娘靠着我的肩膀睡觉,跟每晚一样,不过这次睡前,她抓住了我的手。这是第一次,我手里握着一个女人的手。

---

① 又译尔萨,《古兰经》中的先知,即基督教中的耶稣。

入狱的克莉丝朵

我去了女子监狱,就在美池城的公路边。目的是做社会调查,这是我找的借口,好拿到监狱长保罗·萨杜的通行证,好在有魏斯太太帮忙,她是帕提松夫人的朋友,过去在女子监狱工作,再加上费尔森的名号,多少起些作用,费尔森家的人差不多死光了,可名字还是人尽皆知的。我从大门口就开始步行,出租车不愿等我,司机看着高大的红砖墙和刷得漆黑的大门,心里发毛。真是地狱之门!我心跳加速,像初次约会,门的背后,有我的克莉丝朵。女囚犯排成两列,在尘土飞扬的院子里散步,看守立正站直,一动不动,阳光烧炙着他们深色的帽子。一声哨响,女囚犯的队列开始向前走,一排跟在另一排后面,全部走进楼里。我想在队列里找寻克莉丝朵,可我数月没见她,她肯定变化了,长得更高,更加成熟,也许她漂亮的鬈发被剪成了短发,监狱里多数女囚都剃了平头,怕长虱子,除了几个裹头巾的穆斯林。她们都穿一样的监狱服,灰色的围裙式连衣裙,从上到下都系扣,脚蹬人字拖。有几个新来的,还穿着破洞的仔裤,带有商标的T恤,花哨的帆布鞋。她们照口哨的节奏走。魏斯太太帮我约好跟监狱长萨杜会面，她提醒我："您可别单独跟女囚犯说话，如果您表现出认识哪个犯人，跟她说话的话，其他犯人会报复她，殴打她。"我不敢向她明说，我来这里只有一个原因，只为见克莉丝朵，见我心中所爱，我的心上人，其他都与我无干，我已经准备撒点谎，耍个花招，哪怕自己像个小丑，一切只为在这高墙之内，在所有女囚中间，看她一眼！我得知克莉丝朵被捕入狱，罪名是在大湾想偷一位游客的钱，现在从大湾到马埃堡和艾斯尼海角，这件事已是无人不知，就连帕提松夫人也说起来，她见过我跟克莉丝朵一起，或许是她那个狡猾的厨子告诉她的，可我不怨她，因为她还说："可怜的姑娘，遭罪的总是弱者，该关起来的不是她，是那些玩弄她青春的男人！"她说的男人里是不是也包括我？

我走进食堂，萨杜监狱长向我解释："这里只有轻罪犯，没有犯重罪的，打个比方，我们有两个十八岁的姑娘，法国人，在海关被当场抓住，在行李里夹带毒品，安非他明药片，一判就是二十年，她们出狱的时候就都老了，对她们来说太可怕，真是可惜，贩毒的不是她们，她们只是'骡子'，太天真。"

我看着这些面孔，女孩们偷偷观察我，我觉得似乎认识在海关被逮捕的法国女孩中的一个，她比其他人更苍白，垂下了眼睛。她也以相同的步伐向前走，只是不习惯人字拖，狱中的日子里，她要好好学习怎么做个克里奥尔人了。我不应该表露自己的兴趣。我继续在大厅里慢慢走，这时候女囚犯们开始准备吃饭，摆盘子，放配菜。厨房柜台前，有个长得像男人的高大女人,五十多岁,但特别显老,她咒骂干活的女孩,大嗓门,说起话来一股英语腔,她拖长声调,蹩脚地把法语、英语和克里奥尔语混起来说:"走快点,往前走,来吧,快点!"① 萨杜告诉我:"她反而是杀人犯,我们把她留在这里,是因为其他地方都满了,她是澳大利亚人,杀了自己的丈夫,这辈子都出不去了,她来毛岛是来度假的,现在要死在监狱里了。"澳大利亚女人看着我们,毫不躲闪,大胆地招呼我们:"嗨!帅小伙!我可不卖哦!"② 她嗓音很尖,像鹦鹉的声音,因为抽烟变得嘶哑。我在厨房巡视一周,假装在备忘录里做些笔记。然后,我大胆地提出建议,要见一位犯人。萨杜有些吃惊,他说:"正常情况需要办些手续,您必须在会客间单独见犯人,不能让其他犯人知道。您想见谁?"克莉丝朵,我的冒险家,我的女英雄。萨杜很高,五十岁上下,脸皮黝黑,黑胡子是染出来的。他的眼神很是温柔,微微湿润,我想他应该是个好父亲,这里的女孩,年纪最小的那些,都能当他女儿。我没有讲出克莉丝朵这个名字,我只说她父亲是蓝湾渔民,他立刻就知道我在说谁:"对对,是小维纳多,玛莲娜·维纳多。她在这里是家里人的要求,她很反叛,小偷小摸,没犯什么大事,就是跟几个小混混给游客下套,可搞不好被套进去的是她自己。"玛莲娜·维纳多,我不认识的名字。无所谓,对我来说,她的名字就叫克莉丝朵,女战士的名字。我编个故事,说我是

---

① 原文为"Marsé plis vite, avancé, c'm on do it, hurry up!"。
② 原文为英语"Hey you, pretty boy! I ain't for sale!"。

她家里找来的,魏斯太太找来的,负责帮她注册函授学校、写作工坊、舞蹈班,随便什么,好让她摆脱底层生活。我报了些认识的名字,大迪穆的名字,酒店经理,毛里求斯柯尼特服饰的人力资源部部长,我越说越夸张,监狱长听着,并没有打断我,可他摸着胡子,似乎不太相信。最后他下了决定:"好吧,您在会客间等我一下,我去问问姑娘想不想见你。"会客间在安全隔间旁,两个穿制服的看守守着。

片刻之后,克莉丝朵来了,我简直不敢相信。我感觉热浪涌上脸颊,心跳得飞快。仿佛过去几个月、几年时间。我以为永远失去了她。门扇来回摆动,撞上,嘣!脚步声在打蜡的地面上回响,唰唰,唰唰!不是克莉丝朵凉拖的声响,而是陪同她的女看守穿的胶底鞋的声音。还有气味飘来,无尽的气味,医院的气味,候诊室的气味,还有厨房的气味,咖喱鱼和热油的味道,远处,女孩们围在灶头旁,在面包炉里翻弄,给看守做小蛋糕,除此之外,硕大的电饭煲散发出淡淡的饭香。

我坐在接待室唯一的长凳上,一动不动。房间正中,摆着一张木头课桌,没配椅子,一把粗麻黑布拖把挂在靠墙的梯子上,干绷绷的。看来会客间很久没人来了。

克莉丝朵从尽头的门走进来,前面是穿胶底鞋的女看守。女看守又高又壮,起初我以为跟她来的是个孩子,可这个孩子正是克莉丝朵。之前我没找到她,或许是因为我参观食堂时她躲了起来。她穿着相同的灰色围裙式连衣裙,到膝盖下边,长袖,扣子一直系到脖子,只有最上面一粒没系,大概掉了。她低垂着两眼向前走,像被叫到政教室接受批评的女学生。她光脚穿海蓝色凉拖,我注意到她脚趾的长度,曾染成珊瑚红色的指甲如今颜色黯淡,她没戴项链和耳环,肯定被人下掉了,头发也被剪短,还是那么黝黑,打着小卷。她瘦了。可她的确是我的克莉丝朵,我循着条条大道,在所有邪恶场所苦苦寻找的克莉丝朵。

高大的女看守停在门口,让克莉丝朵进来。克莉丝朵跟木偶一样僵硬地走来,在长凳另一端坐下,双手放在膝上,双脚平放于地面,她不靠椅背,却弓着背,像弹钢琴那样。我没在意女看守什么时候出去的,我算了下,我们有五分钟时间说话,或许更短。

"你过得怎么样?"

她纹丝不动,只是看着前方,向右边一些,避免与我直视。

"你过得好吗?吃得好吗?我本想给你带些水果,但是规定肯定不允许。告诉我,我能为你做些什么?"

她耸耸肩,表示她听见了我的话。总算有些回应。

那一刻,我多么想抓起她的手,可她太远,在长凳那头,两手平放在膝盖上,两个看守就在边上,她望向别处,漫不经心的模样。她一直低着头,耻于坐在我身边,也许魏斯太太没错,其他犯人会恨她。我望向她浓浓的眉毛,目光沿脖子的曲线来到发根,沿后颈窝边上的两根筋滑过,紧绷的凹陷处藏着痛苦,我为她感到痛,心被揪住。克莉丝朵活着,却孤独无助。

我想开个玩笑:"我到处找你,打听到你在这里,在美池城,我觉得你不会在这里久留,就赶紧在你逃走前来了!"

她的嗓子发出轻微声响，意思是她明白了，可玩笑并没有叫她笑出来。

"你知道我想帮你，告诉我我能做什么。"

"我没跟您提过要求，您为什么来这里？"她低声说。我记起她低沉的声音，不属于小女孩的声音，还有她的喉结，蓝湾的男孩笑话她，说她不是女孩，是"人妖"。因为这个，她被打过好几次。

"为了来看你啊，克莉丝朵。"

她突然反驳："我不叫克莉丝朵，现在我名字叫玛莲娜·维纳多，既然您见过了，那就可以走了。"

她撇嘴的样子很可爱，我记起她躺在长椅上，在东秀的花园里，穿着分体泳衣，戴着绿色脐环。我听见自己心跳的声音，那么有力，仿佛空荡荡的房间里谁都能听见，我俯下身子，让心跳慢下来。我大胆地抓起她的手，手掌冰冷僵硬，一只陌生女人的手。她一动不动，我懂了，很快抽回手来。

"您想从我这里得到什么？"她问。她说这话的声音很轻，脸微微向我转了一些，我捕捉到她黄色的瞳孔一闪而过。在她目光中我感受到冷酷和恶毒，我明白，过去的几个月让她离我、离蓝湾、离我们所有人越来越远。我试着用漫不经心的口吻说话："我想帮你离开这里，我会找个好律师，我认识人。"瞬间我便意识到，我的话多么可笑，多么无用，我们不属于同一个世界，美池城的监狱可不是想进就进、想出就出的地方。

她说："先生，我想跟您一样读书，学东西，学些语言，出去旅行。"她所说的真是她所想的？还是为了摆脱困境，逃离厄运？她继续转向我，只那么几秒，嘴角闪过的微笑稍纵即逝，很快，她又恢复了恶毒顽固的表情。可那个微笑，那个皱着眉头的小脸上闪烁的光芒，让我感到幸福，我满脑的问题、满胸的懊恼，瞬间一扫而光。其实我并不关心她为何被抓，如何抢劫，倒卖鸦片棒，给嫖客下套，反被嫖客抓住送警，这个嫖客甚至可以是我，我不在乎她选择如此生活却不愿信我的原因。与此同时，我意识到自己的想法如此荒谬，我真的不同于爹地吗？不同于那个远离家乡、毫无风险、寻找猎物的老家伙？我想她，梦见她，欲求她的身体，我念着她的腰臀，长发的味道，我曾坐在她身后，骑着轻骑在蓝湾的街道上飞驰，我感到怒火在体内升腾，却霎时间烟消云散，因为她的微笑，眼中的闪光，穿着灰色囚裙的轻盈剪影，趾头长长的双脚规矩地踩在地砖上，手掌长满茧子，她垂着头，露出后颈窝和两条筋，满布痛苦，还有她棕色皮肤上飞舞的蓝蝴蝶文身，之前是没有的，她何时文的？为谁而文？我似乎觉得能够原谅一切，唯独不能原谅她向我隐瞒这个文身。

　　我找萨杜先生谈话，向他申请批准我参观。我说玛莲娜·维纳多小姐要向我展示她工作的甜品坊时，几乎没觉得自己在撒谎，好像我们身在夏令营里，或是类似的活动中心一样。萨杜先生神色淡定。"当然了，维纳多小姐是您要保护的人，没问题，没问题。"他说"要保护的人"的时候是不是另有所指？我跟克莉丝朵走在一起，穿胶底鞋的高大女看守一直跟着，很快克莉丝朵就靠到一边，跟我保持距离，我猜是表示尊敬。也可能，她不想跟监狱长和来参观的外国人显得过于亲近。我发现她低垂着头，踏着小步，也许是被粗布长裙勒住了腿。我记得她在弗拉克商业中心广场上，迈着大步，走向等着她的黑色出租车。我记得在蓝湾，她潜入水中那光滑的身体。她变了，她成了另一个人，似乎更小，尽管个子很高，手脚很长，却像个孩子，被身体所困，裹在灰色旧长裙里受罚。

参观时间很短，戴塑料护发帽的女孩们在做辣椒蛋糕、炸茄夹，其他人正在做鸡蛋糕，上面撒着一层厚厚的菠菜绿色的糖，这晚似乎要给监狱长庆生。我们的参观几次被打断，一是因为澳大利亚女人混着着实难懂的几国语言讥笑她们，二是因为厨师长总是评论不断，他本人是看守，为此还特意换了身脏兮兮的白围裙，头戴一顶法式酥盒形状的软帽。正要离开时我才发现，克莉丝朵缩在灶台旁边跟一个男看守说话，她像变了个人，搔首弄姿起来，就像过去在东秀营，出名的飞行员爹地面前一样。我们一行人开始往出口走，可克莉丝朵还在后面跟看守一起，我看了他一眼，他很年轻，跟克莉丝朵年纪相当，身材瘦弱，穿着黑色制服，克莉丝朵比他高一个头，她对他说话，他笑起来，露出洁白的牙齿，这一眼让我像触电一样，仿佛碰到了女房东浴室里漏电的电线。离开后厨之前，我转过身去，已经觅不到克莉丝朵的身影，一大群女囚犯将她完全遮住，人群合拢在一起，仿佛将我排除在外，仿佛我从不存在。我握住监狱长的手，他甚至不记得我跟他提起过维纳多小姐，我礼貌地感谢他批准我参观，然后提到她的名字，他一副理所当然的样子向我微笑。"您不用担心她，她有人照顾。"见我满脸迷惑，保罗·萨杜解释说："您也看到了，她跟我们的一个看守偷偷好上了，按理说规章制度是不允许的，可是爱情至上，不是吗？"他又补了一句，想弱化这些话在一个外国旁观者脑中产生的负面影响："不过费尔森先生，这事很顺利，光明磊落，我想他们很快就会结婚，我们也希望我们的年轻犯人能有好归宿。"

我在炙热的阳光下离开堡垒，寻一辆公交车，一辆出租，无论什么可以将我带离这里的东西，越快越好。丘陵底部的海边大道上，传来卡车、拖拉机、摩托和轿车的隆隆轰鸣。正是各自归家的时间。我却觉得自己像个陌生人，孤独无助。

底提[1]诞生

日子来临。森林里一切就绪。这天夜里飘着细雨,无风,午夜开始,一朵云覆盖了重重山尖,挂在梢头,缓缓西去。就在此刻,痛感越发强烈,在阿底提体内嘶吼,像被一口咬住,越咬越紧,那么深,来自每块肌肉、每根神经根部。基金会的木屋里,阿底提望着挂在梁上的吊床,大家似乎都在睡觉。他们全都知道,全都猜到了。可他们睡着,阿底提听见他们噜噜的呼吸声,此起彼伏,像小孩宿舍里的声响。大家都冲她的大肚皮开玩笑,也许因为这过于真实,令他们恐惧。阿底提没回任何人的话。只有澳大利亚女人莉丝白待她和善。她告诉阿底提,自己以前独自生产过,在灌木丛里,有原住民女人帮忙。女人们给了她一些草药,用来按摩外阴,帮助她顺利宫缩,之后就靠她自己了,不过,她因为乳腺炎,无法给女儿喂奶。她说她已经做好准备帮助阿底提,选地方,备产,她带来些草药,无忧树和阿江榄仁树的

---

[1] 印度神话中,女神底提是阿修罗之母,在《梨俱吠陀》中作为阿底提的对立面出现,意为光明。

花，六神草的籽，都是她从集市上的龙嘉尼手里买的。这逗笑了阿底提，她可不需要这些，只要水和一些树叶，还有山和天空。她可不怕。现在，她蹑手蹑脚走出屋子，走到林间空地中央，轻轻地，不吵醒巢里的鸟儿。身后响起脚步声，是莉丝白，这晚她没睡，时刻准备着，她抓起阿底提的手臂，微微挽着。她低声问："要我一起去[①]？"阿底提脱开手，把手放在莉丝白嘴前，意思是说，不，我想独自去，我不需要任何人。她融入夜幕，矮灌木在她身后合上枝条。她走在自己的秘密小径上，赤裸的脚掌熟知每一片土地，每一块卵石，适时避开每一根荆棘。

她摇晃着赶路，两手撑着肚子，她要走到自己的秘密领地，她的花园，在塔玛琳瀑布旁边，悬崖顶上。几个月来，她多次重复整个过程，了解每一刻会发生什么。她蹲着下泥泞的坡路，千万不能摔倒，她揪住蕨类的叶子，大戟的根，紧紧抓住岩石。水的气味，水的呼唤，苔藓柔和的绒面，然后是长着水藻的滑溜溜的黑石块，最后一步，她踏入水中，从她怀孕起就浸入的水中。一只夜鸟鸣叫，一只野生动物唰地窜过，是小鼠、蜥蜴，或是马岛猥，也可能是只虎斑猫，在追捕兔子。夜是明亮的，尽管有云，月光照在岩石上，高树的叶片上，真像电灯的光，阿底提想，西谷椰子和翅柄铁线蕨的尖端上，绿草的叶片上，泛起蓝色的光芒，闪烁，打着旋。阿底提认识它们，认识她花园中所有的植物，她用手轻轻拂过，用裸露的皮肤感受植物的呼吸。感受它们的丝

[①] 原文为克里奥尔语"Mo vini"。

线、发线滑过她脸庞。她来这里只为见它们，现在她无须旁人。这是属于她的夜，底提之夜，生命中再无更美的夜。

她感到皮肤轻轻震颤，一波一波来自腹部中心，掠过每块肌肉、每根神经，时而轻柔缓和，她合起双眼等待下一波到来，时而撕心裂肺，痛感爆裂开来，直穿心脏，传到口腔，她只得咬紧牙关，强忍着不叫出声来，将呻吟粉碎，很快，她掰下一根无忧树的枝条，咬在嘴里，咀嚼痛苦。

时机已到。黑水等待着她，这水仿佛从未如此透黑，如此冷彻。海面上方，一条长长的红条飘浮在城市那边的天上。阿底提选择此地是为了远离人烟，尽管很远，她依旧能看见城市的灯光，犹如暗火的光芒令她心安。而在这里的水边，没有什么能伤害她，没有什么能伤害即将出世的孩子。这里只有另一个世界的光辉和她的记忆。在她过去的世界中，在甘蔗地里，男人暴力地将她按在地上，强行占有了她，在她身体里撒下自己的种子。这里别无其他：现实，就在这里，水的气味，瀑布的声响，如同世界之初，或世界之终结，大火熄灭之时。她想祈祷，反复吟唱救赎的祷词，永恒的祷词，只有这些话语，才能帮她远离痛苦。于是，祷词从牙缝中，随呼吸倾泻而出……

Vaayura nilamam thametedam bhasmantam shariram
"风永不停息，永不灭寂，而身体最终化为灰烬"

底提在天亮前出生。阿底提跪在熔岩石上，一块披肩围住肚子，两头系在无忧树树枝上，当她的子宫打开时，树枝颤抖着被压弯。她两手接住孩子，放入湖水里洗净，冰冷的水惊醒了孩子，瞬间大哭起来，阿底提用嘴吸出孩子口腔和鼻腔里的黏液，用牙咬断脐带，任凭脐带落在地上，爬满蚂蚁。她侧身躺下，将孩子抱在胸前，孩子身上还滴着黏黏的羊水，她等待奶水从乳头流出。天渐渐明亮，薄雾散开，显出黑河山巅，如黑色钻石闪着光。阿底提仔细查看女儿，数了数手指和脚趾，都在，她检查了性别，将湿漉漉的手拂过闭着双眼的小脸蛋，最终放松下来，躺在冰冷的岩石上，每寸身体都与岩石表面贴合，她成了大地的一部分，森林的一小块。她闭上眼，终于迷糊过去，梦很美。蚊蝇在阿底提和底提身边轻舞，蜻蜓从浸在水中的石块上飞起来，越过她们，世界的音响构成一片穹顶，罩在她们头上，阿底提和底提，于是，日夜更替。

最后的旅程

一切发生在很久以前，不过也可以在昨日。1628年，英国船长伊曼纽尔·奥尔瑟姆率朗特里号军舰来毛里求斯，停靠数周。奥尔瑟姆船长患上了坏血病，身体欠佳，决定将舰队的指挥权交给大副罗德瑞克·梅多斯，自己在詹妮弗·贾格尔夫人家定居下来。詹妮弗·贾格尔夫人是个荷兰外科大夫的寡妇，将屋里的一间房租给船长，地址就在老大港路，离后来名叫荷兰人水井的泉眼不远。当时还没建官方机构，只有家商行，还未更名为荷兰东印度公司，不过是一间搭在黑岩石上有顶的茅屋，用来保存去印度群岛路上的基本粮食储备，鱼干、饼干、葡萄酒、咖啡、巴达维亚运来的几袋香料，还有桶装火药和六枝火枪，用来抵御海盗和马龙人的攻击。寡妇贾格尔家是间乡野的粗石屋子，并不舒适，好在伙食不错，水净风和，奥尔瑟姆船长日渐康复，借着修整时间延长的机会探索起小岛来。人们告诉他，这里有种奇特的动物，已经颇为出名，1598年，最初的几个探险家随海军上将雅各布·科内利松·范·内克和少将威布兰德·范·沃维克的舰队来此，都在旅行日志里写到过，有一种个头跟天鹅一般的巨鸟，翅膀不大，以吃石头为生。传闻还提到，其中一只罕见的巨鸟被关在一间围场里，围场属于一名被解放的印度奴隶，他曾是毛里茨亲王司令舰上的奴隶，后来接受洗礼，改名洛朗，他的围场就在岛东北部山脚下什么地方。奥尔瑟姆船长完全康复后，决定去见一见这大自然的神迹。他带上寡妇贾格尔的一名黑奴，名叫阿尔比乌斯的小男孩。那时候，岛上几乎没有马，一辆能用的牛车都没有，船长只能沿海岸步行，还好有他的小黑人帮忙。他花了两天时间，穿过覆盖土地、一直延伸到海岸的浓密的热带丛林，从浅滩横跨河水和激流，爬上坍塌纷乱的黑岩石堆，困难重重。终于，在一棵毛里求斯柿树旁，他发现一间茅屋，围着熔岩石砌的矮墙。旁边地里长了些蔬菜苗，甜菜、硬小麦、蚕豆，还有些果树，番石榴、李子树，还有很多车前草和咖啡树。屋子是间简单的小房子，没有窗，大块的熔岩石砌成，屋顶是棕榈叶搭的。院子里的草除得干净，长方形红土地中间有个敞开式的厨房，一个马达加斯加女奴隶正在做蔬菜汤。一见外人来，她赶紧跑开，片刻后，一个男人走出屋子，手握一把破步枪。他就是那个洛朗，奥尔瑟姆自我介绍后，他收起武器，走了过来。他看上去有六十岁，却似乎被生活折磨得够呛。黑皮肤上布满脓肿。他说的语言含混不清，掺合着英语、荷兰语，还有阿拉伯语和印地语单词，他请奥尔瑟姆喝一碗棕榈酒，对他表示欢迎。最后，才谈到此行的目的，"渡达尔舍""福赫"，恶心的鸟[①]，著名的渡渡鸟，在阿姆斯特丹人尽皆知，可就是没人见过。洛朗彬彬有礼地听着，他点点头，对，这种鸟的确存在，他的鸡窝里就有一只，一只真正的"福赫"，一只"无味的鸟"[②]，是他过去从海军军舰水手那儿买来的，那帮水手正准备将它锤死，腌肉吃，尽管渡渡鸟的肉是出了名的难吃。伊曼纽尔·奥尔瑟姆还没开口请求，老人就领他沿着小径，穿过满是毛里求斯柿树的森林，来到围场，离茅屋不远。林间空地上，养老母鸡和珍珠鸡的鸡窝中间，奥尔瑟姆看见了渡渡鸟：它纹丝不动，奥尔瑟姆一时间以为自己被骗了，那不过是个标本。洛朗或许已经习以为常，他从地上捡起一块鸽子蛋大小的圆石，丢在巨鸟面前，巨鸟很快吞了下去。伊曼纽尔·奥尔瑟姆赞叹不已。他当即决定，买下"福赫"，寄给自己在英国的兄弟爱德华，爱德华在伦敦的家里收藏了来自世界各地的奇珍异宝，一部分是奥尔瑟姆船长寄去的。交涉并不顺利，因为老人很喜欢这只罕见的巨鸟，可生活艰难，或许他想到自己死后，巨鸟将遭遇的悲惨境遇，在金钱面前他没有抵抗太久，船长将荷兰钱币放在他面前的地上。他们拍板成交，洛朗会造一个大木头笼子，而奥尔瑟姆船长和小阿尔比乌斯要自己用小推车把巨鸟运到荷兰码

[①] 渡渡鸟有多种不同叫法，渡达尔舍（Dodarsen）是最早的荷兰探险者对渡渡鸟的称呼，渡渡鸟的名字就源于此。福赫（vogel）为荷兰语，意为鸟。被称为恶心的鸟（wallick-vögel）是因为它的肉哪怕烧煮很久也很难咬动，当时的船员认为非常难吃。
[②] 原文为英语"wallow bird"。

头，贾格尔寡妇家。奥尔瑟姆事务缠身，最后是个英国来的叫约翰·珀斯的外科手术学徒，将渡渡鸟送上雄鹿号大船，送去英国。剩下的时日里，洛朗每天凝视他的巨鸟，多么珍贵，他肯定，这是岛上活着的最后几只渡渡鸟中的一只。他给巨鸟喂毛里求斯柿树的果实、蚕豆、小麦，还有巨鸟最爱的一种水果，一种绿色发亮的大果子，外皮坚硬。巨鸟一吃完，就抬起光秃秃的脑袋，眼中闪过冷酷的光，难以捉摸。洛朗在奥尔瑟姆面前跟巨鸟说话，喉咙底部发出柔和的颤音，试图引它注意。可恶心之鸟静静站着，丝毫不动，有力的双腿让它站稳脚跟，它盯住两人，一副藐视的神情。在它身边，家禽咕咕地叫着，啄食它剩下的谷物，它就像位帝王，纹丝不动。洛朗看出它一脸厌倦傲慢，于是用土话对它说："你要去英国[1]。你有老婆吗？[2]"巨鸟眨巴下眼睛，仿佛听懂了似的。夜幕降临，它站着睡觉，依旧在那儿，硕大的喙藏在不发达的小翅膀下。这天夜里，奥尔瑟姆就睡在洛朗的农场里，第二天天亮，他带巨鸟一同出发，开启一场没有归途的旅程。

上了雄鹿号，海军上将托马斯·赫伯特爵士下令，让约翰·珀斯把大木笼放在船首储藏舱内，大捆棉织品和一桶桶鲸鱼油中间。上将并没花时间来看这位奇特的寄宿者，只在航行日志上做了记录，等过后写一篇关于这动物的详细报

---

[1] 原文为英语"You go England"。
[2] 原文为荷兰语与毛里求斯克里奥尔语混合语"Gagne enn Frau"。

告，上交英国皇家学会。

  1629 年 11 月风和日丽的一天，雄鹿号在东南部大海湾起锚，目的地是英国的普利茅斯。漫长的航程中，雄鹿号途经印尼、印度，旅行中，托马斯·赫伯特甚至跑遍了波斯边境上的阿拉伯大道，寻找过去托马斯·莫尔描写的乌托邦所在地。他没有找到这片理想国，却满载纪念品和礼物归来，保准能为他这位航海家带来一生的荣华富贵。储藏舱里这只罕见巨鸟，再神奇也不足以令他瞠目。

  伊曼纽尔·奥尔瑟姆和约翰·珀斯细心安放鸟笼，他们用牢固的缆绳将笼子固定在船体肋骨上。启航后，每天清晨，珀斯都来检查笼子，观察巨鸟，船体不断起伏，似乎影响着巨鸟。渡渡鸟靠笼子最远的一角，缩在角落，头搁在木栏上，绒毛直竖。它拒绝吃食，珀斯把抓满谷物的手伸过去时，它半张鸟喙，露出长满角质的黑舌头，以示威胁。可它的眼神里只有烦忧，约翰·珀斯将这种拒绝解释为忧愁，假使鸟类真能拥有如此情感。上船时，士兵和水手纷纷围住笼子看这奇物，如今早已失去了兴趣，传闻巨鸟死期已近。一个水手想把它弄醒，想了个坏点子，用一根长棍捣来捣去，约翰赶到时，陷入恐慌的渡渡鸟正将头钻出笼子上的小口，扑闪着无力的翅膀，试图躲避折磨它的水手。约翰一把推开水手，咒骂他，威胁说要向司令官告发，这场冲突之后，船上人员被禁止靠近鸟笼，除非有监护者许可。约翰·珀斯渐渐获取了巨鸟的信任。航程几周之后，渡渡鸟习惯了船体起伏，也愿意从约翰·珀斯手上啄食小块的石榴。

它似乎很喜欢石榴的味道和里边的籽，嘴里发出啪啪的声音表示愉悦。现在，它每天清晨都等待主人到来，向他示好，一面咕咕叫，一面扑棱它发育不全的翅膀，发出的鼓声在船肚里回荡。途经鳗鱼河长滩的远海时，船遭遇了暴风雨，巨鸟撞在木笼上受了伤，约翰花了很大工夫把巨鸟从囚笼里搬出来，为它疗伤，用沾了温水的毛巾擦拭伤口。他用剩下的水擦洗笼子，这也是他第一次放巨鸟在货舱地板上一瘸一拐地溜达。如今，他们成了朋友，如果朋友一词确能用来形容一个人和属于另一个世纪的巨鸟之间的关系。约翰在储藏舱里走，渡渡鸟笨重地跟在身后，摇摇晃晃。约翰停下，它也停下，歪着大脑袋，盯着约翰看，仿佛在等待命令。约翰说："回你的家去！"巨鸟便钻进笼子。它不像鸡鸭会在碗里喝水。它看看碗底的水，走开又回来，或是直接把水掀翻在地。约翰想到个法子：他把毛巾浸在温水桶里，然后轻轻拧，让水如小瀑布一样细细流淌，渡渡鸟歪起头，嘴微微张开，半闭双眼舔舐起来。或许它梦见了自由自在的时光，家乡的森林，林中空地洒下的阳光，高树荫蔽下，清亮的水流在黑色岩石间跃动。渡渡鸟在想什么？约翰在船舱里打开的笼子前面逗留许久，他等待渡渡鸟自己出来，渡渡鸟总是小心翼翼，把四面八方都瞧过一遍，确信只有约翰·珀斯一人。然后，它在船舱里绕圈走，穿过一捆捆货物，啄食着想象出来的种子，缆绳上来几口，船体上来几口，就连用来打铁的铁棍也不放过。离开前，约翰温柔地对渡渡鸟说话，轻轻地推它硕大的屁股，巨鸟却假装生气，要咬他，可实际上还是乖乖被推进笼子，约翰用插销把笼子关上。好几次，约翰上楼梯去舱口，都看见渡渡鸟把嘴伸出栅栏门，试图打开插销，他得出结论，这个傻大个儿其实没有大家想的那么笨。每次约翰离开，他都看见同一幅绝望的场景，巨鸟用圆鼓鼓的眼睛盯着他，一声不吭。它站在笼子里纹丝不动，弓着背，头缩进肩膀。约翰把手放在舱门把手上的那一刻，渡渡鸟将头藏进翅膀，沉沉睡去。

雄鹿号刚过热带，就陷入了疲软状态，主帆在断断续续的风里啪啪作响，散开的云朵聚合在一起，形成浓密炎热的大雾。船舱深处令人窒息。水手长批准水手睡在甲板上，七零八落地躺倒在缆绳和船帆之间。渡渡鸟在笼子里躁得很，嘴里发出啪啪的声音，拍动翅膀，时不时还发出尖利的哀嚎。它啃咬栅栏，碎木料掉了满地。约翰·珀斯把它放出笼子，给它更多的自由空间，却依旧无法让它安静。大开的舱门那白色的长方形呼唤着它，它仰头看天，从那儿吹进一阵风，热烘烘的。它冲四面八方跑，用头撞击船体内壁，想要冲破屏障，直到自己被撞昏。约翰想给它喂水，用沾湿的毛巾拧水喂进它嘴里，依旧无法让它平静。或许渡渡鸟知道自己死期将至，用尽全力在命运面前抗争，体型笨重的它在一捆捆棉织品中间飞奔，速度飞快，在障碍间跳来跳去，像在自己领地里的岩石上，河谷深处，只是这里没有清爽的细流，没有大树荫蔽，更没有金羽雌鸟在林间阳光中嬉戏。

渡渡鸟心向着舱门外的天空，忽然想爬上通往自由空气的楼梯，它扑棱着小翅膀，脚爪扣住栅栏，却徒劳无功，它太过笨重，跌倒在地上，若不是这一幕太过悲剧，还是挺滑稽的。它在令人窒息的船舱中央，安静地站了一会儿，嘴巴半开，眼睛蒙上一层透明的纱，像蓝色的盲眼。

这天清晨的甲板上，老老少少，正牌水手，实习水手，大家都挤在一起，围坐在年轻小伙儿面前，就连几个副官也站在艉楼上，穿着衬衣戴着帽子，抵挡已然开始刺人的阳光。托马斯·赫伯特爵士批准了演出。兴许是约翰·珀斯的请求感动了他，加上舰船的航行并不顺利，他觉得可以趁此机会，满足一下好奇心，给自己的航海日志添些新意。传言不都说渡渡鸟变得比凤凰还稀有了吗？海军上将准许将这非凡的旅客带到英国，心想也能沾点荣耀。

大约十点，演员登场。两个水手将沉甸甸的笼子搬上甲板，笼门一开，巨鸟就谨慎地走了出来。阳光耀眼，它眨巴眼睛，向前几步，抖抖身上的羽毛，观众向它报以笑声。阳光下，它的灰毛反射着绿光，尾巴上黑白两色的长羽在风里抖动。水手围成的圈向外扩大些，巨鸟慢悠悠地绕着圈子走，不紧不慢。它低头在地上找可以啄食的东西。于是表演开始了：约翰·珀斯从口袋里掏出食物，将谷物、饼干、干树叶撒在地上，一面撒贡品，一面向后退，渡渡鸟向他走来，啄食，再吐出来，再啄食。它看着围成圈的人，毫无惧色。海风包裹着它，钻进鼻孔，吹卷了它的绒毛，它眯缝着眼睛，一脸幸福，甚至发出柔和快乐的叫声，"嘟——嘟——嘟嘟"，它的名字正由此而来。"它真的吃铁吗？"水手们叫喊着问。约翰在包里选了几块锈铁，有钉帽，也有焊接掉落的铁屑，渡渡鸟都瞬间一口吞下。大家鼓掌喝彩，捧腹大笑，巨鸟停住，直起身子，仿佛在说："你们都看见了？"有人扔了颗火枪子弹，子弹在甲板上边振边滚，因航船左右晃动而曲折前行。渡渡鸟只前跳两步就冲到面前，叼起子弹，一仰头便吞进肚里。"哇哦！"水手们惊叫起来。艉楼的影子里，高大的托马斯·赫伯特可不屑被逗笑。他正想着如何起草日志。这一切就发生在这里，1629年12月，在雄鹿号的甲板上，大洋的某处，海水深邃如酒。除了渡渡鸟自己或许没人知道，这是它最后的旅程，它望着水手大腿之间的天际线，明白自己再也回不去河谷。

地图室里，托马斯·赫伯特在油灯的灯光下记录："此行寻获，百鸟之首，名为渡渡，迪哥瑞伊岛亦有之。葡人取名，意在天真，若在阿国，凤凰之名亦可。此鸟身圆体胖，竟无轻于五十磅者。膘肥体胖，行步滞缓。观之悦目，食如嚼蜡，蒸煮良久，仍肉硬味淡。"

托马斯爵士自诩为天才编年史作家，就渡渡鸟乘船旅行的经历即兴创作一番："可见其满眼愁丝，许是怪罪老天，生得一身肥膘，却只得玲珑两翼，无力上天，唯能辨其为禽鸟。"不过，他又继续写，按英国皇家学会对专业观察者的要求，进行客观描述："禽首非凡，一侧绒羽如炭，一侧无毛光白，如覆透纱。臀尾浑圆，其上尾羽柳绿，鲜有嫩黄。双目滚圆，然小，徒有宝钻之光，了无生气。通体细绒，有如雏鹅，唯有尾翼长羽三四，似汉人髭须。髀中生肉，黑且壮，爪利喙热，卵石铁块，无不可饲；究其外形，尤似鸵鸟。"

这里，光线昏暗，冰冷彻骨。空气并不流通，还有一股子烧煤的味道，无窗的墙面长满青苔，必须提防这石板地面，滑溜溜的，要小步小步地走，一瘸一拐，脚爪抓紧石面，却无法深入进去，没有泥土，没有温存。

这里，无人前来。男人送来食物，一天一次，清晨或傍晚，他又高又瘦，白色面孔，敞开的大门照进日光，胡子闪着光，是火的颜色，可他不往里看，不正眼去看。他将几把谷子撒在地上，用扫帚将鸟屎推到一边，便转身离去。雨从天窗进来，沿沟槽流走，细流时停时续。水是温的，但是有股酸味，必须把水挑到空中，啄食，用舌头舔，或是吸食石头上的水分。男人一天来一次，什么都不说。不说话，也不唱歌。他扔一把小石头，石头在地面滚动，滚进各个角落，徒劳无益。然而有一天，大门敞开，阳光照进地下室，照亮了尽头的墙面，已然迟钝的巨鸟，歪歪倒倒，走向阳光，在外面，它见到了男男女女，还有孩子，都聚在一起，这里不在船的甲板上，而是一座冰冷丑陋的院子，满是脏兮兮的雪，天空是白色和肉色的。有点像过去山谷里的雨季，可是这里并不下雨，天空忧伤，空气凝滞。只有这呛人的炭味，炭灰进入体内，让它想咳嗽。旋即，院子里，石块如雨般落下，男人，女人，还有孩子，纷纷扔起石头、小铁块、钉子、铜制钱币，都砸在地上，发出尖锐的声音，令人恐惧，不断坠落、翻滚，在院子地上停下，白脸男人大喊："快吃！快吃！"下着命令，其他男人、女人和孩子也在喊叫，一面挥舞臂膀。可石头没有生命，它们敲击院子地面，静止不动。有人为了好玩，或是因为不快，开始抬高手臂，抛出石块，一块恶毒的石头啃咬，鲜血喷溅，一块石头想要杀虐，如同过去，水手在海湾围捕，巨鸟们纷纷倒地，不明所以。其他人跟着，开始砸小卵石、小铁片，一阵杀戮的腥风血雨。恐惧感涌出，可是无路可逃，无从躲避。突然，巨大的空虚降临，躯体深处出现一个窟窿，心脏停止跳动，双脚失去了奔跑的力量，双翅无力再扑棱，喙变得沉重，它终于倒向地面。舌头干苦，双眼终于闭合。这一刻，一切重归寂静通透，树木弯下腰肢，溪水潺潺吟唱，阳光温暖，微风轻拂，鸟儿唱着摇篮曲，喉中发出清脆的声音，"咕——咕——"，隆隆的叫声，拍动双翅的砰砰声，渡渡鸟重回岛上，永远永远……

随之而来的是一片漆黑。地下室的地面宽大而冰冷。小虫爬来爬去，还有过去那些动物，来到林间空地的那些动物，必须与它们战斗，保护鸟巢，保护雏鸟。过去，它必须这么做。可是这里没有巢，没有孩子需要保护。这里只有无尽的石板地，没有泥土可以进来，没有草，没有树。空气也不再进来，不再进入咽喉，不再润湿鼻翼，不再让绒毛和华美的羽翼抖动，令双眼闪烁。渡渡鸟一动不动，躺在石头上，等待着即将到来的命运。

1638 年，伦敦，阿蒙·莱斯特兰奇[①]在日记里写道：

[①] 阿蒙·莱斯特兰奇（Hamon L'Estrange，1605—1660），英国作家，主要写历史、神学方面的著作。

鸟被关于房内，外表即为野禽，较最大的印度鸡[①]更大，也有脚掌和爪子，体型更大，更为有力，身材挺直，颜色与雄雉相近，背上颜色更浅，为取悦观者，会喂以石头。

爱德华·奥尔瑟姆外出办事两周，回到伦敦，家仆才将忧伤的消息告诉他。地下室的黑暗中，渡渡鸟平瘫在地，原本有力的爪子蜷曲，细弱的脖子挺直，巨大的鸟喙半张，露出黑色的舌头。一只眼睛已然凹陷下去，部分被小虫啃食。黯淡的羽毛成了丧布，尾巴上光彩夺目的翎羽被粪便和泥浆玷污。地下室内飘浮着恶臭、死味，令奥尔瑟姆不禁后退。

标本师用松节油和醋擦拭，仍无法重整它当年的雄风。于是，不完整的标本跨越几个世纪，辗转至约翰·特雷德斯坎特在兰贝斯家中的奇珍室里[②]，后来又到了牛津的阿什莫林博物馆。可是，精心管护也没能阻止标本腐坏，于是一天，博物馆负责人决定将渡渡鸟遗骸丢进火堆烧掉，无情地加速了它的消亡。

[①] 印度鸡后更名为火鸡。
[②] 约翰·特雷德斯坎特（John Tradescant）父子是英国著名的博物家、园艺家、收藏家和旅行家。老约翰·特雷德斯坎特（1570—1638）去世后，小约翰·特雷德斯坎特（1608—1662）子承父业，继续收藏奇珍异宝，与收藏家阿什莫（Elias Ashmole, 1617—1692）共同出版收藏品名册，死后藏品被赠与阿什莫，后者将其与自己的收藏一同捐给牛津大学，建立了以其名字命名的向公众开放的博物馆。

一路向南

我的名字叫渡渡，就叫渡渡。我来到海边。其他的我什么也不要。这里，那里，有什么不一样？大海总在变，可依旧是同一片海。我看着海平线，我想，这容易得很，只要像鱼一样游水，就能游到那里，游到毛岛。我喜欢海港。我喜欢所有的海港。无论在尼斯，还是在路易港，海港都很相像。都有些锈迹斑斑的大铁船，还有集装箱，日本的，中国的，甚至更远地方来的。有艘土耳其货轮，名叫"伊尔迪兹"，我问水手："您这个名字什么意思？"他告诉我"意思是星星"，我太喜欢这个名字。其他轮船来自阿尔及利亚、希腊、西班牙、葡萄牙。冬季有些时日，有渔民的船开来，塞特来的，突尼斯市来的，土伦来的。渔民把金枪鱼卸在码头上，切成小块，鲜血小溪一般淌进大海，满是血色的雾气。我问渔民："我能给你们干活吗？"他们看看我，逗我玩儿，他们对我说："你明天再来，如果有活儿我们就雇你。"可第二天他们都出海去了。

通往大海的公路漫漫无边。是真的，我离开就是为了永远不再回去，离岛之前，在机场门口，我就是这么告诉维姬的。可她不信我。她亲吻我,我闻到她皮肤和金发里有甜甜的味道。公路漫长,通向你不再离开的地方,无需再去别处的地方。这就是生活,你离开,不知道何时何地才能落脚。你的一生是一块抛出的石头①,石头飞上天去,没碰到任何障碍,在天空划出一道巨大的圆弧。然而,它迟早要落回地面,停在那里,天命所在。年轻的蓝发姑娘跟我们一起,在后面一点。她离开家人,离开东门的茨冈人,跟我们一起走,她就像随船飞行的海鸟,只知道我们要去什么地方,不需要知道自己要去哪里。她没有行李,只有身上的衣服,洗褪色的破洞仔裤,尼龙夹克衫,和围在脖子上的纱巾。贝希尔,他说,他知道自己要去哪里。他沿着排水渠在公路上走的时候说的,他背着书包,而我,带着凯斯卓的蓝包和编织袋,可惜风吹日晒,上面的白鸟已不见踪影。他说:"我要回我家。""你家在哪里?"他说:"我家,在阿尔及利亚的特莱姆森,翻过山就是摩洛哥的乌季达。我要死在那里。"我说:"你为什么想死?"他思考片刻。"因为我的病,医院医生说,我有肺病,很快就要死了,我抽烟太厉害。"贝希尔又说:"渡渡,你在圣日耳曼昂莱弹钢琴,我听着听着就哭了,我知道我会跟你一起离开,我要乘船回特莱姆森,回我家。渡渡,我听安托瓦纳神父夸夸其谈,说什么我们都是兄弟姐妹,什么乱七八糟的,可你弹琴的时候,我就知道,时机已到,我要跟你一起走,走到大海,我想找到我将死去的

---

① 原文为克里奥尔语"en' coup de ros",与渡渡的姓"古德雷"相同。

地方。"于是我对他说:"贝希尔,你太蠢了,你要死去的地方,根本不存在,你死在哪里都有可能,你找不到的,因为你人死了,就没法继续寻找了。"我还对他说:"写在墓碑上的名字,什么都不是,风雨会把名字抹掉,土里面谁也留不住。"可他不听。我们三人一起走,一个跟着一个,卡车按着喇叭从我们身边飞驰而过,带来暴风雨的巨响,将小卵石冰雹砸在我们脸上。不过,卡车司机都很和善,有时会捎上我们,贝希尔去加油站的停车场,选辆他喜欢的卡车,写着"诺尔贝尔·当特莱桑格勒"的红卡车,或是写着"瓦贝雷"的蓝黄色卡车。他跟司机聊会儿天,如果司机同意,他就打个手势,我带着包过去,可司机一看见我的脸就大惊失色,他说"上帝保佑我!"或是"筛瑟!",在德语里是"妈蛋!"的意思。然后,司机又看到了年轻的蓝发姑娘,立刻改了主意,他说:"好吧,可以,你们上后边去,坐篷布下面,不过姑娘跟我坐驾驶室。"贝希尔上了卡车,立马就睡过去了,而我,我看着不断向后跑去的公路,很是开心,我出发,向南旅行,再也不回来。然后卡车停下,贝希尔跟司机闲扯一会儿,讲他老家内陆是什么样子,可我知道,他在撒谎,他怎么可能记得那里是什么样子,战后他年纪很小,爸爸就带他离开那里,来法国南部的哈基过渡营[①],他怎么可能知道那里的一切?他知道是因为他在书里看到过,剩下的纯靠想象,跟人讲太多遍,自己都信以为真了。"那你呢?"司机问。

[①] 阿尔及利亚战争后,法国接纳了一小部分哈基及其家人到法国,临时安置在法国南部六所哈基过渡营。

我，我可不会编故事，于是，为了逗他开心，我用舌尖舔眼睛，就像市集上扮蜥蜴人那样，司机可喜欢了，他请我们三个到高速休息站的餐厅吃饭，好让我表演给别人看我的把戏，可其他卡车司机说，这算什么本事，我只是没了鼻子，眼睛离舌头更近。他们都抢着跟姑娘甜言蜜语，她并不回答，因为她是哑巴，如果司机想动手动脚，她就拳脚相加。现在是夏天，夜里我们在沟渠里睡觉，我习惯了，可贝希尔第一次在乡野地里睡，他把头藏在纸袋里，上面扎几个洞用来呼吸，不管天气多热，他都把自己的羊毛软帽拉到眼睛，这样就看不见我们头顶的天空和星星。年轻的蓝发姑娘见贝希尔把头塞进纸袋，笑到抽筋，她把头放在我膝盖上，睡在我身边，我感觉她睡着了，我轻轻抚摸她的蓝头发，头发很硬，可我喜欢那种触感。如果我背疼就躺地上，蓝发姑娘枕在我胸前，我合上外套，把她裹在里面，不让露水把她沾湿。我感受到她身体的温热，弄得我小弟弟竖起来，这时候我不能靠她身边，于是我跑去远些的地方坐下。一天早晨，贝希尔全身惨白，一动不动，我大喊："喂！喂！比希尔！比希尔！别装死！"他躺在麦田地上，两手冰冷，嘴唇发紫。"比希尔别死啊！"[①]我冲他耳朵喊。蓝发姑娘怕极了，想逃走。最后，贝希尔张开眼睛，瞳孔浑浊，是一种不干净的绿色，眼皮被满眼泪水粘住了。他用我听不懂的北非乡下话说了什么。太阳把他晒暖些，我一直帮他搓腿，揉揉前胸。他努力站起来，背起书包，我们又开始行走。他不说话，我也

---

① 原文为克里奥尔语"Pas mouri Bichir"。

不说，我们继续向大海方向走。这是我们行走的目标，为了走到海边，走到我们无需再走的地方。傍晚，我们走进一座河谷，有条美丽的小河，白色的山被落日照亮，能看见上面有些洞穴，我对贝希尔说："我们去那上面过夜，到洞里去，不会有人烦我们。"去的路上，一个农夫告诉我们："那山上是大胡子村，大胡子是他们的名字，你们可以去他们那儿，他们挺实诚的。"我跟贝希尔一起去大胡子村，蓝发姑娘跟在我们后面。我们从石头小道走到洞穴，在那里，我们看到一座村庄，其实都算不上村庄，只不过洞穴里有些简陋的棚户。大胡子村民从洞里出来，有男人，有女人，还有孩子，不像巴黎城门那里的茨冈人，他们全身白衣，长长的头发。一个大胡子年轻男人走到我们面前，对我们说："欢迎来方舟，我叫乔纳斯。"他拥抱了贝希尔，拥抱了年轻的蓝发姑娘，我看见他对她微笑。可我呢，他没有拥抱我，因为我的脸。或许他也觉得，我们都是兄弟姐妹。孩子们盯着我们看，他们怕我，不敢靠近，于是我用舌尖舔眼睛，把他们都逗乐了。村民给我们拿来吃的，米饭，羊肉，还有大麦茶。味道很好。然后，他们给我们几个稻草垫子，岩洞里住着其他男男女女，贝希尔还在生病，他疲惫不堪，倒地就睡，我睁着眼睛，坐在洞口数星星。年轻蓝发姑娘像往常一样，靠在我身上睡觉。天上居然下起一阵流星雨，把我们当作兄弟的年轻大胡子男人说："那是涅瑞伊得斯。"我不知道涅瑞伊得斯是什么。我问："星星会掉在地上吗？"乔纳斯笑了笑："不会不会，星星在天上很高的地方，落地之前就燃烧殆尽了。"乔纳斯不高，很瘦，尽管胡子很大，头发缠在一起，却看上去像个孩子。他说："明天你们要去见爷爷。"我对他说："我都没见过自己的爷爷，他好久以前就死在岛上什么地方了，我还没出生，他妻子是我的贝特奶奶。"乔纳斯解释说："爷爷并不是我们的爷爷，不过他很老，所以我们这么叫他。他是领导方舟的人。你懂吗？"他还说："你还不睡？"我摇摇头。他说："我们睡得早，跟着太阳一道，起得也早，也跟太阳一道，这里没有电。"我说好的，我看着天空，无数细小的光点落下，是正在死去的星星。我轻轻拂过年轻姑娘的蓝发，她正靠在我身上熟睡。

"明天，"乔纳斯说，"爷爷在山顶上路尽头的广场等你们。"爷爷也从上到下都是白色，宽大的裤子，没有扣子的长衬衫，光脚穿草鞋。他跟乔纳斯说会儿话，然后示意叫我们过去。贝希尔点点头，接着，年轻的蓝发姑娘也走过去，最后，我才靠近他，他向我微笑。他拥抱我，亲吻我，他不害怕我的脸。他高而瘦，透过衬衫，我能感觉到他的骨头。他说："我在等你，欢迎你。"我不懂他为什么这样说，从来没人对其他人说起过我，没人知道我是谁。也许，他梦见我们要来看他，然后我们就来了。他又说了一遍："欢迎，欢迎你们来方舟。"爷爷握起我的手，他的手干巴巴的，很热乎，可他很有力量。他很俊俏，白胡子非常有型，长发也梳得干净，是雪的颜色。然后，他举行了一场集会，向大家讲话，可有那么一会儿，一架飞机飞过天空，高高地越过云端，爷爷不太高兴，他用意大利语喊了几句，他喊："魔鬼！魔鬼！"同时挥动他的拳头，想把飞机赶走。我不知道他为什么要这么做，可乔纳斯似乎明白，因为他也挥动着双手，想驱赶飞机，可那毫无意义，飞机依旧在天上，照原定轨迹飞，飞向远方，我想象，它将飞去我的岛屿。可我并没有讲出来，说了又如何呢？在洞穴前面，小广场上，大家席地而坐，听爷爷讲话，年轻的蓝发姑娘在乔纳斯身边，不过她听不见老人在说什么。随后，他们敲起小鼓，吹起笛子，演奏他们的音乐，我很喜欢听他们的乐曲，他们一边拍手一边摆头，我甚至看见年轻的蓝发姑娘也拍起手来，她听不见音乐，可她的表情很欢快，她微笑着，很喜欢这些单纯的人，她找到了自己的爷爷，找到了乔纳斯。我想，我们是为她而来，为了让她跟随乐曲拍起手掌，哪怕她什么也听不见，这个想法给我心头猛然一击，因为我知道，她的旅程已经结束，我跟贝希尔，我们俩必须独自继续行程，走向大海。

贝希尔怒了，他说："这里不好，有个贼，想搞只羊，做烤全羊。"我问："有贼？在哪儿？"贝希尔说："他在下面，跟姑娘们在一起。"我们从小路下去找小偷，他很矮，一头鬈发，长得有点像斯冈布洛，看起来不像个贼，可贝希尔说："我认识他，是个惯犯，藏在大胡子这里躲警察呢，还想跟姑娘们睡觉，他才不管老人说什么呢，方舟关他什么事。"我对他说："那怎么办？"贝希尔恼火起来："因为他盗窃，警察会来这里，必须赶紧溜！"于是，夜晚来临之前，我们就溜了，没有跟爷爷告别。年轻的蓝发姑娘看见我们拿背包，却没有任何表示，她不跟我们一起走。她跟相信我们是兄弟的男孩回到洞穴，他为她弹奏吉他，两人坠入爱河，明眼人都看得出来，对她来说旅程结束了，现在，她跟乔纳斯留在方舟，她会跟他一起在花园里劳作，到山羊农场干活，她会穿上白衣，靠在乔纳斯身上睡觉，夜里就不会害怕。这是她的命。难道还能做些什么改变她的命运？

大　海

接下来，我们到了尼斯港。尼斯是世界上最美的城市，夜里我们待在海港台阶附近，清晨去西蒙娜嬷嬷那里，这是她的名字，我们用保温杯装咖啡，再拿几片面包。可夜里，几个小阿飞来码头，他们打我们，贝希尔断了一只胳膊，我记得我在西部墓园的时候，也被小流氓这样打过，也是那时候遇到的维姬。在医院，医生看了贝希尔，给他输血，因为他没剩多少血了，可我没法给他我的血，都怪佐贝伊德传给我的该死的 Σ 病，虽然是很久以前，但我的血是脏血。我想，贝希尔死是因为打到了头，就是那晚小混混打的，后来一天夜里，他在睡梦里死了，血在他脑袋里面流，不过这方面我没有发言权，因为我不是医生。

旅途到此结束。我不再需要行走，再不需要。我待在港口，我的地方，集装箱中间，我听船上帆缆索具中窜来窜去的风声，听卡车运水泥来，货物起重机吱吱嘎嘎地响，有些时日，还有孩子的尖叫和嬉闹，都是来等着看渡轮的。贝希尔也不再旅行。在那边，海的彼岸，特莱姆森边境的乡下，他的家人在等他，可他死了。他死在港口，没留下一句话，躺在他的硬纸壳上，头上还有他的羊毛软帽，一直拉到眼睛，还有扎了洞可以呼吸的纸袋，可他不再呼吸。我没有喊他的名字，我没喊：比希尔！我没有对他嘴吹气。他像我爸爸一样死了，脸上皮肤煞白，眼睛睁开，再也看不见东西，嘴唇又干又黑，手脚冰冷，就连胡子的灰毛都一动不动。

我对警察局里的女人说："夫人，贝希尔死了。"她看着我，她说："贝希尔？是谁？"我说："他在港口那边，他动不了，他冷掉了。"她说："你带我去看。"她问："他是你朋友？"我说："不是的，夫人，我没有朋友。"她跟我一起去码头。我说："贝希尔必须回家。"她又看着我："是这样，你的朋友，他不会去看家里人了。"她说话的口气有种伤感，非常伤感。也可能她根本不在乎，只是想说点什么。蓝色警车到了，还有一辆白面包车和几个护士。他们用担架把贝希尔抬起来，我们一起去医院，我在走廊上贝希尔身边等，因为没有床位可以给他。我拿走了贝希尔的背包，跟我的凯斯卓一起背着，然后离开了。我经过接待处，走出医院来到街上，没人阻止我。外面阳光灿烂，冷风吹掉了树叶，灌木叶子冻得发红，冬天已经来临。后来，贝希尔被送到了公共墓穴，没家的人都是这样。他被放进木板棺材，倒上了生石灰。没人给他在石头上刻名字，什么也没有。等我死了也会一样。这没什么，坟墓有什么用？在那边，在毛岛，圣让公墓，西部墓园，大迪穆早就忘掉了自家逝者，从不去看他们，也不修石板，在脏水里泡牙刷去刷接缝上的青苔，用炭笔描名字。这样，赞先森（生）就会拿起他的灰油切（漆），他该死的油切（漆），胡乱地涂上名字，思特克斯家，拉博阿姆家，费森家，拉洛斯夫人。真是没用，坟墓这玩意儿。

贝希尔的背包里什么也没有。只有些纸，一本绿颜色的厚书，用他家乡语言写的，尽管他不信真主，可他一直带着这本书，有时他会拿给我看，可我不知道里面写的什么，我不了解安拉的经文。包里还有一张带照片的卡片，可照片上不是贝希尔，是一个黑胡子瘦男人，这是法国军队的卡，上面只说是退役士兵，没写别的，日期是1958年。我觉得这是贝希尔的爸爸，是个哈基，他没有死在战场上，而是死在法国，某个关所有老兵的营地。他包里没钱，没护照，什么有用的都没有。我在一个小纸口袋里，找到一枚子弹，用棉布包着，有点脏，有点黑，他给我看过几回，是过去在阿尔及利亚打进他脸颊的子弹，子弹在军队医院取出来就给他了，他一生一直保管着，放在包里，像掉下来的牙齿一样用棉布裹好。也许他是因为这个死的，子弹在他脑袋里旅行，也可能是贝希尔幻想出来的，包里的子弹是他在哪里捡的，可现在他死了，我不能问他。这一切发生之后，我不去港口过夜了，我到市场边上，亨莉嬷嬷的庇护所过夜，亨莉是她的名字，不过不能晚过六点去，不然她不开门，就算你去敲门，冲门喊："我敬爱的亨莉嬷嬷，开门吧！"她也不会应门。所以太晚的话，我就待在长途车站，或者在教堂柱子下过夜，因为那里，你总能看见很多流浪汉，带着他们的狗。很可惜，在尼斯，你不能，也永远不应该去沙滩过夜，那里的小阿飞总来找碴，殴打流浪汉，最后你就死了。

在港口，我特别喜欢太阳，把旧石长凳晒得好热乎。长凳很暖，上面有不少小划痕。可并不总干净，一次，我看见几只阴虱朝我爬过来，我用鞋给拍死了。阳光很温和，白亮，但总是一片阿司匹林，不是我故乡拉露易丝街区的阳光。喝过西蒙娜嬷嬷的咖啡，我在港口集装箱间散步，没人问我在那儿干什么。西蒙娜嬷嬷，她可没时间闲扯。可有一天，她跟我说，她从意大利来，从潘塔莱里亚来，是北非海域上的一座小岛。西蒙娜嬷嬷很老，有个大鼻子，她从不穿成博纳泰尔修道院的其他嬷嬷那样，而是穿蓝裤子、男鞋，因为她的脚特别大，还有羊毛套衫，不管天气热不热。可还是能看出来她是位修女，因为她总围条纱巾，脖子上挂个小十字架，黄色的，但不是金的。

走完了所有码头，我就去给马儿喝水的水池，马儿都是从科西嘉运来的，喝了水就要被送去屠宰场，每次它们跑过码头，我就揪心得不行，我好喜欢马。每天清晨，天亮前，我用冷水洗澡，一小块一小块地洗，节省时间。码头上亮着黄灯。有时候，捕金枪鱼的船在夜里靠岸，水手把一箱箱金枪鱼卸下船，用小斧头砍成块，现在，我帮他们砍金枪鱼，他们给我钞票，他们从天涯海角来，有阿拉伯人，西班牙人，居然还有中国人。他们不怕我，也不问我要证件，我告诉他们我的名字，这样，他们到港口就会喊："喂，渡渡！"他们也会把金枪鱼切片用报纸包好给我，可我不吃金枪鱼，因为我不能吃红肉，带血的，牛肉，猪肉。我把金枪鱼切片送给西蒙娜嬷嬷，她可以给其他流浪汉，作为交换，她送我一些水果，橙子，葡萄。自从贝希尔死后，我就再没有朋友。人们跟我说话，可我没什么要对他们说的。我只想待在温暖的阳光里，坐在我的长凳上。有时候，我会想念维姬，或是奥诺莉娜，她们离我好远，可我清楚地记得每个时刻，当你不睡觉，就会这样，一切都联在一起，你的白天永远不会结束，你永远不会做梦。

在尼斯，我每天都在港口遇到他。这个老人比我还老，特别高，特别瘦，总穿得周正，蓝条纹的黑西装磨得有点起毛，但很考究，硬领子，打一根细领带，他头发茂密，非常黑，都梳向后面，胡子用剪刀细致地修剪过，戴一副圆眼镜。奇怪的是，他明明是白人，却有马尔巴尔人①的深皮肤。他迈着大步走来，用手杖的铁头敲击地面，可手杖不用来支撑，除了上台阶的时候，有时用来拨走路面上的东西，比如卵石、空盒子、纸团。他走过来，坐在我身边的石凳上，抽起烟来。他抽的不是烟盒里现成的烟，是自己卷的，他把玉米纸放进有黑橡皮带的小装置里，在里面撒上小段的烟草，然后卷成一支香烟，抽之前，用舌头舔湿烟纸，把两头折起来，烟草就不掉出来了。他的手指很黄，牙齿也很黄，他一支一支地点烟，一边抽一边就卷上另一支了。他问我："来支纸烟？"这是战前老年人的叫法。我说不用，可他忘了，过了会儿还是给我一支。他不是我朋友，可几乎每天都来，差不多上午十一点，来微弱的阳光下边晒太阳。他坐在长凳

---

① 马尔巴尔人（Malbars）是南印度洋上留尼汪岛上的一个民族。

上，自顾自地说话，不是对我说的，他说话的时候从不看我，他用拇指和食指拿烟，跟爸爸一样。他不说他的名字，可后来我知道，他是从我的岛上来的，因为他有口音，他提起岛上好多地方："拉玛提尼耶，弗洛阿勒，恩水村，圣皮埃①，萨维尼亚，摩卡②……"我听他起伏的音调，胃里一紧，仿佛心被揪住，好痛，我想对他说："歇歇吧您，别用您岛上的故事和上层街区的事情来烦我，我是下层来的，圣保罗大街，卡维尔纳路来的，我的老奥诺莉娜就住在那里。"可听他说话也让我舒心，尤其是他说"喔"的时候，还有发"耶"的音，他总是不发"尔"的音，还会说"勒波"③或是"卡特博纳"，我动了情，想掉眼泪。我记起了老希斯辰上弹出的乐曲，我不需要听懂，这样听着，就让我浑身颤抖。而他，这位青铜色皮肤的老人，我想象他也感觉到了，有那么一刻，他停下来吸口烟，烟跑进他眼睛，让他流下眼泪。他讲的是很久以前，大战之前，他乘上一艘轮船云游世界，直到法国，打那时起，他就在这里了，饮水池旁的长凳上，我的身边。缘分就是那么神奇，不是吗？

他用"你"称呼我，而我用"您"称呼他，因为我们不是一条船上的人，他跟我，来自岛上不同的世界，他是光鲜

---

① 即毛里求斯的拉马尔提尼耶尔、弗洛雷阿勒、丰水村、圣皮埃尔。
② 原文为克里奥尔语，与标准发音相比，省去了很多辅音，尤其是"尔"的音。
③ 即法语的"le port"，意为港口。

世界的人，穿深条纹西装，华人裁缝店做的白衬衫，尽管拇指和食指是黄的，但两手都很纤细，指甲也修得干净。可我却穿着破衣服，不过，我经常天亮前在饮水池里洗衣服，把衣服挂在晒渔网的杆子上晾干，我不好意思只裹一条缠腰布，于是躲在放渔具的棚屋后边，一天，港口保安来了，他说禁止入内，可他还是让我留下，因为我从不喝酒，说话彬彬有礼。

老人每天都讲，不讲话的时候，就在簿子上画画，画港口的船、货轮、拖网渔船、金枪鱼捕鱼船，他有一支小炭笔，还有一盒水彩，他用调色盘在饮水池里舀水，画海和天，可他画的跟直接看到的不一样，颜色特别浓烈，海特别蓝，船帆特别红，云特别白，天是飓风时候的颜色，因为他画的是我们故乡的岛，在那边，所有大海的尽头。一次，他把老画簿拿给我看，我看到有素描，有彩画，我读出画纸下写的名字，写得很小，很漂亮，还标了日期，木桶岛1912，芳法隆1914，沙岬1917，图尔·柯尼希，还有我在拉露易丝街区看到的那一系列山脉，信号山，拇指山，奥利山，彼得博斯山，1917，我什么也没说，可我心里难受，老人很高兴，他以为我不认识这些地方，他说："你看，你以为我太夸张了，可这才是真正的色彩，你要是闭上眼睛，就会看见到处都是紫色，到处都是。"他拿走簿子，继续说："到粗都斯紫色，到粗都斯。"我没法闭眼，可我知道他没有撒谎。到处都是紫色。

于是，从这一刻起，这里和那里，成了同一个地方。我来法国旅行前并不知道。人们以为，别处是不同的。可别处其实一样，有个子高的人，也有个子矮的人，有重要人士，各种"长"，各种主任，银行家，名叫阿尔曼多、艾斯卡列、罗比纳、博斯、郎谢提、辛格、明洙、朴修、东秀，还有诺斯通，所有则（这）些人。可也有一个卢比都不值的人，被遗忘的人，被碾压的人，他们没有名片，没有信用卡，口袋里空空如也，只有几张车票碎片，几枚锈钱币。现在我特别清楚，贝希尔最后死的时候，一直躺在医院走道的担架上，穿白大褂的大夫和绿罩衫的护士，从他面前走来过去，不看他一眼，于是我没说什么就离开了，我走进黑夜，在贝希尔的背包里，我只找到一张军人卡，和他那本绿色的厚书。

这个老人，是费森家的人，我不需问他，我非常肯定，我熟悉他的风度，像一位走到世界尽头的亲王，就算在这里，坐在流浪汉旁边的石凳上，也没有改变。如果我对他说：我，是费森·古德罗，他会记起我吗？他皮肤颜色比我更深，不过，那是因为糖尿病，他喝咖啡时，在舌头上放一小粒糖精，他说："糖厂家的儿子居然得了糖尿病，是不是有点可笑？"我喜欢看他簿子里的素描和彩画，风景画，被风吹弯了腰的木麻黄，潟湖，有好多圆形小云朵的天空，只有在毛里求斯，才有一群绵羊似的小云朵，看着让我想回到岛上去，让我想哭，可是我的眼睛很干，要想哭出来，得用舌尖把眼睛舔湿。费森老人盯着我，他说："哎，你啊，还真是个奇才！"一面噘起嘴巴，我们岛上的人就喜欢摆这个表情。我对他说:"我呢,有蜥蜴的舌头,在斯冈布洛先森的彩票摊,别人挣多少钱,我就能挣多少钱。"他听后笑了半天。他是不是想起了自己的童年,跟他的表姐妹用废甘蔗作刀,在蔗田里对打?他认识竹林后面的宅子吗?在小溪对岸?那时候我还小,爸爸刚死。阿尔曼多家抢劫阿尔泰米西娅的小茅屋,她只能趴在地上,去捡只剩一条腿的旧娃娃,那时候他是不是在场?我想飞进画里,我是只从窗户逃出来的小鸟。他,老费森,还在用他的小装置卷烟,他用火去点,烟纸的一头着了起来。有一次他问:"你知道我是谁吗?"我对他说:"知道,你是法官先森[①]。"我这么说是因为他看起来跟我爸爸一样严肃。他笑了:"我,是法官?不对,你错了,我是医生。"他顿了顿,继续说:"可我不工作,我不需要工作,我妻子很富有。"他还说:"可我们在战争中失去了一切,现在,无论如何,我太老,也没法当医生了。"我问他:"请您告诉我,我为什么会变成这样?"他看着我,他明白我在问什么,我的脸没有鼻子,没有眼皮,只有一张大嘴和太长的舌头。他用手杖的铁头在地上、在尘土上,画出我那怪病的该死的名字,他是个好医生,也许他已经听说过我的故事,岛上的人生来就很狡猾。我低头看向地面,盯着他画下的字母 Σ。我问他:"我该怎么治?"他说:"你无法改变你的命运。"然后,他起身,面对太阳站着,他又高又瘦,一身黑衣,特别像爸爸每天傍晚从办公室回来时

---

① 原文为克里奥尔语"Missié Ziz"。

的样子,然后他说:"要懂规矩①!"我回到了阿尔玛的时光,我等着爸爸,听他的脚步声在砾石小路上咔嚓作响。老费森离开前回过一次头。"萨拉姆②!""萨拉姆,费森先森(生)!"我不知道他听见没有,他转过身,取下了帽子,我想象自己是一名伟大的迪穆。那是我最后一次见他。

之后我问西蒙娜嬷嬷:"老人出什么事了?"她对我说:"他摔倒在地上,断了一条腿,医生给他截肢了,得糖尿病的人只能这样。"我不知道老费森是不是死了,或者他活着,在六层楼上透过窗子看大海落日,我们岛上其他人,大家都喜欢看太阳睡前喝海水的样子。我认识了贝希尔,认识了蓝发姑娘,认识了费森先森(生),然后他们都消失了。我想,这是因为我从不睡觉,当你睡觉时,你合上的眼睛里,黑夜综(终)于到来,你综(终)于死了。

---

① 原文为英语。
② 原文为阿拉伯语"Salam",表示问候,平安、美好之意。

两座宅子

如今，阿尔玛老宅荡然无存。我甚至没有逗留。高速公路笔直地飞向克雷沃克尔高处，像是外星飞船降落的跑道。高速架在混凝土柱上，横跨一条条克里奥尔小溪，熔岩硬土隙缝里长满蕨类和藤本植物，还有被人遗忘的水洞，高架从生姜田、蔬菜地、蛇纹木林子上空飞过，途经一片小农场，里面一对老夫妻看守着唯一一头琥珀色眼睛的瘤牛。高架逃开圣皮埃尔那里的叛徒玛雅兰德那闪耀的圆顶。高山山脉构成了一支捍卫静谧的肃穆军队，作为终极屏障，对抗将人洗脑、埋葬过去的现代世界。

然而，我回到摩卡，去艾姆琳·卡尔瑟纳克家，做最后的清算，完成父亲永远离开前未完成之事。时值1917年，大战正酣，他年方十五，目光已望向世界的另一头，谎报年龄参加了殖民军团的志愿军，到冈多斯参加军训。学业，书本，就连跟年轻女孩一起吃下午茶，都变得毫无意义。重要的只有这场战争，在那里，在世界的另一头，他即将奔赴战场，内心坚定，再也不会回来。

我想象另一个孩子，在阿尔玛，没人提到的孩子。艾姆琳的相册里，有一张泛黄的相片，我在上面看到了他。在所有金发白皮肤的孩子中间，在这些有着阿尔萨斯姓氏的小诺曼底人、布列塔尼人中间，他显得像个外国人，一脸严肃的小混血儿，脸蛋很漂亮，线条细腻，弯月眉，穿着灰色西装，配马裤和上光的靴子，是唯一一个径直看着镜头的人，仿佛在摸索未来。我的目光停在他身上，艾姆琳挖苦我说："你看见什么了？要不要我把放大镜借你？"我回答说，我的视力很好，能看见，然后翻过一页。就在那一刻，我知道，那就是他，受诅咒的费尔森，灭亡的渡渡鸟之父，我徒劳地四处找寻的正是他，在阿尔玛，在卡特博尔纳，在圣让公墓，或是路易港的街道上，集市附近，甚至是美池大剧院，那庞大的音乐厅如同斋浦尔的宫殿，橡木地板上满是黑斑，是排水槽里水滴留下的痕迹，在墙角边，放着老希斯辰钢琴，艾姆琳时不时会来这里，为被人遗忘的克里奥尔小姑娘们的芭蕾舞演奏《女武神的骑行》和《牧神午后》。

"给我讲讲费尔森家的事吧"，我温柔地说，我看见她灰色的双眸迷离，噙着泪水，也可能是白内障造成的。她没有拿起相册。不过，这些相片她早已铭记于心，第一次领圣体时的照片，那是她早年生活中唯一的奢侈，是先人和同龄人的祭台（到她现在的年龄，同龄人也都成了先人），相簿仿佛一座坟墓，被红皮封面上下夹住，封面也因为摩卡的潮湿而破败不堪。

"你想知道什么？我没法告诉你，过去像个秘密，人人都知道，可就是不能说出口，你知道在这么个小国家该怎样行事吗？就像我爸爸经常说的：小国家，小人物……我们从来不提他们，古德罗家的人，还有渡渡，他们在竹林另一边，另一座宅子里。"奇怪的是，她的声音戛然而止，或许是因为奥尔加，这位女歌唱家正在厨房翻箱倒柜，故意大声清嗓子，提醒我我不受欢迎，她在等我离开，我们的密谈让她不快，好像我们在密谋什么，扰了她清静。"那时候有两座宅子，"艾姆琳慢悠悠地、一字一句继续道，"那时我们还小，有两座宅子，一个住着好费尔森家的人，另一个是敌人，是坏费尔森家的人，我们从来不去那里，我们从不提这些人的事情，对他们一无所知，老阿哈布从他的岛上回来，有个女管家照顾他儿子，小男孩独自长大，从不跟我们混在一起，一天他离开去法国，成了律师，或是法官，我记不得了，他跟留尼汪女歌唱家住在那栋宅子里，一个克里奥尔美人，是藏在他行李里带来的，渡渡出生的时候，我已经结了婚，我从没见过他长大后的样子，我不再住在那里，然后他妻子死了，就好像她从没存在过……我们每次讲起她来，都小声说：她，那位夫人，我听到过一回她的名字，拉尼，可我觉得这是挖苦她讲的名字，好像她真是留尼汪那边的女王一样。拉洛什，才是她的真名，这边的姓费尔森，那边的姓拉洛什，他们也管她叫拉洛斯，古德罗是绰号，意思是他们还不如一块卵石值钱，你明白吗？这个国家有些人就是如此毒舌，老在背后说三道四。我们从不去那边，只有叛逆时期，我们越过水沟，那是我们的游戏，我们在草丛里匍匐前进，爬到竹篱笆前面，池塘边上，然后去看宅子，宅子既不大，也不漂亮，不像我们这些住在高处的费尔森家的房子，充其量只算个小木屋，又丑又脏，红褐色的大百叶窗始终紧闭，野草疯狂地入侵院子，我们躲在竹子后面窥探，可没人出来，真像一艘幽灵船……"

当然，艾姆琳并非为我讲述，而为重现过去，遥远的过去，只有她还保有记忆的过去，如同细弱摇曳的气息，即将熄灭的黯淡火苗。外面是雷杜伊大道，正是堵车的时候，车喇叭声此起彼伏，令人心烦意乱。鸟儿也加入进去，椋鸟叽叽喳喳地叫着，想盖住发动机的声响，还有奥尔加一直在翻东西，在咆哮。艾姆琳说"第二座宅子"的时候，声音颤抖。我真的听到她这么说了吗？旋即，她开始讲述她从未提起的、放逐者的孩子："渡渡在那里长大，跟他父亲和英国老妇人一起，没有母亲，从来没人见过他，他父亲死的时候，他离开家到街上流浪，变得特别丑，没了脸，他得了一种怪病，有人说是麻风病，他躲开大家，远远地，跟他一起的只有老阿尔泰米西娅，雅雅的女儿，她在大道尽头有间茅屋，就在甘蔗地前面，一天，阿尔曼多家的狡猾之徒推倒了茅屋，阿尔泰米西娅伤心欲绝而死，而他，渡渡，再没人见他回来，可总听人提起他的名字，渡渡在这里，渡渡在那里，他成了讨饭的，穷苦之人，而我们也一样，全家被扫地出门，像半文不值的人一样，我们就来这边生活了，在这个恶心的地方，你父亲离开了，他没上战场，因为年龄不够，他本想在身份证上动手脚，可军队没要他，于是他抛弃一切，去法国读书，再也不回来，他走之前就这么说过，他还是信守承诺的，就连我结婚，他也没回来。"

红皮坟墓的盖板再次合上，永远不再打开。我没什么好问了，这是一个行将消失的故事，什么也不会剩下，只有褪去颜色的相片和从老旧的祈祷书里掉落下来的神圣画片。那是旧时代的晨曦，点亮了天际，却永远无法照亮整个白天，太迟了。我抓起艾姆琳的手，尽管没有电扇的老屋里闷热无比，她的手依旧冰冷。我几乎没有招呼就离开了，我大步地走出去，拉开小门的插销，心想奥尔加听见开锁和锁舌敲在木头上的咔嚓声，肯定松了口气，瞬间我便置身于轿车和卡车的车流之中，喇叭声从我身边擦过，还有刹车声、司机的叫嚷声，排气管排出的蓝色气体呛得我无法呼吸。高个子托尼奥·杜卡斯管这叫"发烟器"。

在天堂的最后几日

天空就在我面前,每天晚上,面朝南边就能看见,我从未端详如此之久,或许因为我即将离开,我想在视网膜上刻下每个印迹、每张面孔。以后,不管现实之纱如何遮挡,生活境况多么困难,我只需闭上眼睛,每次需要,这些画面都会重现。我带走的是天顶,是那万物汇聚的盲点,天顶由所有那些我爱的星座所包围,难道只是偶然?天鹤座、天鸽座、凤凰座、乌鸦座,还有那只无名鸟星座,画出十字,构成身体和翅膀,朝向正南。可我所找寻的(模模糊糊,隐在薄雾后面,融在星云里面),是这只奇异的鸟儿,巨嘴鸟[①],在孔雀座和凤凰座之间,立在水蛇座尾部,背对着奶白色的水蛇,从它的形态中,我不难辨认出我那老朋友的模样,我追逐几月却无功而返的巨鸟,有着肌肉发达的粗壮体魄、欠发育的翅膀、大粗腿,还有大镰刀一般尖利的喙和掉光了毛、很难煮烂的脑袋,它就是"福赫",恶心之鸟,我的老朋友渡渡鸟。

---

① 即中文中的"杜鹃座"。

或许我来毛里求斯，正是为了了解源头，找到一切的开端，那炙热的时间点，尽管并非本意。八十年前，父亲离开毛岛，去法国读书，那时正值一战。他逃离了灾难，阿尔玛家里已然破产，他父亲被赶出自家老宅，只因错在过分信任别人，可惜，并没有大天使手持熊熊燃烧的马刀，为他指明向东的道路，去向马埃堡、美岸村，或是金粉村，只有穿着一身黑衣、戴着小眼镜的执达员，来拟定财产清单。

故事是一块碎成条状的破布。我本想带些什么回去，给我母亲，好回答她的问题，可我无法期待奇迹发生。我在公证材料、国家档案里什么也没找到。家庭的故事，真实的故事（另一个故事其实是想象出来的……），并未留下多少痕迹。它静静地躺在律师事务所里，成为沙龙聚会的秘密，有时隐藏在卧房秘事的阴影中。档案馆职员是个反应迟钝的女人，我提出要查阅阿尔玛的平面图和土地证，她摇着头，意思是不要抱希望。"请稍等，我去看看我能找到什么……"她找到的，只有一张达芙妮号商船乘客的清单，上面列有我祖先阿克塞尔·托马·费尔森的名字，写着批发商，年龄二十六岁，共和国七年移居法兰西岛，同伴为其配偶阿尔玛·索里曼，年龄十八岁，及女儿安娜，年龄六个月。档案馆的女职员很是体贴，特意做了一份影印件给我，用的是硬纸盒那么厚的纸。她还给我一个信封，不知道发生了什么奇迹，里面居然有我那医学博士二爷爷阿莱克西的一封信，信是1920年在巴黎写的，收信人是儒勒·阿尔曼多，信里他解释了无论规则如何，自己应当拥有糖厂50%股票的原因。信是由紫色墨水写就的，一部分在字典纸①上洇开了。收信人似乎从没读过这封信。信的全部意义，在于显出写信人极度幼稚——或者换个角度，也可以说是狡诈。这一刻，我真想印一张复印件，甚至想直接顺走，可我最终放弃了，信里的内容在我看来简直是痴人说梦。

其实，1919年西班牙流感在全世界引发大量死亡之际，姓费尔森的曾祖父伊莱亚斯死后，阿尔玛就已经被阿尔曼多家收购，费尔森家的人不再是阿尔玛的主人，他们只能去美池城，跟我爷爷阿尔努一样，或是去法国，像二爷爷阿莱克西和我父亲那样，甚至还有安托瓦纳那样的，他是家族另一支的后代，在伦敦挥霍家产，直到家人与他断绝关系。这一切成就了阿尔玛的故事，直到破产，直到最后的居住者被赶出老宅，地产被变卖给银行集团，用来建设毛岛最大的商业中心，拥有冗长名字的商业中心，玛雅兰德②，虚幻之地。

艾姆琳昨天死了。她在睡梦里生命熄止，没有其他原因，只是年事已高，就像被吹熄的蜡烛。是帕提松夫人告诉我的，她还说："去吊唁的话要快，夏天在毛里求斯，死人可放不住。"就这样，我再没回过阿尔玛——就算去了，那儿也没剩下什么——而是乘上巴士，去摩卡。四岔路口那座黑石砌成的老教堂里，几乎没有人，没什么邻居，也没多

---

① 字典纸又叫圣经纸，是一种高级的薄型书刊用纸，多用于字典、《圣经》和经典丛书。
② 玛雅兰德（Mayaland），即玛雅之地。

少家人，连她的孙子孙女也没从瑞士或南非赶回来。参加葬礼的人都站着，我看见奥尔加粗糙的剪影在第一排，她似乎因为悲痛还有寂寞，变小了一圈，"恶心屋"肯定无法继续存在，它将被夷为平地，建起公寓，让大学生住。天又热又闷，大家在谈论威胁马达加斯加海域的飓风，这时，教堂的门窗全部大开，能听见轿车和卡车呼啸而过，汽车鸣笛，戴着二战德国钢盔的快递员骑着两轮车嘎吱嘎吱地路过。还能听见广播一台播放着炸裂的塞卡音乐和给钱特克勒牌鸡肉做的广告。所有的声音背后，是神甫低声念祷词的嗓音，可他念的不是艾姆琳的最爱，她最喜欢"那是天主的震怒之日"①，非常华美，被她当成抒情短歌反复吟唱。没人哭，只有人清清嗓子，假装感动，其实人年老之后，被埋葬很久以前就已经死了。突然间，就在这一刻，出现了奇迹，艾姆琳的（或者是奥尔加的，我弄不清了）小狗狗，从高大的尖拱门跑进来，沿着教堂的中轴线一路小跑来到祭台前，它在呆愣住的神甫面前停下片刻，没人想到冲它喊"嗨！去！去！"把它赶走，它的尾巴有节奏地摆动，然后它调转身去，回到了街上。

明天我要动身回法国，或许我会回来，或许不会，我不清楚。母亲在西米耶区②的圣夏尔修院，等待我的汇报，她

---

① 原文为拉丁语"Dies irae, dies illa"，拉丁语赞美诗《震怒之日》（*Dies irae*）的第一句，这首赞美诗通常在罗马天主教安魂弥撒时咏唱。

② 法国尼斯的一个区。

的第一个问题将会是:"那么,那边还有费尔森家的人活着吗?""妈妈,我离开以后,就一个也不剩了。"我不确定要不要跟她提艾姆琳,那是阿尔玛世代的最后一人,在阿尔曼多、艾斯卡列、罗比纳·德·博斯之前,在吞小孩的怪物玛雅建成之前。也许我应该跟她讲讲奥尔加,讲讲狗狗。我还会在口袋里放一阵渡渡鸟那块圆石,可圆石的归宿应该是博物馆,比如拉罗谢尔的博物馆,或是巴黎自然历史博物馆,放在巨鸟那粗糙拼就的骨架旁边。克拉拉会在机场接我,我要抱紧她,把头放在她锁骨的凹陷里,闻她身上生命的气息。她会问:"怎么样,顺利吗?"我会回答说:"顺利,还不错,挺适合蜜月旅行的!"她将伸出手,是她平日发誓的方式,而我,将用拇指按在上面,完成许诺之印。

我的名字叫无名氏

我是渡渡，渡渡·费森，古德罗，蜥蜴，生来是为了逗笑，为了旅行，为了成为可敬的流浪汉，我是歌唱家拉尼·拉洛斯的孩子，我不记得她的声音，可我记得很清楚，她被送去圣让公墓的那天，他们不希望她被葬在费森家的墓地旁，于是，爸爸就在公墓顶里面新开一块墓地，在O路尽头的大柏树旁，她就在那里，背靠墙，灰石板下面，爸爸现在也在那里，我站在洞前，雨落下来，打在棺木上，流进土里。

在这里，在白房子里，没人认识我，我是真正的无名氏。我不想再去别处。警察把我带走的那天，我不再说话，他们不知道我名字，也不知道我年龄，他们以为我是疯子。于是把我带来这里，带来白房子，高速入口附近的大花园里。这里待的似乎不是穷人就是疯子，我既是穷人也是疯子。窗子都装了黑色铁栅栏，他们怕有人从这儿溜掉，可我不想溜走，这里是我家，可以死去的地方，他们在大通间里给我安排了床铺，早中晚还有饭吃，有咖啡和面包片，有时候还有超市里掉地上的不新鲜的水果。透过铁栅栏，我盯着白房子前面冬季的树木看，每天都能发现一小片新叶、一只唱歌的小鸟。花园另一头的楼房有好多窗户，有时候清晨，有金黄色阳光射过来，黄得像蔗田上的太阳，我就用眼睛把这岛上的颜色喝掉。医生早上或晚上来，带一群穿白大褂的大学生，有男生也有女生。姑娘们都很严肃，她们戴着眼镜，头发用黑网兜盘个发髻，戴着医用口罩，带子钩在耳朵后面。一个女学生每天都来，我很喜欢她，她有一头栗色鬈发，黑眼睛，有种嘲弄的眼神。我问她叫什么，她说："哟？你现在说话了？"她说："我的名字叫艾莎。你呢？你叫什么？"我不知道为什么，我不怕她，我说："我的名字，叫渡渡。"其他人哄笑起来，他们说："他是个装疯者！"什么是装疯者？我倒很想知道，可医生在那儿，于是我闭上嘴，不再回答。医生是个大迪穆，尽管他很矮，而且是个阿拉伯人，他的头顶秃了，所以把后面的头发向前梳，弄帅气些。每天他都想跟我说话，他说自己的名字，是个阿拉伯名，拉曼、萨尔曼之类的。他说完名字，我就忘了。我不想跟他说话，他不是我朋友。之后，他要去看其他病人，一个年轻病人和一个老年病人，医生总是最后看老年人，因为老年人什么都爱抱怨，他们总叽叽歪歪："哎哟，我的上帝，医生啊，如果您晓得……"可他们总不把话说完，医生根本听不懂。房间里的年轻人叫提托，是个茨冈人，跟巴黎城门那里在人行道上点火取暖的茨冈人，还有睡在绿色塑料防雨布下面的那些小孩一样。提托总想去死，所以才被关在白房子里，关在有铁栅栏围住窗户的房间里，搞不好就想要跳窗，或者跳到火车前面，或是往集市上的小摩托轮下冲，他之前就这么干过，不过他没死，只是腿上有几处割伤。萨尔曼医生坐他床边的椅子上，提托躺着，他的手和腿都绑着绷带。医生向他提问，可他并不回答，脸朝墙，最后，一个男护士朝他屁股上扎了一针，医生就走了。我呢，我跟提托待在一起，为了让他笑，我用尽全力伸长舌头，舌头沿着脸向上爬，直到眼睛，像个库露帕①。提托特别喜欢，总能逗笑他。可我只在医生和大学生走后才扮蜥蜴，因为他们说我是个装疯者。如果萨尔曼知道我的姓氏，就会把我送走，警察会把我送上汉森先森（生）的飞机，送回岛上，在那里，我已经没人可以依靠，连维姬也不会接受我。在岛上，没有让我可以死去的地方，阿尔玛被毁了，没人认识我。这里，因为有很多疯子，所以没有藏着恶鬼的镜子，我再也不用害怕有什么会从镜子里出来，再也不用盯住恶鬼，恶鬼也不会再看我。我只跟流浪汉、老人和没有名字的人在一起，还有提托，我非常喜欢他，因为他想跳出窗户，去飞行。

　　起初，在白房子里，他们把我关在有铁栅栏窗子的房间里。一天夜里，有个高个子家伙在床铺间走，手拿一根皮带，他绷紧皮带，发出咔咔的声响，他说要用皮带勒我们脖子，他缓慢地拖着步子走，一面让皮带发出咔咔的声音。提托吓坏了，在床上蜷成一团哭起来，于是我下了床，因为我从不睡觉，我看见那个家伙站在提托面前，我不说话，也不喊，在一群疯子中间，喊喊叫叫有什么用？保安可不听夜里

---

① 库露帕（couroupa）为克里奥尔语，一种非洲大蜗牛。

的呼叫，他们早上才会来，他们说，这里的疯子和正常人是混住的。我走向那个家伙，用胳膊夹住他，紧紧勒住，让他不能呼吸，他松开皮带，一屁股坐在地上，我看见他肩膀在颤抖，他也在哭。我把他扶起来，让他走回自己的床位，躺下睡觉。第二天，护士们都来找我说话，他们讲我是英雄，所以我可以在白房子里随意走动，我成了他们的守护犬。我在花园里，坐在塑料椅上，看植物，看小鸟，它们对我说话，我也对它们说话，我给鸟儿吃餐厅里拿来的葡萄干籽。大家温柔地对我说话，起初只是老人，后来是女护士，连我喜欢的黑眼睛女学生也变了，她在室外坐我身边，在本子里记笔记，本子跟我临走前维姬夫人送我的记事簿一模一样，我在我的本子上为她记下地名，还有我喜欢的词语，不过在疯人院，保安夺走了词语。与拉露易丝街区我的艾依莎·吉娜，那个绿眼睛、白牙齿的姑娘相比，艾莎不太一样，她不怕我，从不说我是怪物。一天，我们像往常一样坐在花园长凳上，她手里没拿记录本，她弯腰向前，在砾石地里找寻什么，她说："你多大了？"她第一次问我这个问题，不为精神病研究，是真想知道我是谁。我说："我不知道，我不知道我是哪天生的。"就像回应圣让教堂的拉巴神父一样，我回答说："因为我从不睡觉，一天接着一天，每天都是同一个白天。"拉巴神父什么也没听懂，可是艾莎懂了，她沉思片刻，然后说："那么你是永恒的？"我想笑，我回答说："艾莎，你说得对，我的一生漫长，只有一个白天，一个黑夜，也许我真的不会死。"

在白房子，我过得很好，我可以想象阿尔玛，想象阿尔玛的岁月，爸爸去大教堂旁上班，晚上他回到门廊下，阿尔泰米西娅坐在院子里，她那块石头上，两眼看不见，却能感觉到爸爸回来，她站起身去拿茶叶，我走向爸爸，闻到他身上的烟草味，听见他深沉的嗓音，他对我说："怎么啦，儿子？[①]"我能见到老雅雅，还住在林边小路尽头，那黑色小木屋里，我睡在她的肚皮上，我说："我要听故斯（事），雅雅，给我讲动物的故斯，给我讲奴隶的故斯，雅雅！给我讲些谜语，雅雅！"阿尔泰米西娅永远陪着我，哪怕我已经生病，大Σ病吃掉了我的鼻子和嘴，咬掉了我的眼睛，阿尔泰米西娅不怕被传染，她紧紧抱住我，我还是那么幼小，她把自己的奶水喂给我，我戳戳她的乳头，先戳这个，再戳那个，这个是我的，那个也是我的，无穷无尽。

在白房子的花园里，冬日的暖阳洒在我脸上，很快阳光就要殆尽，每逢傍晚，天空变成金黄色，我便回到了我的小岛，不是住满坏人的岛屿，没有阿尔曼多、罗比纳·德·博斯、艾斯卡列，也不是凯斯卓先森（生）或者赞先森、汉森先森、莫妮卡或者维罗妮卡的岛屿，而是阿尔玛，我的阿尔玛，满布田野和溪流的阿尔玛，有着水潭和毛里求斯柿树的阿尔玛，我心中的阿尔玛，我腹中的阿尔玛。每个人都会死，皮克尼，可你不会，阿尔泰米西娅，你不会死。我在金色的阳光里，一动不动，抬起双眼，向我的脑袋里边望，因

[①] 原文为英语"What's up, boy"。

为我不能睡觉,总有一天,我的灵魂会从脑袋上的洞里钻出来,升往天际满天繁星的地方。

白天和黑夜头尾相连,一刻不止,正如浪花缓慢地涌上沙滩,又缓缓回流,像一场盛大的芭蕾,带走了好多人,阿尔玛的人、疯人院的人、我爸爸、拉洛斯妈妈、雅雅、阿尔泰米西娅,还有维姬,甚至还有那头,海的彼岸,把我变成现在模样的红裙佐贝伊德。巴纳奈[①]临近,花园里的树上挂起了纸灯笼,疯人院入口大厅里,放了一棵种在盆里的冷杉,每年都是那一棵,冷杉头顶秃了,针叶变成黄色,跟我那老烟枪爸爸的牙齿一样黄。没问题[②],我熟悉的还是同一首曲子,我的老歌《友谊地久天长》,我被准许在客厅里弹这首曲子,不是在我的希斯辰上弹,而是一架佳沃,可我能在脑海里唱出歌词,用贝特奶奶的语言唱,都是些普利斯佐丽思之类的词,有着所有人类和动物语言的温柔质感。所以每天下午,护士和医生午休,我都重复弹奏,让歌词包裹着我,有时候在夜里,时机一到,所有勇敢的疯子都聚集在客厅里,我去钢琴前坐下,打开琴盖,弹奏起来,他们跟我一同唱起歌词,用贝特奶奶的苏格兰语唱,我的爸爸,甚至拉洛斯妈妈,也在他们安息的地方听,他们心里肯定暖暖的,

---

[①] 在毛里求斯的罗德里格斯岛,当地人将新年称为巴纳奈(banané),这个词源自法语的"Bonne année"(新年快乐)。
[②] 原文为克里奥尔语"Péna problème"。

友谊万岁,朋友,
友谊万岁!
举杯痛饮,同声歌颂,
友谊地久天长!①

---

① 原文为盖尔语"Ar oíche auld lang syne seo muid, ar oíche auld lang syne. Ag casadh amach anocht le bród, ar oíche auld lang syne"。

"陌生人",作为尾声

故事始终缺少一环,我很清楚。正是因此,母亲才要求我完成这趟朝圣之旅,台面上的说法并不令她满意,丈夫又始终固执地保持沉默。我来毛里求斯,除了寻找灭绝的巨鸟,还另有所图。我试图将碎片整合,不为理解,而是因为不如此,就得不到安宁,得不到启示,这是个平衡的问题——克拉拉总怪我不懂变通。

亚历山大(我长大以后更喜欢这么叫他,因为这个硬气的名字很适合他)离开毛岛是在1917年,想加入英国军队,可惜英国不要十五岁的孩子。于是,他在巴黎找到叔叔阿莱克西,一个业余医生,让他住在自己位于圣米歇尔大街的小单间公寓里,他在这段时间完成了学业。这段时期,还有另一个费尔森,大家避而不谈的那个,属于坏的那一支,失去了所有财产,包括属于他的那部分阿尔玛的领地,遭后人指责,公认品行不端,他有个古怪的名字,叫阿哈布,童年时期我听人提起过,当时我参加了少有的几次父亲允许我参加的家庭聚会,有人说,一战前,阿哈布曾在莫桑比克海峡叫新胡安岛的地方失踪了,其实他在岛上以经营椰干为生,娶了当地女人为妻,传言满怀恶意,把他妻子描述成海狮的形象,软弱又懒惰。后来他们带着混血儿子回到毛里求斯。家里人都不愿把这叛徒的名字说出口,我只记得父亲以坚决的口吻称其为"孽子"。阿哈布的儿子安托瓦纳,续写着孽子的传说,因为他也跟毛里求斯的正统社会格格不入,罪孽深重,竟与一个外来女子同床共枕,一个在巴黎认识的留尼汪克里奥尔女子,如果真像艾姆琳所说,她的名字应该就叫拉尼·"拉莱娜"[①]·拉洛什。

亚历山大为何从未对我谈起安托瓦纳·费尔森,这个远房堂亲?后者就住在距他百步之遥的地方,溪流的另一边,中间隔着竹林屏障,竹子是阿尔玛的主人,费尔森本家人种的,为的就是不再看到他。没人记得他,只有一张相片里有他,是个长相秀气的男孩,眼神阴郁,我在艾姆琳的相簿里瞥见过。那是张模糊的照片,不知是在哪儿,可能是在美池剧院吃下午茶,也可能是费尔森家的孩子们去"水臂"参观的时候拍的,也就是那次,种植园主阴暗的过去重现在孩子们的生活中。

我感兴趣的是这个"陌生人"的妻子,我不知道她的名字。她没有留下一张照片,就好像正统社会想方设法要她消失一样。如今,见证人早已离世,艾姆琳是最后一位,她曾透过竹篱笆,偷看这女人站在宅子门口,就像窥探什么有毒

[①] "拉莱娜"为音译,字面意思为女王。

的猛兽一样，后来拉尼·拉洛什患了病，很快病逝。艾姆琳那时二十五岁，即将跟卡尔瑟纳克结婚，阿尔玛之变已经发生，很快就只剩下坍塌的石块，竹篱笆的另一头，拉尼的儿子多米尼克将迎来悲剧，脸被未知的麻风病啃噬。

"疏远之人"[1]，我称他为"陌生人"，是为了纪念波德莱尔的诗，"哎呀！你究竟爱什么呀？你这个不同寻常的陌生人？""我爱云，……匆匆飘过的浮云……那边……美妙奇特的云！"[2]，其实他更像"疯子"，切断了一切对话。他是如何邂逅这位女子、如何择她为妻？当时他在巴黎学习法律，为她而放弃了自己的正牌未婚妻，根据家族传闻，他之前的未婚妻也是倾城之貌，富家小姐，是鲁昂地区一座阀门制造厂的继承人，本可以拯救阿尔玛于水火。他不懂什么是现实，什么是荣誉，跟他那背井离乡去了新胡安岛的父亲一样，为了所爱之人放弃了一切。无奈，正统社会不接受叛徒，法国这里也是一样，一味只想复仇，法律人竟知法犯法，在一个风和日丽的日子，为权贵服务的最高法院将两个选择摆在了"陌生人"面前：要么自行辞职，要么终身禁入法律行业。

而她，拉尼·拉洛什，又是如何生活在这里，生活在阿尔玛那晦气的另一边呢？她生命的最后几年，是否怀念年轻时在舞台上的高光时刻？这位歌唱家曾演绎过埃瓦里斯

---

[1] 原文为英语"The estranged one"。
[2] 译文选自亚丁译《巴黎的忧郁》，三联书店，2015年，第4页。

特·德·帕尔尼①的《马达加斯加之歌》,可我一次也没有在海报上见过她,只能想象克里奥尔女人美丽的模样,让毛岛这位投身初审案件的小法官,内心燃起熊熊烈火。她又是如何忽然间下定决心,顶着蔓延到欧洲的新战事的传闻,带着武器和行李,登上佛兰西火轮船公司的船,去见她深爱却不能娶她的男人?一场没有结局、没有未来的旅行,与亚历山大·费尔森的航程恰好相反,他去英国是为了娶一位名叫艾莉森·奥康诺的护士为妻,也就是我的母亲。

任何故事的结局总有缺憾,我想重建的故事也没有逃脱这一规则。定下这趟旅行的时候,我完全料想不到,自己的生活会受到如此大的影响。福赫,荷兰人的"渡达尔舍",因伦敦自然历史博物馆的肖像画闻名于世,这幅画是罗兰·萨委瑞所画,启发了刘易斯·卡罗尔的作品人物,寻找福赫或许只是借口——关于这灭绝了三百多年的巨鸟,我又能有什么新的发现?我只能想象把父亲找到的圆石物归原处,重新放回蔗田的红土地里,它的故乡,让它在未来,在梦与幻想中,生根发芽。可我没有这么做。我将圆石赠给了我所在的博物馆,让它与玻璃窗后边的黑色骸骨重逢,它被放在两脚之间,仿佛幽灵之鸟诞下了一枚石卵。现在,我手上已经没有任何过去的遗物。

我也想将故事的碎片重新黏合,构成毛岛上费尔森家的

---

① 埃瓦里斯特·德·帕尔尼(Évariste de Parny,1753—1814)留尼汪法语诗人,他写的《马达加斯加之歌》(*Chansons madécasses*)后来被莫里斯·拉威尔改编成一系列三首歌曲。

故事，可费尔森家如今也跟渡渡鸟一样消亡了，死透了[①]。也许，这种想法太过自负，觉得自己属于正在消失的家族，成为见证者，见证另一个世纪，另一个文化的脆弱的讯息，最后残存的人被正在改变的世界包围，人们不是经常狂妄地对每个世代说，"如今真是今非昔比了"吗？

离开之前，我在蓝湾见到了新一代费尔森的代表，叫杰克·马曾，是阿尔曼多家的后代，穷得叮当响，跟英国妻子阿莱克斯一起，开南非风格的双体船，带游客出海巡游，他给船取了个浮夸的名字，叫巨嘴鸟号（渡渡鸟的形象在南天星座中的一个变体）。人很和善，皮肤跟家里所有人一样，被永恒的阳光晒得黝黑。他在自己蓝湾办公室的墙上贴满了彩色照片，炫耀潟湖上的落日绝景，或是海钓（也可以选择在黑河附近与海豚共游）。一听我说起阿尔曼多家，他就激动起来："太可怕了，这些人！我可不想跟他们扯上关系！"关于阿尔玛，他几乎一无所知，只是转述了儒勒·阿尔曼多的小儿子巴尔纳的话，那时候巴尔纳为了把阿尔玛卖给银行家，正在驱赶那里的农夫："这些人，都该挨鞭子[②]！"据杰克·马曾所说，也正是巴尔纳，为了逃税，把卖阿尔玛所得的几百万卢比存进了一家日内瓦银行。

我回法国之后的几天，说服克拉拉请了假，陪我去尼

[①] 原文为英语，"dead as a dodo"。
[②] 鞭子一词原文为"chicotte"，指河马或犀牛皮所编的皮鞭，首先用于拉美殖民时期和黑奴贸易。

斯。我们在丘陵上的小旅馆租了一间海景房，离我母亲所在的圣夏尔修院不远。趁克拉拉在老城小巷里压马路的空档，我沿蜿蜒的小路去修院。半路上，我掰了几枝金合欢，免得空手而去。就在走到丘陵下面，横穿林荫大道的时候，我想起一件非常久远的事情，那时候，我去看望二爷爷阿莱克西，他因为糖尿病身子很弱。这事要追溯到二十多年前，那时我对一切还没有概念。我正在人行道前等红灯，突然我看见了他。我看见他，是因为车流速度变慢，在未知的障碍前分为了两股。我听见汽车急迫的鸣笛声，或许还有司机大声的咒骂，这时我看见行车道上有个怪东西，是个人，穿着过去军大衣一样的绿外套，在大道正中摔了个四脚朝天，汽车不屑停下，只是绕过他。我冒着风险，以舞者一样跳跃的技巧，在车流中穿行，我撑起他的双臂，将他扶起，帮他站直身体。他又高又瘦，也许年纪不小，走路摇摇晃晃，像刚被攻击，一脸惊恐。他咕咕哝哝说着怪异的语言，可并不令我惊诧，最惊到我的，反而是他深色的脸庞，脸上的轮廓仿佛被长久腐蚀，或是烧炙殆尽。我废了好大气力把他带到人行道上，而路上的汽车冷漠地继续行驶，演奏着鸣笛之曲。人行道上，他终于挺起身板，用空洞的眼神看着我，一个字也没有说，然后继续走自己的路，我任由他离开。今天之前，我再没记起过这个男人，唯独那天向二爷爷阿莱克西讲述这则轶事的时候，他显得百感交集。当时他说了什么，我已经不太记得，不过我很肯定，他提到了托普西，还有阿尔玛。似乎也正是这一天，我第一次听说这个后来令我着迷的名字，那蠢鸟奇特的通俗别名，我自身故事里那位陌生人的名字。

致　谢

沃尔福特·哈尔曼松，约里斯·约斯滕斯·拉尔：《渡渡鸟素描像》，阿姆斯特丹，1601年。

朱利安·P. 休姆：《历史生物学》，2006年，第18期，第65—89页。

弗朗索瓦·勒伽：《东印度洋两座无人岛的探险之旅》（"罗德里格斯渡渡鸟交配[①]"），伦敦，1708年。

R. 欧文：《渡渡鸟回忆录》，伦敦，1866年。

乔仑·C. 帕里什：《毛里求斯渡渡鸟和罗德里格斯渡渡鸟》，印第安纳大学出版社，2012年。

A. 皮托：《毛里求斯岛》，路易港，1905年。

罗兰·萨委瑞：《活渡渡鸟素描图》，克罗克美术馆，萨克拉门托。

J. 文森：《愚鸠骸骨发现一百周年》，路易港，1968年。

M. C. 巴萨克：《毛里求斯克里奥尔语方言研究》，南希，

[①] 著作中被称为"孤鸟"（solitaire）的就是罗德里格斯渡渡鸟，学名为 Pezophaps solitaria。

1880年。

乔治·巴谢:《玛丽·玛德莱娜·马埃,拉布尔多内的私生女》,旨在探讨法属马斯克林群岛史的未出版文献研究季刊,雷恩,1940年4月。

于贝尔·热尔博:《黑奴——记录一段沉默的历史》,留尼汪岛,1998年。

阿米娜·古里布·法基姆[①]:《毛里求斯和其他地区的药用植物》,毛里求斯共和国,2010年。

卡尔·诺埃勒:《法兰西岛的奴隶制》,巴黎,1991年。

沙拉金尼·阿斯加拉里,有关《奥义书》的引文。

皮埃尔·布尔格·杜古德雷,渡渡鸟的胪石。

阿莱克西·勒克莱齐奥,托普西的故事。

卡米耶·米约,萨克拉乌的故事。

罗伯特·彭斯诗歌的盖尔语版本选自帕特里克·奥布里南和夏兰·奥米里的版本。

[①] 阿米娜·古里布·法基姆(Ameenah Gurib-Fakim,1959—),毛里求斯政治家,生物多样性科学家,2015—2018年任毛里求斯总统。